계간 미스터리

2022 겨울호 | 통권 제76호

계간 미스터리

2022 겨울호

2022년 12월 19일 발행 통권 제76호

발행인	이영은
편집장	한이
편집위원	윤자영 조동신 홍성호 한새마 박상민 김재희 한수옥
교정	오효순
홍보마케팅	김소망
디자인	여상우
제작	제이오
인쇄	민언프린텍

발행처	나비클럽
등록번호	마포, 바00185
등록일자	2015년 10월 7일
출판등록	2017. 7. 4. 제25100-2017-0000054호
주소	(04031) 서울 마포구 동교로22길 49, 2층
전화	070-7722-3751 팩스 02-6008-3745
이메일	nabiclub17@gmail.com

ISSN 1599-5216

ISBN 979-11-91029-60-4 03810

값 15,000원

※본지는 한국문화예술위원회의 문예진흥기금에서 원고료(일부)를 지원받아 발행합니다.

2022 겨울호를 펴내며

기품 있는 한국 미스터리 신인작가를
맞이하는 기쁨!
수준 높은 작품들과 다양한 시선들로 풍성한
20주년 마지막호

어떤 작품이 최초의 추리소설인가에 대해서는 다양한 의견이 존재하지만, 에드거 앨런 포가 단 세 작품만으로 장르의 원형을 제시했다는 사실에는 이견이 없습니다. 1841년에 발표한 〈모르그 가의 살인〉은 범죄가 불가능한 밀폐된 듯한 공간에서 벌어진 살인을 다룸으로 '밀실 미스터리'의 원형이 되었고, 〈마리 로제의 수수께끼〉는 뒤팽이 신문에 실린 기사와 증인들의 증언 내용만 가지고 사건을 추리하면서 '안락의자 형 탐정(armchair detectives)'의 모델이 되었습니다. 마지막으로 〈도둑맞은 편지〉는 '언뜻 불가능해 보이는 답이 사실은 옳은 답'이라는 심리적 맹점을 이용한 것으로 대부분의 추리소설이 차용하고 있는 기법입니다. 하지만 원형이 있다고 해서 미스터리 장르가 즉각적으로 대중에게 열광적인 환영을 받은 것은 아닙니다. 40여 년에 이르는 긴 모색 끝에 한 걸출한 인물을 통해서 온전히 하나의 장르로 자리를 잡게 됩니다.

이 일에는 조지 뉴스라는 인물이 지대한 공헌을 했습니다. 그는 1880년에 《팃비츠》라는 주간지를 창간하면서 "나는 평범한 사람이라 평범한 사람이 무엇을 원하는지 안다."고 말했고, 1891년에 주간지의 수익을 재투자해서 《스트랜드 매거진》을 창간합니다. 그리고 그해 7월 마침내 한 의사 선생이 쓴 단편을 연재하기 시작하는데, 주인공의 이름이 셜록 홈스였습니다. 전설의 시작이죠. 코난 도일의 셜록 홈스 시리즈를 통해서 비로소 '기이한 사건-논리적 추리-뜻밖의 결말'이라는 장르의 규칙이 완성되었고, 대중에게 가장 사랑 받는 장르로 자리매김하게 되었습니다. 지금도 미스터리 장르는 다양한 변용을 시도하면서, 장르의 규칙을 뒤흔들 또 다른 걸출한 인물의 탄생을 고대하고 있습니다.

그런 의미에서 이번 호 신인상 수상자로 〈검은 눈물〉의 유재이 작가를 소개하게 되어 기쁩니다. 〈검은 눈물〉은 학교 폭력이라는 시의성 있는 소재를, 은영의 죽음을 받아들이는 가족의 다양한 모습을 통해 풀어내고 있는 작품입니다. 자칫 선정적으로 흐를 수 있는 소재를 탄탄한 필력으로 기품 있게 다루는 솜씨와 사소해 보였던 단서가 온전히 꿰맞춰지는 쾌감을 선사하는 구성이 압권입니다. 첫 문장부터 단연 돋보이는 작품이라서 심사위원 만장일치로 선정되기도 했습니다. 유재이, 이 이름을 기억할 겁니다. 앞으로의 작품활동을 기대합니다.

　기성 작가의 작품 세 편도 눈여겨볼 만합니다. 김범석의 〈시골 재수 학원의 살인〉은 전형적인 퍼즐 미스터리입니다. 한정된 공간에서 벌어진 기묘한 살인사건, 제한된 용의자, 의외의 결말이라는 장르의 규칙을 충실하게 지키고 있으니, 작가가 던진 '독자에의 도전'에 응해 보시기 바랍니다. 김창현의 〈아버지는 죽는다〉는 독직 혐의를 받고 죽은 경찰 아들의 죽음을 전직 형사였던 아버지가 파헤치는 내용인데, 제프 브리지스 주연의 드라마 〈올드맨〉을 연상케 합니다. 늙고 병든 몸으로 진실을 위해 덤벼드는 아버지의 처절한 하드보일드 액션을 만나실 수 있습니다.

　박소해의 〈8월 손님〉은 제주도를 배경으로 한 좌승주 형사 연작 중 한 편입니다. 이 작품으로 박소해 작가와 좌승주 형사가 정상 궤도에 안착했다는 생각이 듭니다. 앞으로 이어질 연작과 장편을 설레는 마음으로 기대하게 됩니다.

　이번 호의 특집으로는 《수학, 철학에 미치다》, 《수학의 힘》 등의 수학 교양서를 집필한 추리 소설가이자 수학자인 장우석의 글을 실었습니다. 미스터리란 장르의 근간에 어떻게 수학적 개념이 작동하고 있는지 흥미롭게 읽으실 수 있을 것입니다.

　그리고 최근 《재수사》란 묵직한 작품으로 장르 소설계에 신선한 충격을 던지고 있는 장강명 작가와의 인터뷰도 실었습니다. 미스터리 장르에 대한 장강명 작가의 애정과 깊은 이해도를 들을 수 있어 반갑고도 신선한 충격이었습니다.

　이번 호는 연재 작품들 역시 풍성하고 지적인 자극으로 독서의 재미를 한층 끌어올릴 것입니다. 박인성 문화평론가는 2021년 출간되자마자 역사상 최초로 미스터리 4대 랭킹 동시 1위를 달성하고, 166회 나오키상까지 수상한 요네자와 호노부의 역사 미스터리 《흑뢰성》을 분석합니다. 어떻게 '역사'를 하나의 소재로 단순 소비하는 것이 아니라, 역사 자체를 '미스터리'로 만들었는지 흥미로운 해석을 보여줍니다.

추리소설 평론가 백휴는 〈히가시노 게이고 추리소설에 관한 시론〉에서 우리가 그동안 재미있게만 읽었던 히가시노 게이고에 대한 분석을 시도합니다. 그의 분신인 가가 교이치로 시리즈를 중심으로, 히가시노 게이고가 동기를 중시하지만 사회파 수준으로 깊이 파헤치지는 않는 이유가 무엇인지 분석하고 있습니다. 끝까지 논리적인 히가시노 게이고에 대한 글을 읽고나면 지적인 쾌감을 느낄 수 있을 겁니다.

신화인류학자 공원국의 글도 흥미롭습니다. 그는 〈인물 창조의 산고Ⅱ-웃음의 심장〉에서 마크 트웨인의 《허클베리 핀의 모험》과 조지프 콘래드의 《암흑의 핵심》의 두 주인공, 허클베리 핀과 찰스 말로를 통해 인간에게 내재한 마성魔性을 들여다보는 두 가지 방식을 제시하고 있습니다.

미스터리 장르는 그저 순탄하게 성장하지 않았습니다. 고전과 하드보일드가 싸우고, 본격과 사회파가 경쟁하며, 다양한 주류와 지류가 섞이고 충돌하며 발전해 왔습니다. 국내 미스터리 장르의 치열한 경쟁과 발전을 위해 나름대로 심혈을 기울인 20주년 마지막호, 《계간 미스터리》 2022 겨울호를 내놓습니다.

한이
계간 미스터리 편집장

특집

미스터리 속의 수학

추리는 상상력과 논리의 결합이다

장우석(추리소설가, 수학교사)

추리라는 사유의 원리

추리는 감각의 표면 위에 드러난 사건event의 이면에 숨어 있는 진상을 밝히는 사고 과정이다. 이번 글에서는 수학적 사고를 통해 추리의 본질을 이해해보려 한다. 예를 들면 이런 '사건'을 통해서 말이다.

$$25 < 26 < 27$$

하나 어려운 것 없는 이 수식은 26이라는 자연수에 대한 어떤 '진실(이야기)'을 드러내고 있을까? 조금의 상상을 발휘해보자.

$$5^2 < 26 < 3^3$$

아하! 그러고 보니 26은 제곱수와 세제곱 수 사이에 '틈 없이' 붙어 있다. 이 발견은 또 다른 상상, 요컨대 '어떤 자연수의 제곱과 또 다른 자연수의 세제곱 사이에 틈 없이 붙어 있는 자연수가 26 이외에 더 있을까? 혹시 26이 유일하지 않을까? (수가 커질수록 제곱과 세제곱은 차이가 급격히 벌어지니까)'라는 흐름을 자연스럽게 끌어낸다. 이 질문에 대한 답은 '그렇다!'이다. 물론 제대로 증명하기란 쉬운 일이 아니다. 우리가 방금 상상해낸 문제를 정확한 수학 언어로 표현하면 다음과 같이 된다.

$x^3 = y^2 + 2$를 만족하는 모든 자연수 x, y를 구하시오.(정답: x=3, y=5)[•]

간단한 수학 문제를 통해서 우리는 추리가 상상(발견)에서 논리(증명)의 순서로 이루어진다는 단서를 얻는다.

상상은 추리의 시작이다. 그것은 단서를 연결하여 이야기(인과관계)를 만들어내는 힘이다.

셜록 홈스가 등장하는 《여섯 개의 나폴레옹》이라는 작품이 있다.

누군가 런던 시내의 몇몇 가게에 진열되어 있던 나폴레옹 흉상들을 파손하고 있다는 신고가 들어온다. 경찰을 통해 사건을 접한 홈스는 흉상들이 같은 공장에서 만들어졌으며 비슷한 시기에 유명한 보석 절도범이 해당 공장에서 주물 기술자로 일한 적이 있다는 것을 알게 된다. 그리고 이 사실로부터, 범인이 과거에 흉상을 만들 때 그 속에 숨겨놓았던 보석을 회수하려 하고 있다는 이야기를 구성해낸다.

홈스의 매혹적인 상상은 사실이 아닐 수도 있지만 분명히 어떤 후속 행동(증명)을 끌어내기에 충분하다.

상상은 우리의 일상을 풍요롭게 한다. 논리적인 사람일수록 상상력이 풍부하다.

논리는 상상을 사실로 확정하는 과정이다. 살인사건 현장을 접한 형사는 단서를 통해 용의자를 상상한다. 그리고 그 상상이 사실임을 논리적으로 증명하는 단계로 나아간다. 실패한다면 새로운 상상(스토리텔링)의 단계로 돌아간다.

[•] 졸저 《수학을 포기하려는 너에게》, 북트리거, 2022, p12에서 인용

나는 어릴 때 모든 수에 0을 곱하면 왜 항상 0이 되는지 이해하지 못했다. 0을 곱한다는 것이 어떤 의미인지 직관적으로 와닿지 않았다. 고등학교에 진학해서야 자각적으로 이 문제를 해결할 수 있는 실마리를 얻었다. 작은 수를 곱한다는 것은 그 작은 정도만큼 큰 수(역수)로 나눈다는 뜻이다.

$$a \times \frac{1}{2} = a \div 2$$

$$a \times \frac{1}{3} = a \div 3$$

$$\vdots$$

$$a \times \frac{1}{100} = a \div 100$$

따라서 어떤 수에 0을 곱한다는 것은 그 수를 엄청나게 큰 수로 나눈다는 의미가 되며 결과는 티끌보다 작은(0과 다름없는) 수가 될 것이다. 즉 어떤 수에 0을 곱한 결과는 아마도 0일 것이다! 아직 확실하지는 않지만 강한 느낌을 주는 상상은 문제의 엄밀한 증명으로 나를 이끌어갔다. 이후의 증명은 대학에 진학하고 나서야 명확히 구성해낼 수 있었다.

0의 성질은 0의 수학적 정의definition에 의존하고 있다. 0의 정의는 '자신에서 자신만큼 뺀 수(0 = ★ − ★)'이다. 증명은 다음과 같다.

$$a \times 0 = a \times (x - x) = ax - ax = 0 \ (증명 \ 끝)$$

엄밀한 증명이란 상상에 기반한 확신(느낌)을 바탕으로만 시작될 수 있다. 감각을 일으키는 사건(표면)을 통해 이면에 숨겨진 진실을 '상상'하고 그 상상이 사실임을 '논리'로 증명함으로써 문제를 근원적으로 해결하는 사유의 보편적 원리를 가장 극적으로 보여주는 학문이 바로 수학이다. 사유는 수학과 더불어 시작되었고 발전해왔다. 수학은 흔히 오해하듯 자연과학이 아니다. 고대 그리스에서 수학은 철학과 윤리학에 가까웠으며 근대에 들어와서 과학과 예술로 연결되었다. 수학을 의미하는 mathematics의 희랍어 어원인 mathesis는 배움 leaing 또는 정신적 수련mental discipline이라는 의미다. 《모르그 거리의 살인》이 최초의 추리소설이라는 타이틀을 얻은 이유도 바로 상상(시작)과 논리(마무리)의 결합을 통한 사건의 해결이라는 사유의 원리를 '문학적으로' 창조해냈기 때문이다.

상상(개연추론)과 논리(연역추론)

수학의 맥락에서 상상과 논리를 좀 더 구체적으로 살펴보고자 한다.

◎ 개연추론

상상의 내용인 개연추론plausible reasoning은 문제 해결 초기에 이루어지는 '그럴듯한' 추론을 일컫는다. 대표적인 개연추론으로 귀납과 유추가 있다.

귀납induction은 패턴 찾기다. 다음 수식을 보고 어떤 패턴(규칙)을 생각할 수 있을까?

$$1 \times 2 \times 3 \times 4 + 1 = 25$$
$$2 \times 3 \times 4 \times 5 + 1 = 121$$
$$3 \times 4 \times 5 \times 6 + 1 = 361$$

약간의 생각과 계산을 통해 우리는 결과를 이루는 수들이 모두 제곱수임을 알아낼 수 있다($25 = 5^2$, $121 = 11^2$, $361 = 19^2$). 즉 앞선 네 개의 수식은 '연속하는 네 자연수의 곱에 1을 더한 결과는 항상 제곱수일 것'이라는 일반적인 메시지를 우리에게 주는 것이다. 이것이 귀납이다. 매력적이지만 아직 확실치 않은 패턴(흥미로운 상상)은 논리적인 증명으로 우리를 이끌어간다.

● 졸저 《수학을 포기하려는 너에게》, 북트리거, 2022, p30에서 인용

역시 홈스가 활약하는 《춤추는 인형The Adventure of the Dancing Man》이라는
단편에 다음과 같은 흥미로운 그림문자가 등장한다.

문제의 그림문자는 의문의 사람에게서 온 편지의 메시지였다. 홈스는 이
그림문자 편지에서 가장 많이 나타난 그림을, 통계적으로 가장 많이 사용되는
알파벳 문자인 e에 대응시킨 후(패턴), 이를 기초로 다른 대응을 하나하나 찾아
나간다. 마지막으로 에이브 슬레이니라는 발신인의 이름까지 알아낸다. 현대의
독자들에게는 싫증이 날 수 있는 고전적인 암호 풀이지만 당시로서는 아주 흥미
로운 내용이었을 것이다.

귀납과 더불어 개연추론의 대표이며 가장 기본적인 문제 해결 수단 중
하나는 유추analogy다. 유추는 유사성에 의한 연결이다.
미국 CBS에서 2005년부터 방영된 〈넘버스〉라는 수사 드라마가 있었다.
첫 에피소드가 강하게 기억에 남는데 연쇄살인범을 잡는 독특한 과정 때문이다.
FBI 수사관 돈은 무차별적으로 벌어지는 연쇄살인 피해자들에게 공통점이 없었

기 때문에 용의자 색출에 실패한다. 수학자인 돈의 동생 찰리는 우연히 형의 자료에서 무작위로 펼쳐진 피해 발생 지역들을 본 뒤, 형에게 범인이 거주하는 곳을 알 수 있는 방정식을 만들어주겠다는 황당한 제안을 한다. 그가 그런 생각을 할 수 있었던 것은 스프링클러 때문이었다.

찰리는 생각한다. 스프링클러는 고정된 상태로 방향을 돌려가면서 여러 곳의 잔디에 물을 뿌린다. 거주지에서 들락날락하면서 여러 장소에서 살인을 저지르는 범인처럼. 만약 물이 뿌려진 몇몇 장소로부터 스프링클러의 위치를 찾을 수 있는 방정식을 구성할 수 있다면 이 방정식에 살인이 벌어진 장소에 대입하여 범인의 거주지를 도출해낼 수 있지 않을까?

스프링클러가 회전하며 물을 뿌리는 장면에서 살인범이 집을 들락날락하면서 살인을 저지르는 상황을 연결한 찰리의 사고는 유추의 전형적인 사례다. 유추는 귀납과 달리 패턴을 얻을 수 있는 다수의 사례가 필요 없으며 단 하나의 사례로도 곧바로 연결이 가능한, 매우 위험하면서도 극히 매력적인 개연추론이다.

유추는 빛의 진행 경로를 찾아내는 중요한 과학 문제에도 사용되었다.

17세기 초에 네덜란드 수학자인 스넬은 빛이 서로 다른 매질 속에서 진행 경로를 변경시키는 굴절의 원리를 각 매질에서의 빛의 속도(v_1, v_2)와 굴절각(α, β) 사이의 관계를 통해 수량화하는 데 성공한다. 이것이 스넬의 법칙Snell's law이다.

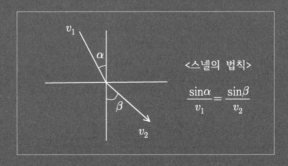

<스넬의 법칙>

$$\frac{\sin\alpha}{v_1} = \frac{\sin\beta}{v_2}$$

그로부터 약 70년이 지난 후 미적분학이라는 새로운 수학이 한창 발전해가던 와중에 수학자 요한 베르누이는 높은 곳과 낮은 곳의 공기 밀도가 달라지는 만큼 이를 매질의 차이로 간주하여 스넬의 법칙의 연속 적용을 통해 빛의 진

행 경로를 수학적으로 구해낼 수 있다는 발상을 해낸다. •

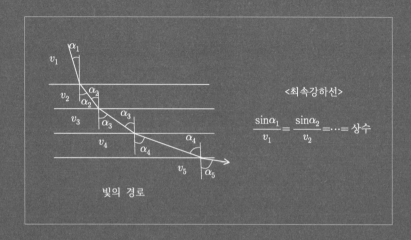

빛의 경로

<최속강하선>

$$\frac{\sin\alpha_1}{v_1} = \frac{\sin\alpha_2}{v_2} = \cdots = 상수$$

곡선을 구하는 과정에서 중력과 에너지 보존이라는 수학 외부적 요소가 적용되었지만, 기본적으로 직선의 진행을 전제하는 스넬의 법칙을 곡선에 적용한 것은 유사성에 기초한 과감한 유추의 전형을 보여준다. 강하에 걸리는 시간이 최소가 되는 곡선이라는 의미의 최속강하선Brachistochrone은 이렇게 발견되었다(이후의 수학적 증명은 별개로 이루어졌다). 빛의 진행 경로를 발견하는 데 유추가 결정적 역할을 한 것이다.

◎ 연역추론

개연추론(귀납과 유추)에 의해 발견 또는 구성된 가설을 증명하는 것이 연역추론deductive reasoning의 단계이다. 이것은 실험이나 관찰이 아닌 논리, 즉 개념의 세계를 통과하는 추상적인 과정이다. 상상이라는 발랄한 아이디어는 논리를 거치면서 비로소 사실로 확정된다. 이 과정을 거치지 않으면 아무리 참신하고 뛰어난 발상도 의미를 얻지 못한 채, 폐기될 수밖에 없다. 전제로부터 결론에 이르기까지 조금의 빈틈도 허용하지 않는 필연적인 연결 과정은 삼단논법과 모순율, 동일률, 배중률이라는 원리로 이루어진다.

• 졸저 《수학을 포기하려는 너에게》, 북트리거, 2022, p36에서 인용

대전제(A⇒B)와 소전제(B⇒C)로부터 A⇒C라는 결론이 필연적으로 성립한다는 삼단논법에 대해서는 별도의 설명이 필요 없으리라고 본다. 삼단논법은 이미 알려진 조건으로부터 새로운 판단을 끌어내는, 사유의 기초 원리다. 아리스토텔레스는 사유가 언어로 이루어지며 언어가 가진 일반 원리를 찾다가 모순율이라는 기본 원리에 도달했다.

모순율: A와 A의 부정은 동시에 성립할 수 없다. ($A \cup A^c = \varnothing$)

범죄 사건의 용의자를 찾았을 때, 경찰이 가장 먼저 하는 일은 알리바이(현장 부재 증명) 조사다. 범인이 사건 현장(A)과 다른 장소(A^c)에 동시에($\cap$) 있을 수 없기($\varnothing$) 때문이다. 따라서 용의자의 알리바이가 증명되는 순간, 그는 풀려나게 된다. 《용의자 X의 헌신》에는 독창적인 시공간 조작을 통해 경찰 수사에서 벗어나는 아이디어를 실행하는 수학자가 등장한다. 우리는 모순되는 언행을 일삼는 사람을 도덕적으로 좋게 보지 않는다. 어떤 사실과 그것의 부정이 동시에 성립 또는 주장될 수 없음이 인간의 논리적 판단의 가장 밑바닥에 존재한다는 사실을 발견한 사람은 아리스토텔레스다. 모순율은 논리와 윤리가 출발하는 지점이며 둘이 밀접하게 관계있음을 보여주는 원리다.

아리스토텔레스는 《분석론 후서》에서 모순율을 통해 동일률과 배중률을 유도했다. 동일률부터 살펴보자.

동일률: A는 A이다. ($A \equiv A$)

동일률은 정의definition와 관련된 원리다. 어떤 상황에서도 대상의 본질은 유지되어야 하며 그로부터 논리적 필연이라는 사유의 흐름이 가동될 수 있다. 문제를 통해 구체적으로 이해해보자.

문제: 17명의 참가자가 토너먼트 방식으로 바둑 게임을 할 때, 최종 우승자가 나올 때까지 치러진 게임의 총수는?

풀이: 직접 그림을 그리는 기초적인 방식을 취해서 다음과 같이 정답을 구할 수 있다(동그라미는 부전승).

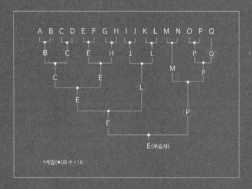

하지만 만약 참가자 수가 1만 8769명이라면 그림으로 해결하기는 조금 어려울 것이다. 이 문제에서 핵심은 토너먼트라는 진행 방식이다. 이 방식은 '한 번 게임을 하면 한 사람이 탈락'하는 방식이다. 즉 게임 수와 탈락자 수 사이에 일대일 대응이 성립한다. 그렇다면 17명 중 최종 우승자 한 명을 제외하고 16명 모두 탈락하게 되므로 게임의 횟수도 16회가 될 수밖에 없다.•

아무런 계산 없이 토너먼트라는 진행 방식의 정의를 깊이 있게 추구한 결과다. 참가자 수가 아무리 많아도 문제는 쉽게 해결된다.

많은 미스터리 소설에서 탐정은 정의의 끈질긴 분석을 통해 사건을 해결한다. 정의하기는 정체성identity과 관련되어 있다. 사물이건 사람이건 개념이건 한 번 정체성이 만들어지면 그것은 바뀌지 않는다. 이든 필포츠의 《붉은 머리 가문의 비극》에는 정체성을 이용한 트릭을 통해 역으로 진실을 숨기는 범인이 등장한다.

우리는 혼란스럽고 어려운 상황 속에서 이런 넋두리 같은 질문을 자신에게 던질 때가 있다.

나는 누구이고 여긴 어딘가?

• 졸저 《수학을 포기하려는 너에게》, 북트리거, 2022, p53에서 인용

이것은 벽에 부딪혔을 때, 정의로 되돌아가는 것이 문제 해결의 기본임을 생래적으로 알고 있다는 방증이다. 개념의 정의(일관성)에 기초한 추론은 논리적 사고의 가장 중요한 원리다.

이제 가장 고난도의 논리 법칙인 배중률을 소개할 차례다.

배중률: A와 A의 부정 중 하나만 성립하며 하나는 반드시 성립한다. ($A \cap A^c = U$)

용의자는 범인이거나 범인이 아니거나 둘 중 하나이며 반드시 둘 중 어느 한쪽이어야만 한다. 배중률은 이도 저도 아닌 애매한 회색(中)을 배제(排)하고 둘 중 어느 한쪽으로 확실히 쏠리게 하는 원리다. 만약 A를 직접 증명하기가 곤란한 상황일 때, A^c가 틀렸음을 보여준다면 그것은 A가 성립함을 보여준 것과 논리적으로 동등하다. A와 A^c 둘 중 하나는 반드시 성립하기 때문이다. 철학자 탈레스는 이 원리를 사용하여 쉬워 보이지만 전혀 쉽지 않은 수학 문제를 해결했다.

문제: 임의의 원은 지름에 의해 이등분됨을 증명하시오.

증명: 만약 지름에 의해 이등분되지 않는 원이 존재한다고 가정하자. 이 경우 지름을 축으로 원을 접으면 그림과 같이 어긋난 부분이 생기게 된다.

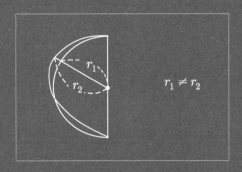

이때 그림처럼 원의 중심에서 원주까지 서로 거리가 다른 경우가 생긴다 ($r_1 \neq r_2$). 하지만 이것은 결코 성립할 수 없다. 원은 중심에서 거리가 '같은' 점들의 모임으로 정의되기 때문이다. 지름에 의해 이등분되지 않는 원이 존재한다는

가정은 성립하지 않으므로 이 가정의 반대되는 사실, 즉 모든 원은 지름에 의해 이등분된다는 명제가 성립하게 된다.

이처럼 배중률은 직접 증명하기가 어려운 문제를 간접적으로 해결할 때 사용되는 원리다. 전제를 한 번 부정한다고 확정적 결론이 얻어지지 않는 경우에는 같은 논리를 중복해서 사용함으로써 남아 있는 결론에 도달할 수 있다. 배중률의 응용 버전인 다중 부정법인데 《브루스파팅턴 설계도》에서 홈스도 이 방법을 응용하여 사건을 해결한다.

군수공장에 근무하는 한 직원이 기차역 선로에서 사망한 채로 발견된다. 그의 주머니에는 영국 해군의 신형 잠수함 설계도가 들어 있었는데 설계도면 중 가장 중요한 세 장이 빠져 있었다. 군사 기밀을 적에게 팔아넘기는 과정에서 암살된 것으로 의심되는 상황. 사건을 조사하던 영국정보국은 하루빨리 사라진 도면을 회수해야 한다고 판단해 홈스에게 사건을 의뢰한다. 홈스는 사건 자료를 확인하는 과정에서 당일 직원이 기차표를 사지 않았다는 사실과 시체가 발견된 선로에 핏자국이 전혀 없었다는 사실을 알게 된다.

기차표를 사지 않았다. → 기차를 타지 않았다.

선로에 핏자국이 없다. → 살해 장소는 선로 주변이 아니다.

수사 자료를 통해 불가능성을 하나하나 지워간 홈스에게 남은 마지막 단서는 시체가 발견된 장소다. 시체가 다른 곳이 아닌, 교차로에 있었다는 사실을 통해 홈스는 범인이 직원을 살해한 후, 기차 지붕 위에 던져놓았고 시체를 싣고 달리던 기차가 교차로에서 방향을 바꾸는 과정에서 지붕에 있던 시체가 바닥으로 떨어진 것이라는 결론에 도달한다. 그는 지도를 살피며 달리는 기차 지붕 위에 시체를 던질 수 있는, 특이한 위치에 있는 집을 세 군데 찾아서 정보국에 알려주고 그중 한 장소에서 범인이 체포된다.

도일은 또 다른 단편 〈녹주석 보관〉에서 홈스의 입을 빌려 다음과 같이 말한다.

불가능을 제외하고 남는 것. 아무리 믿어지지 않더라도 그것이 진실이다

When you have eliminated the impossible, whatever remains, however improbable, must be the truth.

구름을 그려서 달을 드러내는 홍운탁월烘雲托月 기법이 회화에만 사용되는 건 아니다.[•]

　개연추론과 연역추론은 하나가 다른 하나를 보완하는 상보적 추론이며 문제를 해결하는 인간 사고의 핵심적인 두 측면이다. 두 사고는 단계별로 분리되어 있다기보다는 미묘하게 얽혀서 함께 돌아가는 경우가 많다. 구분은 되지만 분리되기는 어렵다고 할까? 사고의 앞면과 뒷면이라고 하는 것이 더 나은 비유일 것 같다.

　추론을 통해 문제를 해결하는 과정에서 어쩔 수 없이 벽에 부딪힐 때가 있다. 생각이 막혀 더 이상 진전이 안 될 때, 우리는 어떻게 해야 할까?

추리의 동력: 관점 이동

　123×456과 456×123이 같을까? 별생각 없이 같다고 말할 수 있을지 모르지만, 이 문제는 그리 간단하지 않다. 123을 456번 더한 것과 456을 123번 더한 결과가 같다는 것을 계산해보지 않고 도대체 어떻게 알 수 있단 말인가? 나아가서 일반적으로 ab와 ba가 같음을 증명해야 하는 상황이라고 할 때, 어떻게 해야 할까? 그림을 보자.

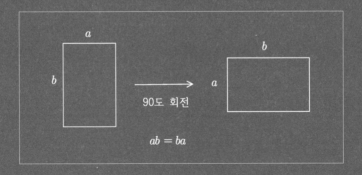

90도 회전

$$ab = ba$$

•　졸저 《수학을 포기하려는 너에게》, 북트리거, 2022, p59에서 인용

기하학적인 넓이라는 의미 부여를 통해서 두 수를 곱하는 순서와 무관하게 값이 일정한 이유가 드러난다. 직사각형의 넓이는 90도 회전해도 변하지 않기 때문이다. 수의 계산 문제를 해결하는 과정에서 도형의 넓이라는 새로운 관점이 들어왔고 이를 통해 기존의 정보(회전 시 넓이 불변)가 연결되면서 사고가 앞으로 나아갈 수 있었다.•

한 고등학교에서 지갑 도난 사건이 벌어졌다. A는 여러 정황상 옆자리의 B가 의심스러웠다. 하지만 증거가 없기 때문에 속앓이를 할 수밖에 없었고 결국 담임에게 상담 요청을 하게 된다. 만약 B가 정말로 범인이라면 돈만 가져가지 않고 새 지갑을 굳이 가져간 이유가 뭘까? 지갑은 집에 숨겨놓고 사용할 수 없는, 일상에서 늘 갖고 다니는 물건이므로 노출될 수밖에 없다. 고민을 거듭하던 두 사람은 범인이 새 지갑을 중고로 내다 팔려는 의도로 훔쳤을 수도 있다는 결론에 도달한다. 두 사람은 온라인 중고 거래 플랫폼(중고나라)에 접속하여 유사한 지갑을 찾아냈다. A가 자신의 엄마 전화를 이용해서 판매자의 안전 번호로 구매 의사를 문자 전송하자 곧바로 B의 휴대폰 번호로 답이 돌아온다. 범인은 B가 맞았다(문제 해결). 이 경우 관점의 전환은 범인이 중고 거래 플랫폼에서 물건을 팔 것이라는 발상이었다. 이 관점 전환에 따라 중고나라라는 관련 정보가 연결되며 추리의 동력이 이어질 수 있었고 문제가 해결되었다.

```
문제 ——— (관점 이동) ——— (관점 이동) ——→ 답
          ↑                  ↑
       (정보)             (정보)
```

분명 많은 정보를 가진 사람이 추리에 유리하다. 하지만 정보는 문제와 그냥 연결되지 않는다. 새로운 관점으로 끊임없이 문제를 재해석할 수 있는 유연한 사고가 정보에 앞선다.••

• 졸저 《수학을 포기하려는 너에게》, 북트리거, 2022, p26에서 인용
•• 졸저 《수학을 포기하려는 너에게》, 북트리거, 2022, p39에서 인용

상상(우연)과 논리(필연)의 수학적 연결: 확률

두 DNA 샘플의 13개 유전자 자리가 일치할 확률은 약 $\frac{1}{4\times10^{14}}$이다. 확률이 400조 분의 1이므로 0으로 간주해도 무리가 없다(0.00⋯(15회 반복 후)25⋯). 지구상에 한 명밖에 없으리라는 판단이 충분히 가능하다는 뜻이다. 지극히 엄밀한 논리에 따른다면 확률이 0은 아니므로 지구상에 우연히 여러 명이 있을 수도 있겠지만 현실 세계에서는 DNA가 같은 사람은 '없다'라고 선언한다. 그것은 '일어나기 힘든 사건들이 독립적으로 반복해서 벌어지면 우연이 아닌 필연'으로 간주하는 원리, 바로 확률곱셈정리에 기초한다.

확률곱셈정리
: 사건 A_1, A_2, A_3, ⋯, A_n이 서로 독립적일 때,
그 모두가 겹쳐서 일어날 확률은 개별 확률들의 곱과 같다.
즉 $P(A_1 \cap A_2 \cap \cdots \cap A_n)=P(A_1) \times \cdots \times P(A_n)$ 이다.

$\frac{1}{10}$을 여섯 번 곱하면 100만 분의 1이 된다. 즉 열 번 중 한 번 일어날 정도의 우연한 사건이 여섯 번이나 일어난다면 더 이상 우연이 아니라 필연으로 간주된다. 다수의 정황 증거가 겹쳐 있는 경우 직접 증거에 준하여 유죄 판결을 내릴 수 있는 이유다(하지만 그만큼 조심해야 한다. 사건들이 상호 독립이 아닌 경우는 확률 계산이 달라지기 때문이다). DNA를 포함하여 모든 직접 증거 또한 사실상 다수의 정황 증거의 겹침일 뿐이다.

1994년에 미국의 유명한 전 미식축구 선수 O. J. 심슨이 부인과 남성 1명을 살해한 혐의로 재판을 받았다. 검사는 배심원단 앞에서 피 묻은 장갑을 포함한 여러 증거들을 나열하며 심슨이 평소에 부인을 지속적으로 폭행한 사실을 폭로한다. 이때 변호인은 평소에 부인을 폭행한 남편이 부인을 살해할 통계적 확률($\frac{1}{2500}$ (=0.04%))을 제시하며 검사를 머쓱하게 한 후, 다른 물적 증거들의 틈을 비집고 들어가 배심원을 설득해나간다. 변호인이 제시한 확률은 문제가 없었다. 검사가 확률을 잘못 제시한 것이다. '평소에 부인을 폭행하는 남편이 부인을 살해할 확률'이 아니라 '평소에 부인을 폭행한 남편의 부인이 사망한 경우, 그

남편이 범인일 확률'을 제시했어야 한다. 이 확률은 90퍼센트다. 0.04퍼센트와 90퍼센트의 차이. 그것은 '조건부 확률'에 대한 이해 부족이 빚어낸 결과다(이것 때문은 아니겠지만 결국 심슨은 무죄를 선고받았다).

조건부 확률:

사건 A가 일어났다는 조건하에서 사건 B가 일어날 확률

$$P(B|A) = \frac{n(A \cap B)}{n(A)}$$

수는 이처럼 확률이라는 이름으로 현실 세계에서 논리를 표현한다. 수학이 중요한 또 하나의 이유다.

추리적 삶의 즐거움(樂)에서 미스터리 창작의 기쁨(悅)으로

지금까지 수학이라는, 익숙하면서도 생소한 키워드를 통해 추리의 구체적인 모습을 다양한 방식으로 살펴보았다. 내가 제시한 개연추론과 연역추론, 관점 이동과 확률은 대단한 수학적 지식이 필요하지 않다. 일상에서 맞닥뜨리게 되는 이런저런 문제를 해결해나가는 과정에서 우리 스스로 인지하지 못했지만, 암묵적으로 사용하고 있는 방법을 좀 더 엄밀하고 정제된 언어로 정리한 것뿐이다. 과학철학자 칼 포퍼는 인생을 '문제와의 끊임없는 만남'이라고 정의했다. 우리가 삶 속에서 만나는 문제를 추론을 통해 해결해나가는 것 자체가 삶의 큰 즐거움이 아닐까. 그리고 그 즐거움의 연장선상에 나만의 미스터리 창작을 위치시킨다면 어떨까. 미스터리 창작은 나에게 닥친(수동) 문제를 넘어서 나 스스로 창조해낸(능동) 문제인 만큼 나의 추론 능력과 삶의 질이 큰 폭으로 향상될 것이 분명하다. 창작은 삶의 일부이며 일부여야 한다.

ps: 독자 문제의 정답은 $n(n+1)(n+2)(n+3)+1=(n^2+3n+1)^2$입니다.

수상작

검은 눈물

유재이

'은영 엄마.'

얼마 만에 듣는 호칭인가. 그 사건 이후로 주위 사람들은 그녀를 '영희' 혹은 '은우 엄마'라고 불렀다. '은영'이란 이름은 일종의 금기어였다. 그런 그녀에게 아무렇지 않게 '은영 엄마'라고 부를 수 있는 단 한 사람. 전남편이었다. 몇 년간 연락 없던 그가 대뜸 편지를 보내 '은영 엄마'라고 부르는 것의 저의가 궁금하면서도 한편으로는 충분히 그답다고 생각했다. 낯선 글씨체를 바라보며 연애 시절은 물론이고 결혼 생활 내내 그로부터 편지 한 번 받아본 적이 없다는 걸 그녀는 문득 깨달았다.

은영 엄마로 불린 영희의 몸이 딱딱하게 굳어지면서 움켜쥔 편지지도 함께 구겨졌다. 이제 겨우 그 사건으로부터 한 걸음 옆으로 비켜서게 된 그녀였다. 예상치 못한 그의 등장은 그녀를 봉인된 기억 속으로 질질 끌고 갔다. 마주하고 싶지 않은 장면들이 순식간에 달려와 그녀를 들이박고, 찌르고, 할퀴어댔다. 전복된 기억들이 엉망으로 뒤섞인 채 쇳덩어리처럼 그녀의 가슴을 짓눌렀다. 사레들린 듯 헛기침이 나왔다. 편지에 빼곡히 적힌 글자들이 공중으로 붕 떠올라 그녀의 머리 위로 거대한 먹구름을 만들더니 그의 목소리로 변해 후두두 쏟아져 내렸다. 지난 15년 동안 되풀이되던, 결론 없는 집착으로만 가득한 말들. 그녀는 초점을 부러 흐릿하게 한 채 편지지를 하나씩 넘겨보았다. 꽤 많은 양이었다. 심호흡을 여러 번 한 뒤에야 그녀는 편지의 두 번째 줄에 초점을 맞출 수 있었다.

오랜만이야. 내 편지가 달갑지 않을 걸 알기에 여러 번 망설였어. 하지만 약속할게. 이 편지가 당신이 나로부터 받는 마지막 편지가 될 거라고. 몇 가지 당신에게 전하고 싶은 게 있어서. 당신을 직접 만나서 전해야 할지 아니면 다른 더 좋은 방법은 없을지 고민했어. 그러다가 강원도 고성으로 가서 은우를 만났어. 힘든 거 티 내지 않는 듬직한 우리 아들. 자신보다 부모를 먼저 생각하는 효자. 군복 입은 모습을 보니 늠름하게 자라줘 고마우면서도 한편으론 미안하더라고. 이렇게 자랄 때까지 아빠로서 해준 게 없었으니까. 은우한테 물어보니 '편지'가 어떻겠냐고 하더라고. 군대에 있으면서 몇 번 편지를 받아보니 편지가 주는 진심 같은 게 느껴졌다나. 그래서 당신이 사는 곳 주소를 은우로부터 받았어. 그러니까 어떻게 주소를 알아냈는지 걱정 안

해도 돼. 이런 데까지 기자질 하지는 않으니까.

뭐부터 말해야 할까.

우리 어머니, 작년에 돌아가셨어. 100세까지 몇 년 안 남으셨는데. 그래도 그 정도면 호상이지. 물론 온전한 정신이 아니셨기에 호상이라 말하기도 뭐하지만. 장례는 조용히 치렀어. 당신과 은우에게 연락할까 하다가 말았네. 섭섭하다면 미안해. 당신에게는 시어머니이자 은우에게는 할머니인데. 어머니 보면 자연스레 우리 은영이가 생각날 것 같아서. 다시 고통스럽지 않길 바랐어. 그리고 또….

아, 어머니는 주무시다가 돌아가셨어. 노환이었지. 언젠가 우리가 말했던 것처럼 편안하게 눈을 감으셔서 다행이면서도 한편으로는 부러워. 누구나 그런 죽음을 맞이할 수 있다면 얼마나 좋을까. 어머니는 ○○병원에 부속된 납골당에 모셨어. 제2안치실 2-0870이야. 혹시 모르니 적어 놓을게.

그리고 2주 전쯤 병원에 갔는데 나, 치매 판정받았어. 그 어미에 그 자식이라고 생각하는 거 아니겠지? 치매라는 걸 듣는 순간 하늘나라에 도착한 어머니가 재빨리 내 소원을 들어주셨다고 생각했어. 이해 못하겠다는 표정을 짓고 있을 당신이 그려지네. 하지만 정말이야. 이런 병을 물려준 어머니가 고마워. 당신 아들을 구하신 거니까. 드디어 그 끔찍한 기억에서 벗어날 수 있게 됐으니까. 머릿속에 켜켜이 쌓여 단단히 박제되어버린 기억들은 이제 활활 타서 전소되겠지? 형체를 알아볼 수도 없게 재가 되어버린 기억들은 오랫동안 닫혀 있던 문을 열고 들어오는 신선한 바람에 서서히 날아갈 거야. 그럼 아무것도 들어 있지 않은 머리를 가지게 된 나도 그때부터는 밥도 잘 먹고 웃긴 이야기에도 잘 웃고 밤이 되면 잘 자게 될까? 웃을 때마다 죄책감을 느끼지 않아도 되고, 맛있는 걸 먹을 때면 울지 않아도 되고, 멋진 풍경을 볼 때면 슬프지 않아도 될 거야. 내가 지금까지 믿어왔던 것들의 배신이나 원망 혹은 연민 같은 복잡한 감정들이 내 몸 곳곳에 유리처럼 박혀 시시때때로 나를 괴롭히는 일도 더는 일어나지 않을 거고.

며칠 전에는 A의 이름조차 생각나지 않아 한참을 씨름한 뒤에야 간신히 떠올렸어.

그래서…

기억들이 모두 사라지기 전에 당신에게 모든 걸 털어놓으려 해. 당신을 다시 고통 속으로 밀어 넣고 싶지 않았어. 지금쯤 당신은 어느 정도 평범한 일상을 보내고 있을 수도 있으니까. 그렇기에 어렵게 회복한 일상을 다시 흐트려놓는 나를 원망할지 모른다는 것도. 그렇다고 해도 당신에게 전해야 한다는 게 오랜 고민 끝에 내린 결론이야. 이 편지는 잔혹하고 무자비한 전쟁의 종전 선언과도 같은 거니까. 내가 끝을 향해 달려가듯, 당신도 엄마로서 끝을 알아야 하니까. 그로 인해 원망의 대상이 바뀐다 해도 그 사건에서 지금보다 자유로워질 수 있다면 더는 바랄 게 없겠어.

당시에는 당신이 이해가 가지 않았어. 모성애라는 게 겨우 그뿐인가 싶을 정도로 당신을 왜곡된 시선으로 바라봤지. 대응 방식의 차이였다는 걸 깨닫게 된 건 당신과 이혼하고 몇 년 지나서였어. 참 철이 없었네. 그 사건은 내게서 종교를 앗아갔지만, 당신에게는 종교를 선사해주었지. 아이러니해. 인간은 어떤 큰 변화를 겪게 되면 지금껏 해오던 자신의 방식에 큰 의구심이나 회의를 느끼곤 거기에 원인이 있다고 생각하게 되지. 그리고 달라지려 하는 거야. 다시는 그런 일을 겪고 싶지 않아서. 15년이 지난 지금, 내가 당신을 따라 함께 새벽기도를 다녔다면 어땠을까 하는 생각을 가끔 하곤 해.

정신적 사망 판정을 받은 내가 당신에게 남기는 일종의 유언이라고 생각하고 부디 끝까지 읽어주면 좋겠어.

2007. 10. 8. '검은 눈물을 흘리는 소녀'…

내내 편지지에 붙어 있던 두 눈을 황급히 들어 올린 영희는 하얀 천장에 순식간에 떠오르는 현상을 속절없이 마주해야 했다. 기억하지 않아도 저절로 떠오르는 것. 허공을 응시할 때면 스르르 나타나는 것.

죽어 있는 한 소녀. 고개는 90도 가까이 꺾여 있고 미처 감지 못한 두 눈에는 정체 모를 검은 액체가 덕지덕지 발라진 채 굳어 있다. 작은 파리 떼가 우글우글 모여 있는 듯한 흉측하고 기괴한 모습. 그 액체는 뺨을 타고 턱 언저리까지 흘러내려 마치 소녀는 검은 눈물을 흘리고 있는 것처럼 보인다. 살짝 벌어진 입에서는 검푸른 혀가 비어져 나와 있고 목에는 가늘고 검은 줄 여러 개가 감겨 있다. 줄 사이사이 푸르게 변한 살점들이 생선의 내장처럼 튀어나왔다. 부풀어 오른 얼굴과 달리 소녀의 몸은 힘없이 아래로 축 처져 있는데, 살짝 접힌 두 다리의 발끝이 땅을 디딜 듯 말 듯 아슬아슬하게 떠 있다. 소녀를 매단 나뭇가지가 제법 튼튼한지 소녀의 무게에도 기울지 않고 하늘을 향해 솟아 있다. 멀리서 보면 어정쩡하게 나무 아래 서 있는 것도 같다. 영희의 창백한 입술이 파르르 떨렸다. '2007년 10월 8일'은 은영의 전학을 앞두고 강원도로 가족여행을 떠난 다음 날이었다.

*

그날의 첫 기억은 요란하게 울리던 남편의 휴대폰 벨 소리로 시작된다. 오랜만에 떠난 여행이었다. 치매 노인을 모시고 있었기에 온 가족이 여행을 떠나기 위해서는 약간의 용기와 대범함이 필요했다. 그런데도 은영의 전학을 앞두고 새 출발을 다짐하는 차원에서 그녀는 여행을 추진했다. 떠나는 차 안, 열린 창문으로 슬며시 들어오는 가을바람과 백미러를 통해 설핏 밝아진 은영의 표정을 보며 영희는 홀가분함과 안도감을 느꼈다. 오랜만에 느껴보는 기분이었다. 집에서 늦게 출발했기에 첫날은 관광 없이 바로 예약해둔 콘도로 향했다. 콘도에 들르기 전, 그들은 ○○항 난전 먹거리촌에서 자연산 모둠회와 새우튀김 등을 샀다. 남편은 어머니 몰래 영희에게 눈짓을 보내며 술 몇 병을 들어 보였고, 영희는 잠시 고민하다 고개를 끄덕였다. 어머니가 마음에 걸렸지만, 평상시 눈에 띄는 말썽을 피운 적은 없었기에 마음 한구석에 '괜찮겠지'란 안일함도 있었다. 무엇보다 내내 긴장 상태로 지내던 일상에서 벗어나 그날 하루만큼은 마음껏 풀어지며 즐기고 싶은 마음도 컸다.

숙취로 인한 두통보다 벨 소리의 집요함과 요란함에 잠을 깬 그녀는 코를 골며 자는 남편 대신 휴대폰을 집어 들었다.

"여보세요?"

"안녕하세요. 여기 ○○콘도입니다. 혹시 황금순 씨 보호자 되시나요?"

잠겨 있던 목소리가 갈라지며 그녀는 재빨리 대답했다.

"네. 저희 어머니신데요. 무슨 일이시죠?"

"아, 할머니께서 계속 콘도 주변을 배회하고 계셔서요. 혹시나 해서 여쭤보니 횡설수설하시길래 한참을 헤매다 마침 저희 직원 중 한 명이 할머니 목에 걸린 목걸이를 보고 연락드리게 되었습니다."

"예. 저희 어머니가 치매를 앓고 계셔서…. 지금 당장 내려가겠습니다."

종료 버튼을 누른 영희는 손으로 이마를 짚었다. 남편을 거칠게 흔들어 깨운 뒤 그들은 곧장 로비로 내려갔다. 프런트 안쪽에 앉아 있던 어머니는 그들을 보자마자 환하게 웃으며 일어섰다. 그녀는 파자마 차림에 핸드백을 들고 있었다. 한눈에 봐도 정상적인 모습은 아니었다. 프런트 직원에게 거듭 감사하고 죄송하다는 인사를 건넨 뒤 그들은 양쪽에서 어머니를 연행하듯 붙잡고 숙소로 돌아왔다. 전날 과음한 게 역시나 문제였다. 그녀는 풀어지면, 마음을 놓아버리면 안 되는 것이었다. 어머니랑 같은 방을 쓴 건 은영이었다. 콘도에 도착하기 전, 두 개의 방을 어떻게 쓸지 고민하고 있던 차에 은영이가 먼저 할머니와 같이 자겠다고 했다. 자신이 할머니 옆에 자면서 혹시나 할머니한테 무슨 일이 생기지는 않는지 잘 지켜보겠다면서. 다시 예전의 은영이로 돌아온 것 같아 영희는 기뻤다. 은영이 스스로 무언가를 하겠다고 한 적이 언제였던가. 그녀는 현관을 들어서며 은영을 찾았다.

"은영아."

그녀의 부름에 정작 나타난 건 은우였다. 은우는 두 눈을 비비며 영희에게 두 팔을 뻗었다. 그녀는 은우를 안고 어머니와 은영이 쓰는 방문을 열었다. 거기에 은영은 없었다. 사람의 흔적만 남은 이부자리 두 개가 나란히 놓여 있었다. 말없이 밖에 나갈 은영이 아니었다. 어머니를 이부자리에 다시 뉘는 남편을 향해 그녀가 물었다.

"은영이 혹시 못 봤어요?"

남편은 말없이 고개를 절레절레 저었다. 어머니의 지저분한 발목 언저리를 남편은 이불 끝으로 대충 닦아내고 있었다. 영희는 품에 안겨 다시 잠든 은우를 소파에 내려놓고 휴대폰을 찾았다. 어질러진 식탁 위 한쪽 구석에 엎어져 있는 전화기를 집어 들고 은영에게 전화를 걸었다. 배터리가 2퍼센트밖에 남아 있지 않았다. 주방 싱크대 쪽 콘센트에 충전기를 꽂아뒀던 게 기억나 그쪽을 훑어봤지만, 텅 빈 구멍 두 개만 보일 뿐이었다.

통화 연결음만 계속 이어지다 마침내 '전화를 받을 수 없어…'란 안내 음성이 나오자마자 전화를 끄고 남편과 잠들었던 방으로 들어가 다른 충전기를 찾았다. 침대 옆 콘센트에도 충전기는 없었다. 그녀는 다소 신경질적으로 남편을 불렀다.

"여보, 충전기 다 어쨌어요?"

생수를 벌컥벌컥 들이켜던 남편은 그녀 곁으로 다가와 무슨 뚱딴지같은 소리냐는 표정으로 답을 대신했다. 영희는 계속해서 은영과 통화를 시도했지만 들려오는 소리는 감정 없는 젊은 여자의 목소리뿐이었다.

"은영이 좀 찾아봐요. 빨리."

그녀는 꺼져가는 전화기를 침대 위에 던져두고 혹시나 하는 마음에 화장실 문을 열었다. 그곳에도 은영은 없었다. 영희의 표정에서 다급함을 느낀 남편이 은영에게 전화를 걸었고 그 역시 같은 목소리를 들은 듯 전화를 끊고 슬금슬금 나갈 준비를 했다. 그는 "지하 편의점에 갔나 보지"라고 중얼거렸다. 그녀는 소파에 잠들어 있는 은우에게 다가갔다.

"은우야, 일어나봐. 혹시 누나 못 봤어?"

은우는 실눈을 뜨고 몇 번 눈을 끔뻑거리다 엄마의 말뜻이 무엇인지 깨달았다는 듯 두 눈을 크게 뜨며 말했다.

"누나가 없어?"

"응. 누나 혹시 어디 간 줄 알아?"

은우가 벌떡 일어났다. 그리고 곧장 어머니가 누워 있는 방문을 열고 확인하더니 다시 거실로 나와 남편을 올려다보며 말했다.

"아빠, 나도 같이 가."

남편과 은우가 나가고 난 뒤 그녀는 계속해서 충전기를 찾았다. 어머니를 제외한 가족 모두 충전기를 가지고 있었기 때문에 총 네 개의 충전기가 있어야 했다. 거실 TV 서랍장 쪽 콘센트에 꽂혀 있어야 할 은우의 충전기 역시 보이지 않았다. 그녀는 어머니가 있는 방으로 조심스럽게 들어가 벽 한쪽에 자리 잡은 콘센트를 살펴보았지만, 그곳에도 충전기는 없었다. 영희는 한숨을 쉬었다. 그리고 어느새 두 눈을 감고 잠들어 있는 어머니를 살살 흔들며 물었다.

　"어머님, 죄송한데 혹시 은영이 못 보셨어요?"

　어머니는 눈도 뜨지 않은 채 "은영이 거 잘 있잖아"라며 작고 느리게 대답했다. 어머니는 분명 중증 치매 환자는 아니었다. 돌발행동을 하는 일도 거의 없었다. 낯선 환경에 어머니까지 모시고 온 게 화근인 것 같았다. 어머니는 대부분 방 안에 홀로 계셨다. 멍하니 TV를 보는 일이 대부분이었고 당신이 가지고 있는 얼마 안 되는 소지품들을 하나하나 정성스레 닦고 정리하는 일로 시간을 보냈다. 어머니는 그것들을 소중히 여겼다. 이동할 때면 유일하게 가지고 있는 중간 크기의 감색 가죽 핸드백에 단출한 소지품들을 항상 챙겨 넣고 다녔다. 어머니가 누워 있는 이부자리 옆으로 핸드백이 가지런히 놓여 있었다.

　"은영이가 없어요, 어머님."

　그녀의 말에도 어머니는 대답이 없었고 곧이어 쌕-쌕- 하는 깊은 잠에 빠진 숨소리가 들려왔다. 영희는 은영이가 누웠던 흔적이 고스란히 남은 이불을 조용히 정리하기 시작했다. 베갯잇에 묻은 은영의 머리카락을 훔치며 어쩌면 은영이 산책하러 나갔을 수도 있다고 생각했다. 새로운 곳에서 신선한 공기를 맡으며 마음가짐을 다잡고 있는지도 모를 일이었다. 남편과 은영, 은우가 함께 편의점에서 아이스크림을 사 먹으며 해맑게 들어오는 모습을 상상했다. 걱정은 덜어두고 충전기나 다시 한번 꼼꼼히 찾아봐야겠다고 생각하며 그녀는 조용히 방문을 닫고 나왔다.

　남편과 은우는 좀처럼 돌아오지 않았다. 그녀의 휴대폰은 진작 꺼져버렸고 충전기는 끝내 찾지 못했다. 콘도에 비치된 전화기로 은영과 남편, 은우에게 차례로 전화를 걸었지만 세 명 다 받지 않았다. 어질러져 있는 식탁을 깨끗이 치우고 간단한 설거지를 하고 거실과 방, 화장실에 이어 현관까지 정리를 마친 영희는 시계를 올려다보았다. 깨어난 지 세 시간 남짓 지나 있었다. 은영이 어쩌면 길을 잃었을지도 모른다는 생각이 들었다. 아무래도 직접 은영이를 찾아봐야겠다고 생각하며 나갈 채비를 하려던 그때, 베란다 밖으로 사이렌 소리가 들렸다. 아닐 거야. 그냥 지나가는 소리일 거야. 우리 은영이와 관련된 소리는 아닐 거야.

　구급차에 이어 경찰차가 도착하고 몇몇 사람들이 분주하게 왔다 갔다 하는 모습을 그녀는 베란다에서 모두 지켜보고 있었다. 그 순간에도 그녀는 은영과 관련된 일은 절대 아닐 거라며 스스로 주문을 걸었고 계속해서 전화를 받지 않는 가족에게 화가 났다. 누구 한 명이라도 상황 설명을 해줘야 하는 거 아닌가. 기다리고 있는 사람은 생각도 안 하나. 그녀는 베란다 문을 쾅 닫고 커튼을 휙 쳤다. 사이렌 소리가 희미해졌다. 여행 이튿날 일정은 물회를 먹으러 가는 것이었다. 유명한 곳이라 일찍 가지 않으면 오래 기다려야 했다. 가게에 미리 전화를 걸어 대기 손님이 얼마나 있는지 확인해야겠다며 그녀는 일부러 소리 내어 중얼거렸다. 콘도에 비치된 카탈로그를 찾아 지역 맛집 소개란을 뒤적거리는데 복도에서 발걸음 소리가 들렸다. '딩동' 하는 벨 소리에 그녀는 잠시 멍하니 현관문을 바라보다 황급히 달려가 문을 열었다. 울고 있는 은우를 품에 안은 남편과 그들 뒤로 건장한 남자 두 명이 서 있었다.

그들은 자세히 말해주지 않았다. 그저 은영이가 변을 당했다고, 콘도를 마주한 산 중턱 등산로를 조금 벗어난 외진 곳에서 발견됐다고만 말했다. 구급대원들이 은영을 급하게 병원으로 이송했다고 했다. 남편은 말이 없었고 은우는 영희의 품으로 달려들어 울기만 했다. 영희의 머릿속에 수만 가지 질문이 떠올랐지만, 입 밖으로 첫 마디가 나오지 않았다.

*

사망 판정이 내려지고 부검을 거쳐 마침내 화장터에 들어가기 직전에야 그녀는 딸을 제대로 볼 수 있었다. 딸은 그녀가 기억하는 모습 그대로 평온하게 눈을 감고 누워 있었다. 그런데도 그녀는 은영의 목에 선명히 남은 자국을 알아차렸고 그 자국은 멍에처럼 그녀를 계속해서 괴롭혔다. 은우는 그날 이후 소아정신과를 다니기 시작했다. 가족은 은영이가 죽은 지 6개월쯤 뒤 이사를 계획했다. 동네 사람들의 시선과 위로가 불편했고 무엇보다 어머니가 계속해서 은영이가 살아 있는 것처럼 대해 난감했기 때문이었다.

"은영이는 아직 학교에서 안 왔니?"

"은영이더러 같이 밥 먹자고 해라."

"은영이한테 잘해야 해. 은영이부터 챙겨."

하루 중 몇 마디 안 하는 어머니였지만 그 몇 마디도 대부분은 은영과 관련된 것들이었다. 담당 의사는 치매 환자가 큰 충격을 받으면 증세가 더 심해질 수 있다고 조언했다. 남편의 바람대로 그들은 어머니에게 은영의 죽음을 이야기하지 않기로 했다. 대신 이사를 하는 시점에 맞춰 어머니에게 은영이가 외국으로 유학하러 갔다고 말할 생각이었다. 은영이가 죽은 뒤 남편은 은영이를 그렇게 만든 범인 찾기에 혈안이었다. 바쁜 남편을 대신해 그녀가 은행을 찾았고 그곳에서 그녀는 상상해본 적 없던 딸의 생전 마지막 모습을 마주해야 했다. 그것도 휴대폰의 작은 화면을 통해. 은영이는 인터넷에 떠돌고 있었다.

은행 대기 의자에서 습관적으로 휴대폰으로 인터넷에 접속한 그녀는 자주 가던 사이트에 떠도는 숱한 게시물들을 훑던 중 눈에 띄는 게시물 하나를 발견했다. '검은 눈물 흘리는 여중생(클릭 주의)'이라는 제목이었다. 그녀는 그 게시글을 무심코 클릭했고 거기서 은영의 사진을 보게 됐다. 남편과 경찰에게서 혹은 뉴스에서 간접적으로 들었던 묘사였지만 직접 보는 것은 처음이었다. 게시물은 빨간색 경고 문구로 시작했다. '미성년자, 임산부, 노약자 등은 스크롤을 내리지 마시오.'

님들아 이거 완전 대박임. 강심장만 보셈!

얼마 전 뉴스에 강원도 ○○콘도에서 여중생이 사망한 사건 잠깐 나왔잖슴?

그 여중생 발견 당시 모습이래. ㄷㄷㄷ

산속에서 발견됐다는데 님들이 보기엔 어때 보임?

나는 타살에 한 표. 휴대폰 충전기 줄로 목이 감긴 게 좀 걸리긴 하는데....

자기 눈에 스스로 저렇게 칠해놓고 죽는다는 게 가능함?

님들이 보기엔 저게 뭐 거 같음? 나는 마스카라나 아이라이너 같기도 함.

여중생이 학교에서 왕따를 당했다는데 하필 왕따 주동자도 그날 같은 콘도로 가족여행을 갔었대. 우연의 일치라기엔 너무 딱 떨어지지 않음? 근데 걔가 학교에서 공부도 잘하고 잘사는 집 딸이라 경찰이 쉬쉬하면서 자살로 몰아 가려고 한대.

여튼 저 여중생은 왕따 때문에 전학 앞두고 새 출발 겸 가족끼리 여행 간 거였다고 하는
데 개불쌍 ㅜ

아 그리고 사진 보면 휴대폰을 꼭 쥐고 있는데 휴대폰 메모장에서 왕따시킨 가해자들
이름이 쭉 적혀 있었다고 함. 이거 다잉 메시지 뭐 그런 거 아님? 나는 이 사진 보고 진
짜 며칠 동안 잠 못 잠 ㅜ 스크롤 내릴지 말지 님들도 신중히 생각하셈.

　휴대폰을 들고 있는 손이 덜덜 떨리는 것을 그녀는 미처 알아채지 못했다.
스크롤을 마저 내려 모자이크 처리도 없이 화면 가득 담긴 은영의 사망 당
시 사진을 본 그녀는 그 자리에서 기절했고, 그런 그녀를 옆에서 불안하게
지켜보던 중년 남성이 곧바로 119에 신고했다.
　그날로부터 15년이 지나서야 그녀는 사진의 잔상으로부터 얼마간 벗어
날 수 있게 되었다. 눈을 감으면 은영의 마지막 모습이 숨 쉬듯 자연스럽게
떠올라 수면제의 힘을 빌린 적도 여러 날이었다. 그런데 갑자기 이런 편지
를 보내 다시금 아픔을 들추어내고 슬픔을 되새김질하는 그가 이해되지 않
았다. 그녀가 그와 헤어진 결정적인 이유도 이것이었다. 그는 은영의 사건에
모든 삶을 바쳤다. 처음엔 그녀도 충분히 이해했다. 그녀 역시 그랬으니까.
자살로 종결지으려는 경찰에게 그들은 누군가 악의적으로 은영의 두 눈에
한 짓을 근거로 타살을 계속해서 주장했다. 자살이라면 그 검은 눈물이 설명
되어야 했다. 또한 남편은 은영이 목을 매단 곳이 발이 땅에 충분히 닿는 낮
은 나뭇가지였다는 것도 타살의 근거로 제시했다. 보통 자살한다면 발이 공
중에 떠 있기 마련인데 은영의 발은 꽁지발을 선다면 충분히 땅에 닿을 수
있는 높이였다. 경찰은 그런 식으로 낮은 위치에서 스스로 목을 매다는 경우
도 왕왕 있다고 설명했다. 그렇지만 검은 눈물은 자신들도 처음 보는 광경이

라고 했다. 그들의 주장대로 경찰은 같은 콘도에 묵었다던 같은 반 여학생 A를 조사했지만 뚜렷한 증거가 나오지 않았다. 은영의 사망 추정 시각에 A는 가족과 함께 있었음이 가족의 진술로 확인되었고 근처 CCTV를 모두 살펴보았지만, A가 은영이 죽기 전날 저녁 6시 이후로 콘도 밖을 오고 간 장면 역시 어느 곳에도 담겨 있지 않았다. 영희와 남편은 검은 액체가 화장품일 것으로 추정하고 경찰에게 A의 소지품을 압수해 조사해줄 것을 강력히 주장했다. 그러나 국립과학수사연구원의 성분 분석 결과 검은 액체의 성분은 '송연, 아교, 향료'였다. 이는 문방구 중 하나인 먹의 성분과 같았다. 경찰은 A에게서 혐의를 거뒀다. A와 먹 사이의 연결고리를 찾지 못했기 때문이다. 은영의 죽음은 결국 변사 사건(자살)으로 내사 종결되었다. 남편은 은영이 마지막으로 남긴 휴대폰 메모장에 적힌 학생들─A, B, C, D, E─을 계속해서 의심했고 자신의 직업인 기자로서의 역량을 쏟아붓기 시작했다. 먼저 아는 동료 기자를 통해 언론에 은영의 사건을 보도하게 했다. 그러나 뉴스의 짤막한 보도─주요 시간대의 뉴스 방송이 아니었고 그마저도 지역방송에 그쳤다─는 대중의 관심을 끌지 못했다. 그러자 그는 여러 탐사 보도 프로그램에 제보하기 시작했고 취재 목적을 이유로 은영의 학교와 관할 경찰서를 수시로 방문했다. 방송사에서는 회신이 오지 않았고 동정 어린 시선으로 대하던 각 기관의 담당자들은 점차 그의 방문을 무시했다. 남편이 집에 있는 시간은 점점 줄어들었고, 영희는 그 공백을 메우느라 정신없었다.

*

'검은 눈물 흘리는 소녀.' 사람들은 우리 은영이를 그렇게 표현했었지. 당신, 은행에서 기절했었던 거 기억나? 어느 부모가 자식의 그런 마지막을 목격하고도 제정신일 수 있을까? 어느 부모가 자식이 그런 식으로 불리는 걸 용인할 수 있을까. 당신이 병원에서 정신을 차리고 나서 내게 했던 말들이 아직도 생생해.

우리 은영이는 죽어서도 고통받네. 사람들은 참 잔인해. 남의 죽음을 그렇게 인터넷에 아무렇지 않게 올릴 수 있다니. 당장 은영이 사진 싹 지우자. 유포자를 찾아내서 처벌해야지.

실제로 경찰 내부에서도 유포자를 색출하려 했었어. 변사 기록에만 보관되었어야 할 사진이었으니까. 당연히 내부 관계자가 유포했을 거라 여긴 거지. 그런데 말이야 이제야 하는 얘기지만, 인터넷에 은영이 사진을 퍼뜨린 사람은 바로 나였어.

은영이가 죽고 얼마 뒤 학교 측에서 우리와 가해 학생들의 부모를 불렀던 거 기억하지? 학교 폭력은 없었다는 학교 측의 주장에 내가 은영이 휴대폰 속 학생들의 이름과 그들이 은영이에게 보냈던 악랄한 문자 메시지 등을 근거로 여러 차례 문제를 제기한 뒤에야 마련된 자리였지. 학교로 가는 차 안에서 당신은 내게 '그들의 죄를 낱낱이 밝히고 은영이를 괴롭힌 대가를 반드시 치르게 하자'라는 결연한 눈빛을 보냈잖아. 나는 우리 앞에 고개 숙일 그들을 떠올리며 마음을 다잡았어. 은영이의 억울한 죽음을 어떻게든 밝혀내겠다고. 쉽게 마음 약해지지 않겠다고.

정작 회의실에서 마주한 그들의 모습은 우리의 예상과는 너무도 빗나갔지. 그들은 하나로 똘똘 뭉쳐 학교 폭력이 아니라고 주장했어. 그 당시만 해도 지금과 달리 학교 폭력에 대한 구체적인 인식이 부족했었으니까. 학교 폭력으로 숨진 아이들이 매년 나오는데도 사람들은 피해자들의 나약한 정신과 부모의 무관심 때문에 벌어진 일이라고 생각했지. 학교 폭력 관련 법률이 막 시행되던 때라 선례도 없었고. 학교 측은 사건을 축소, 은폐하기에 급급했지. 그건 뭐 지금도 마찬가지일지 모르겠지만. 목소리만 크면, 우기기만하면 그게 어느 정도 먹히는 세상이었기에 적반하장으로 나오는 그들에게 나는 은영이 휴대폰 메시지 속 그 자식들이 보낸 문자 메시지를 하나하나 읊기 시작했어. 하도 많이 봐서 저절로 외워졌던 그 문자들을.

　—너 같은 년은 왜 사냐 -_- ××년 016-×××-××××

　—전학 간다며? 전학 가는 학교에 나랑 초등학교 때 친했던 애 있는데 걔한테 미리 말해놨어. 우리 학교 공식 찐따 거기 간다고. 거기서도 넌 왕따야 ^^ 011-×××-××××

　—니 젖통 존나 크더라. 담에 만나면 알지? 이 걸레야ㅋ 017-×××-××××

　—우리한테 보고 똑바로 안 해? 요즘 좀 덜 맞았지, 이 좆같은 년아! 011-×××-××××

입에도 담지 못할 그 메시지들과 발신 번호들을 또박또박 내뱉으며 나는 가해 학생들을 찬찬히 바라보았어. 이 번호가 너니? 네가 이런 메시지를 보냈니?

회의실은 순식간에 조용해졌어. 당신의 흐느끼는 소리만 애처롭게 들릴 뿐이었지. 가해 학생들은 고개를 숙이고 있거나 옆에 앉은 부모를 간간이 애처로운 눈빛으로 쳐다봤어. 그러다 A의 아버지를 시작으로 다시 회의실은 시끄러워졌지. 학교 다니다 보면 애들끼리 싸우기도 하고 장난도 치고 그러는 거 아니냐. 싸웠다고 죽어버리면 이 세상에 살아 있는 사람 아무도 없을 거다. 사춘기 때 저런 욕 안 하는 애들이 어디 있냐. 자살한 건 당신 딸인데 왜 우리한테 화풀이 하냐는 말까지.

　담임선생과 교장은 그 사이에서 이러지도 저러지도 못한 채 우왕좌왕하고 있다가 마치 졸속 법안 통과시키듯 급하게 회의를 마무리 지었지. 말도 안 된다며 고래고래 소리를 지르는 나를 뒤로하고 가해 학생들과 그들의 부, 모, 조모는 서둘러 회의실을 빠져나갔어. 우리에게 되지도 않는 위로를 표하는 담임선생을 밀치고 점점 사라져가는 그들을 뒤따라가며 나는 소리쳤어. 절대 가만히 두고 보지 않겠다고. 지구 끝까지 쫓아가 파헤치겠다고. D의 어머니가 내 목소리를 듣지 못하게 D의 두 귀를 양손으로 재빨리 덮어버리더라. 그들의 모습이 사라지니 씩씩대던 분노가 서서히 가라앉으면서 곧이어 부러움의 감정이 밀려들었어. 펑펑 울고 싶은 심정이었지. 미우나 고우나 그들 곁에는 지킬 자식이 있었으니까.

　당신은 아마 먼저 집으로 돌아갔을 거야. 은우가 하교할 시간이었으니까. 나는 학교에 남아 주위를 배회했어. 은영이가 외롭고 고통스러웠을 공간에서 천천히 시간을 보내고 싶었거든. 그러다 은영이 반이었던 2학년 3반 쪽으로 천천히 걸어가는데… 보고야 말았어. 복도 반대편에서 다가오는 또래 친구에게 자랑스럽게 오른손으로 V를 그려 보이는 A를. 휴대폰 액정으로 앞머리를 정리하는 B를. 기지개를 켜며 "존나 지루했다"라며 소리치는 C를. 마주 보며 웃는 D와 E를.

　당신도 알다시피 나는 그 뒤 매일 학교로 출근했어. 은영이와 같은 반 학생들을 한 명 한 명 붙잡고 은영이의 학교생활이 어땠는지 물었지만, 그 아이들은 나를 피하기 바빴어. 그들은 가해 학생들을 두려워하고 있었던 거야. 제2의 은영이가 되고 싶지 않았겠지. 그래서 나를 보자마자 도망치려는 아이들의 교복 주머니, 가방 포켓, 플리스에 달린 모자 속, 신발장에 놓여 있는 신발 안, 어디에든 내 명함을 무조건 쑤셔 넣었어. 명함 뒷면에는 '은영이 아버지입니다. 부탁합니다'라고 적어놓았고. 단 한 명이라도 있을 거라고. 진실과 정의의 편에 서는 단 한 명의 제대로 된 인간이 있을 거라 믿으면서. 다행히 며칠 뒤 익명의 학생으로부터 한 통의 메일을 받았어.

*

안녕하세요, 은영이 아버지. 은영이와 같은 반이었던 학생입니다. 이름을 밝히지 못하는 점 이해해주세요. 전화는 당연히 부담스럽기도 하고 또 제 목소리가 노출되기 때문에 안 했어요. 이 메일을 보내기 위해 새로운 메일 주소까지 만들어야 했어요. 그러니 부디 제가 누구인지 캐보지 마셨으면 해요. 사실 메일을 쓰기 직전까지도 보낼지 말지 고민하고 있었어요. 그런데 자꾸 잊히지 않아서요. 아버님의 모습이. 매일 아버님이 학교로 찾아온다는 건 알고 있었어요. 그래서 어느 정도 익숙했고 마음 한편으론 아버님이 이제는 학교에 오지 않기를 바랐어요. 솔직히 불편했으니까요. 괜히 눈치도 보이고…. 그건 저뿐만이 아닐 거예요. 그런데 비가 오던 어느 날이었어요. 지루한 수업 중에 무심코 창밖을 내다봤는데 운동장 한가운데서 쏟아지는 비를 맞고서 계시는 아버님을 보았어요. 매일 보던 분이라 한눈에 은영이 아버님이란 걸 알 수 있었죠. 카키색 야상점퍼에 검은 바지. 멀어서 어떤 표정인지 보이지는 않았지만, 저희 반을 바라보고 계신다는 것만큼은 알 수 있었어요. 저는 황급히 고개를 돌리려 칠판을 바라봤어요. 눈이 마주칠까 봐서요. 억지로 고개를 숙이고 교과서에 집중하는 척했지만, 아버님은 수업이 끝날 때까지 그 자리에 그대로 서 계셨어요. 흠뻑 젖으신 채. 빗줄기가 거세져서 아버님의 형체마저 흐릿하게 보일 정도였죠. 문득 비가 아버님의 멈추지 않는 눈물처럼 느껴졌어요. 그렇게 복잡한 마음으로 집으로 돌아왔는데 제 교복 재킷 주머니 속에 아버님의 명함이 들어 있었어요. 그래서 결심하고 이렇게 메일을 보내요.

은영이가 죽었다는 소식은 정말 큰 충격이었지만 시간이 흐를수록 이해가 갔어요. 나 같아도 죽고 싶었을 것 같으니까요. 은영이의 첫인상은 밝고 야무지다고 해야 할까? 인사도 먼저 잘 건네고 발표도 적극적으로 하는 아이였어요. 저는 소심해서 발표할 사람? 하고 선생님이 물어보시면 고개를 숙이고 어떻게든 피하려고 하거든요. 그런데 은영이는 달랐어요. 번쩍번쩍 잘도 손을 들었죠. 은영이 주위에 친구들이 꽤 있었던 걸로 기억해요. 물론 저랑 같이 다니는 무리랑은 달랐지만요. 아… 이렇게 얘기하면 저를 추측하는 데 단서가 될까요? 무리 얘기는 잊어주세요.

어쨌든 은영이는 잘 지내는 것처럼 보였어요. 그런데 A와 짝꿍이 되고 얼마 뒤부터 A의 노골적인 무시와 비아냥이 시작됐어요. A는 노는 아이들, 음… 일진이라고 해야 하나. 일진 무리에 있으면서도 공부도 잘하고 얼굴도 예쁜 편이었어요. 물론 공부를 월등히 잘하는 건 아니지만… 그 무리치고 중상위권이랄까…. 수업이 끝나고 쉬는 시간이 되면 A는 다른 반의 자기 친구들까지 데려와 은영이를 놀리기 시작했어요. 맨 처음에는 장난치나 보다 싶었는데 점점 분위기가 험악해지더라고요. 그들은 은영이를 가운데 두고 빙 둘러서서 놀았어요. 은영이가 빠져나가려 하면 둥글게 원을 그려 못 나가게 막았고요. 은영이의 친구들 몇 명이 담임선생님께 이런 사실을 일렀다가 그 친구들 역시 한동안 괴롭힘을 당해야 했어요. 그렇게 점점 은영이는 혼자가 되었어요.

물론 은영이는 A에게 사과도 하고 자신을 빙 두르고 있는 무리에게 정중하게 비켜달라고 이야기도 하는 듯 보였어요. 울기도 하고 화도 내는 것 같았는데 그들은 변함이 없었어요. 쉬는 시간이면 어김없이 찾아왔고 은영이를 투명 인간 취급하던 행동도 점차 공격적으로 변해갔어요. 자신들이 가지고 있는 화장품으로 은영이의 얼굴을 서커스 광대처럼 만들기도 했고 몇몇 남자아이들은 은영이한테 생리 냄새가 난다고 놀리기도 했어요. 그리고 어떤 남자애는 침이 덕지덕지 묻은 막대사탕을 은영이의 입술에 강제로 갖다 대며 핥아보라고도 했죠. 은영이의 책상 위는 항상 걔네들이 먹다 남은 과자 봉지나 쓰레기들이 굴러다녔어요.

그러던 어느 날 매점에 갔다 오니 교실 안이 왁자지껄 시끄러웠어요. 은영이의 책상이 벽 쪽 구석에 내동댕이쳐져 있고 걔네들이 원으로 빙 둘러 서 있었어요. 그 안에 바닥에 엎드려 있는 은영이가 언뜻 보였어요. A가 기다란 검은 줄을 손에 든 채 웃고 있었어요. 이랴-이랴- 하며 말을 끄는 듯한 흉내를 냈는데 그 줄은 은영이의 목까지 이어져 칭칭 감겨 있었어요. 휴대폰 충전기 줄 몇 개를 연결한 것 같았어요. 그리고 걔네들이 말했어요. 기어봐. 바닥을 핥아봐. 말이면 히잉- 하고 울어야지. 가만히 엎드려 있지만 말고 뭐라도 해보라고. 급기야 엎드려 있는 은영이의 머리를 누군가가 세게 후려치자 은영이가 조금씩 기기 시작했어요. 그러자 어떤 아이의 발이 은영이의 옆구리를 찼고 은영이는 바닥에 엎어졌어요. 걔네들은 웃었어요. 깔깔깔. 낄낄낄.

은영이가 휴대폰 줄로 자살했다는 이야기는 들었어요. 그건 분명 그 아이들에 대한 복수를 나타낸다고 생각해요. 그날 일을 은영이는 절대 잊을 수 없었을 거예요. 그래서 보여주고 싶었던 거 아닐까요? 너희들이 한 행동의 결과를 보라고.

반복되는 괴롭힘에 반 아이들도 처음과는 달리 점점 무뎌져 갔어요. 밝았던 은영이는 순식간에 다른 사람이 된 것처럼 어두워졌어요. 더는 인사를 하지도, 발표하지도 않았어요. 어느 순간부터는 은영이의 얼굴을 온전히 보기도 힘들었어요. 언제나 고개를 숙이고 다녔으니까요.

　당시에는 저도 그저 한 친구의 불행으로만 생각했던 것 같아요. 그저 운이 안 좋았다고. 잘못 걸려들었다고, A와 짝꿍이 되지 말았어야 했다고요. 괴롭힘을 당하는 게 얼마나 싫을까 싶으면서도 그 괴롭힘을 내가 당하지 않으려고 최대한 못 본 척했던 것 같아요. 그리고 내심 놀랐던 것 같아요. 활발하고 명랑하던 아이도 괴롭힘을 당하게 되니 다른 사람으로 변해버리는구나. 아무리 야무져도 막을 수가 없구나. 왕따라는 건 정말 무서운 거구나 하고요. 실제로 은영이가 괴롭힘을 당하고 있는 모습을 빤히 쳐다본 적이 있었는데, 그때 B라는 여자애가 저를 보더니 매서운 눈빛으로 "뭘 꼬라봐?"라고 말했어요. 저는 아직도 밤에 잘 때면 그 눈빛이 떠올라 이불을 머리끝까지 덮어버려요. 그 뒤로 은영이 쪽은 쳐다보지도 못했어요. 무서웠어요. 타깃이 되지 않길 바랐어요.

　지금도 아이들은 그동안의 일을 쉬쉬해요. 저 역시 그렇고요. 은영이의 죽음 이후로 반에서 A를 제외한 나머지 아이들의 모습은 더는 보이지 않아요. A 역시 조용히 지내는 것 같고요. 다행이라는 생각이 드는 한편 은영이의 희생 덕분이라고 생각하는 제가 미울 때도 있어요.

　담임선생님은 요즘 기분이 별로예요. 교장 선생님께 혼났나 봐요. 그리고 뉴스에도 은영이가 나왔다면서요? 경찰도 얼마 전에 학교로 왔었대요. 선생님께 이것저것 물어봤다는데…. 선생님께 물어봐봤자 선생님은 제대로 알지도 못하는걸요. 저는 담임선생님도 실체를 알아채지 못한 책임을 져야 한다고 생각해요. 물론 담임선생님이 A와 은영이를 각자 면담하기도 하고 그 둘을 직접 불러 교무실에서 화해시켰다고는 하지만 선생님은 너무 순진했어요. A는 선생님 앞에서는 모범생 천사로 변했으니까요. A의 강요로 은영이는 억지로 화해한 척해야 했으니까요. 선생님은 A에게 속은 거예요. 아니, 어쩌면 A의 의사 아버지한테 속은 건지도 모르죠. 선생님은 부모의 직업을 중요하게 여겼으니까요.

일단 기억나는 건 얼추 다 쓴 것 같아요. 학교 수업이 끝나고도 은영이는 개네들한테 괴롭힘을 당한 것 같지만 제가 직접 본 게 아니라 쓸 수가 없었어요. 다른 애들한테 듣거나 하면 또 써서 메일을 보내드릴게요. 물론 제 정체가 들통 나지 않을 때만요. 지금은 조용하지만 언제 또 A와 그 무리의 타깃이 될지 아무도 몰라요. 만약 제가 타깃이 되는 날에는… 저도 죽을지 몰라요. 아니, 저는 그냥 일찍 죽어버릴 거예요. 그 괴로움을 견뎌낼 자신이 없으니까요. 맞아요. 지금 협박하는 거예요. 그러니 제발 저의 정체를 캐지 말아주세요.

저도 아버님이 꼭 범인을 찾으시길 응원하고 있을게요. 은영이의 두 눈을 누가 그렇게 해놨는지 알 수는 없지만 저는 그 아이들이 어떻게든 연관되어 있을 거라 생각해요. 그 아이들 아니면 은영이한테 그렇게까지 할 사람이 누가 있을까요? 그 아이들만큼 잔인한 아이들을 지금까지 본 적도 없는걸요.

마지막으로… 같은 반 친구인데… 은영이를 지켜주지 못해서 죄송해요, 아버님. 은영이가 저한테 먼저 손 흔들며 인사해주던 게 생각나네요. 죄송해요. 정말 죄송해요.

*

메일을 읽으면서 그날, 은영이를 발견했던 날, 울음을 그친 은우에게서 들었던 A와의 일화가 그제야 이해가 되었어. 당신과 내가 회에다 소주 한잔 걸치고 있을 때 은영이와 은우는 과자를 사러 콘도 지하에 있는 편의점으로 내려갔었지. 거기서 A를 만났다고 했어. A는 가족과 함께였는데 동생과 함께 온 은영이를 알아보고 곧장 다가와 인사를 건넸다더군.

안녕? 얘가 네 동생이니? 풋. 야 너 전학 간다며? 도망가는 거야? 그래봤자 소용없을 텐데. 어머, 이 조그만 게 뭐라는 거니? 뭐라고? 누나 건드리지 말라고? 얘, 너희 누나 우리 학교 왕따야. 너도 따 당하게 해줄까? 야, 너 동생 앞이라고 가오 잡냐? 야려 보면 다야? 어쭈, 이게 학교 아니라고 눈에 뵈는 게 없나 보네? 내가 지금 엄빠 있어서 이 정도인 줄 알아.

은영이가 은우의 손을 붙잡고 A를 뒤로한 채 걸음을 옮기려 하자 A가 은영이의 어깨 한쪽을 붙잡아 거칠게 끌어당겼다고 했어. 그러고는 자신의 목언저리를 검지로 빙빙 돌리며 말하더래. 넌 평생 이거야.

은우가 빙글빙글 원을 그리며 내게 설명할 때 나는 그게 무슨 의미인지 계속 생각했어. 은영이한테 자살하라는 암시였을까? 요즘 아이들 사이에서 쓰는 은어 같은 건가? 아니면 신종 최면 요법일까? 그래서 우리 은영이가 죽었나? 나는 그 사실을 경찰에게도 알렸지만, 경찰은 대수롭지 않게 여겼어. 또라이를 표현할 때 관자놀이께 손가락을 갖다 대고 빙글빙글 돌리는 걸 은우가 착각한 거 아니냐고 말하는 경찰도 있었지. 메일을 읽고 나서야 나는 그 의미를 알게 되었어. 그건, 목줄이었던 거야. 평생 벗어날 수 없는 굴레. 짐승보다 못한 취급을 받았던 은영이의 두렵고 아픈 줄. 메일을 읽고 또 읽으며 한바탕 펑펑 울고 나니 마음 깊은 곳에서 새로운 불씨가 생겨나기 시작하더라. 잔뜩 물먹은 것처럼 무거웠던 머리도 가벼워지고 맑아지는 느낌이었지.

그리고 되뇌었어. 머리를 쓰자. 영리하게 접근하자. 무식하고 우직하게는 성공할 수 없다. 빠져나갈 구멍을 만들면 안 된다. 서서히 조여야 한다. 술병 대신 펜을 집어 들고 하얀 공책을 펼쳤어. 그러자 머릿속에 두 글자가 선명히 떠올랐지. 대중. 답은 사람들이다.

나는 당시 가장 유명하다는 네이트판과 싸이월드에 틈만 나면 게시글을 올리기 시작했어. 인기 게시글에는 댓글로 내가 올린 게시글의 링크를 달았고 방문자 수가 많은 싸이월드 방명록에는 은영이 사건에 관심을 가져달라는 내용을 남겼지. 나도 그렇게까지 많은 사람의 관심을 순식간에 받게 될 줄은 미처 상상하지 못했어. 점차 은영이가 '검은 눈물 흘리는 소녀'라는 타이틀을 달게 되고 사진과 사건 내용이 일파만파 퍼지면서 마침내 포털사이트 검색어 1위에 종일 랭크가 됐을 때, 그제야 각종 방송사 프로그램에서 연락이 왔어. 경찰서에서는 수사를 재개한다는 연락을 받았고. 나는 너무 기뻤어. 억울하게 묻힐 뻔했던 은영이 사건이 다시 대중의 관심을 받게 되고 결국 '사체등오욕죄'로 사건 수사가 이루어졌으니까. 내 전략이 적중한 셈이었어.

그날 은영이를 산속에서 발견했던 날. 나는 은영이와 그 주변, 사소한 낙엽 하나까지 모조리 휴대폰으로 사진을 찍어댔어. 직업병인지 몰라도 남는 건 사진과 기록뿐이니까. 지금껏 인생에서 가장 잘한 일이 바로 이거야. 은영이의 마지막 모습을 모두 기록한 것. 그리고 그것들을 내가 모두 가지고 있는 것. 경찰서에 제출했으면 내 수중에는 아무것도 없었을 거야. 그들은 '수사상의 이유로' 모든 걸 숨겼을 테니까. 인터넷에 올린 건 그때 찍었던 사진 중 하나였어. 내가 사진을 올리지 않았더라면 은영이 사건은 어쩌면 큰 관심을 받지 못한 채 묻히고 말았을지도 몰라. 때로는 백 마디 말보다 한 장의 사진이 모든 것을 대변하곤 하니까. 지금까지 숨겨서 미안해. 나 역시 올리기 전까지 고민을 많이 했어. 우리 은영이가 사람들의 입방아에 오르내리게 된 거, 우리들의 기억 속 예쁜 모습이 아닌 그런 끔찍한 모습으로 사람들에게 기억되게 한 거 모두 두고두고 가슴이 아파. 당시엔 너무도 절박했어. 하나를 얻으면 하나를 포기해야 했으니까. 은영이를 그렇게 만든 범인을 반드시 잡아야 했으니까.

*

영희는 병원에서 깨어났을 때 그녀를 위로하며 함께 눈시울을 붉히던 남편을 기억했다. 남편은 사진을 유포한 사람을 반드시 찾아서 고소하겠다고 약속했었다. 그런데 유포한 사람이 정작 남편 자신이었다니 믿을 수가 없었다. 아무리 대중의 관심을 끌기 위해서였다지만 방법이 비상식적이었다. 딸의 참혹한 모습을 수단으로 이용한다는 생각 자체가 소름 끼쳤다. 그가 대체 왜 이제야 그 사실을 밝히는 건지, 왜 지금에서야 용서를 비는 것인지 영희는 궁금했다. 치매로 모든 기억이 사라지기 전에 고해성사하듯 그녀에게 지금껏 말하지 못했던 것을 토해내고 자신만 편해지려 하는 것 같았다. 남편은 변하지 않았다. 여전히 일방적이었다. 문득 영희는 남편이 당시 다짐하듯 했던 말을 떠올렸다. '당신은 이제 가만히 있어. 내가 다 알아서 할게.' 영희는 그게 남은 가족을 위한 남편의 배려라고 생각했다. 그런데 편지를 읽고 나니 그는 그저 자신의 방식으로 사건을 독단적으로 처리하기 위해서였다는 걸 깨달았다. 물론 영희도 은영과 같은 반 학생이 보낸 메일을 읽으며 분노가 치밀어 올랐다. 어쩌면 영희도 그 메일을 남편과 함께 읽었다면 별반 다르지 않았을 거란 생각마저 들었다. 그러나 그녀는 다시 생각하고 또 생각했을 것이다. 소중한 딸을 그런 식으로 이용하지는 않았을 것이다. '검은 눈물 흘리는 소녀'라는 타이틀을 달게 하지도 않았을 것이다. 세상 사람들이 은영이에 대해 이러쿵저러쿵 떠드는 걸 이 악물며 버티지 않아도 되었을 것이다. 영희는 남편을 믿고 모든 걸 맡겨버린 걸 후회했다. 당시 영희는 은우를 키워야만 했다. 치매 어머니를 돌봐야만 했다. 둘 중 한 명은 남은 가족을 지켜야만 했다. 흔들리는 가정을 그녀는 남편과 함께 휘청거리지만, 그런대로 뚜벅뚜벅 끌고 나가고 있다고 착각했다.

　범인을 찾겠다는 나의 바람과는 달리 상황은 묘하게 다른 방향으로 흘러갔어. 네티즌들은 가해자들의 신상을 파헤치는 데 혈안이 되었고 그 당시는 아직 초상권이나 정보통신에서의 명예훼손이 제대로 정립되지 않았던 때라 가해자 다섯 명의 개인정보가 인터넷에 빠르게 퍼져나갔지. 그들은 인터넷상에서 말 그대로 난도질당했어. 연일 검색어에 학교 이름과 가해자들의 이름이 올라왔지. 검색어 1위에서 5위까지 그들의 이름이 일렬로 도배가 되었던 날, A의 아버지로부터 전화가 왔었어. A의 아버지는 가해 학생들의 부모를 대표해서 전화를 걸었다고 했어. 내내 고고한 태도로 일관했던 그가 그날 전화에서는 쩔쩔매는데…. 참, 학교 교장도 전화가 왔었어. 좋게 좋게 해결하자던 그가 어느새 가해 학생들이 얼마나 파렴치하고 비상식적인 아이들인지, 왕따의 심각성과 문제 해결을 위해 학교가 얼마나 노력하고 있는지를 피력하면서 끝에는 울먹이던 것까지 기억이 나. 나는 그제야 내가 피해자의 부모라는 위치에 올라왔음을 실감할 수 있었어. 사건이 있고 약 7개월이 지난 시점이었지.

다음 카페에서 '검은 눈물 흘리는 소녀를 위한 단체', 일명 검소단의 회원 수가 급격히 늘어나면서 가해 학생 다섯 명의 안티 회원 수도 점점 늘어났어. 검소단은 주로 은영이가 죽은 콘도로 현장답사를 가거나 경찰서로 탄원서를 보내거나 추모 집회를 열었고 안티들은 그들의 신상을 주기적으로 업데이트하거나 과거 행적을 발굴해 그들의 악행을 강조하곤 했지. 그중 한 명이 A가 과거 서예 학원에 다녔다는 게시글을 올렸어. 지인의 딸이 A와 같은 학원에 다녔다고 했지. 검은 눈물의 정체가 '먹'이었던 만큼 그 소식은 의미가 있었어. 나는 그 회원이 수집한 증거를 모아 담당 형사에게 보냈지. 고맙다고 말한 담당 형사는 일주일이 지나도 별다른 소식이 없었어. 나는 그사이 A가 어디선가 정보를 전해 듣고 증거를 인멸하지는 않을까—가령 집 안에 있던 서예 도구를 모두 버린다든지—무척 초조했었어. 더는 내 전화를 받지 않는 담당 형사를 만나기 위해 경찰서를 찾아갔을 때 그는 자리에 없었어. 다른 살인사건을 조사하느라 바쁘다더군. 꼭 좀 연락해달라는 쪽지를 남기고 집에 돌아왔던 날 저녁 무렵 그로부터 전화가 한 통 왔어. A의 주거지 등을 압수수색하기에는 증거가 부족하다고 했지. 그러고는 A와는 관련 없는 질문들만 내게 해댔어. 우리 가족의 분위기, 딸과의 사이는 어땠는지, 남동생과는, 친할머니와는 잘 지냈는지 같은. 그리고 치매에 걸린 노모를 모시고 사는 데 가족들의 스트레스는 없었는지도. 급기야 노모의 치매 중증도는 어떠했는지를 묻기에 나는 그것들이 다 무슨 상관이냐고 물었지. 왜 A가 아닌 우리 가족을 파헤치느냐고. 시간을 끌려는 속셈이 다 보인다고. 대한민국 경찰은 피해자보다 가해자 보호하기에 더 급급하다고. 피해자만 두 번 죽이는 꼴이라고. 그는 아무 말 없이 한숨을 쉬었어. 그리고 조금만 더 기다려달라는 말을 하고 전화를 끊어버렸지. 그게 그로부터 받은 마지막 전화였어. 어느새 그는 다른 지역으로 전근 갔고 사건을 인계받았다는 다른 형사는 처음부터 나와의 만남을 꺼렸어. 아마 전임자에게 인계받았겠지. 거머리니까 연락을 받지 말라고. 언론이 잠잠해질 때까지 시간을 끌라고.

영희의 심장이 벼린 칼로 얇게 썰리듯 서늘하고 아픈 통증이 계속됐다. 남편은 마치 그래야 한다는 듯 수시로 가해 학생들의 시시콜콜한 소식을 물어다 영희의 귓구멍 속으로 억지로 밀어 넣곤 했다. A가 기말시험에서 성적이 떨어졌대. C는 다른 학교 학생하고 싸워서 3일 정학 처분을 받았다던데. E는 얼마 전부터 학교에 안 나온대.

그녀가 새벽기도에 나가며 참회, 용서와 관련된 단어들에 집중해 있던 시기였다. '범사 모든 걸 내맡기라'라는 설교 말씀을 들었을 때는 평소 조용하고 다른 사람들의 눈치를 많이 보는 그녀였음에도 교회당이 떠나가라 고래고래 통곡하며 울기도 했다. 한바탕 울고 나면 목구멍까지 들이차던 심장이 어느새 제자리로 돌아가 고요히 뜀박질을 시작했다. 어느 날 새벽, 그날도 영희는 조용히 집을 나서려는데 은우가 그녀를 불러 세웠다. 자신도 같이 가겠다고 했다. 잠도 덜 깬 아이가 그녀 곁에 앉아 성경 말씀과 목사님의 설교를 함께 들었다. 영희는 어느새 열심히 '아멘'을 외쳤다. 그녀에게 '아멘'은 살려달라는 외침과도 같았다. 그녀가 '아멘'을 외칠 때마다 꾸벅꾸벅 졸던 은우가 화들짝 놀라 그녀를 바라보았다. 영희는 성가대의 묵직한 찬송가를 들으며 예배가 마무리 지어질 즈음 오늘 하루도 무사히 흐를 것이라는 묘한 안도감이 들곤 했다. 예배가 끝났지만, 영희는 자리에 그대로 앉아 기도를 시작했다. 미안하다고 시작하는, 은영을 위한 기도였다. 영희는 은영이 그렇게 된 게 자기 때문인 것 같았다. 조금 더 신경 써주지 못해서, 학교에 가기 싫다고 얘기했을 때 전학이 아니라 과감히 그만두게 해야 했는데, 엄마가 또래 아이들의 '선'을 믿지 말았어야 했는데, 그날 너랑 은우만 편의점으로 보내는 게 아니었는데, A가 네게 뭐라 했을 때 엄마가 대신 A를 혼내줬어야 했는데, 네가 흔들리지 않도록 옆에서 함께해줬더라면 네가 그렇게 허망하게 가버리지 않았을지도 모르는데. 네가 싫어했어도 너의 휴대폰을 단 한 번이라도 훔쳐봤더라면, 그래서 아이들의 괴롭힘이 엄마가 생각하던 것 이상이라는 걸 알았더라면, 할머니와 너를 함께 재우는 게 아니라 너의 곁에서 엄마가 함께 잤더라면, 할머니보다 너에게 더 많은 관심과 시간을 쏟았더라면, 아직 어린아이였는데. 혼자서 밤중에 그 어두운 산을 어떻게 올라갔니. 얼마나 무서웠을까. 얼마나 외로웠을까. 정말 미안해, 너무 미안해. 엄마가 지켜주지 못해서 너무 미안해, 은영아. 하나님 제발 저도 데려가 주세요. 한 번만 우리 은영이를 만나게 해주세요. 아이를 꼭 끌어안고 너의 잘못이 아니라고, 힘든 마음 어루만져주지 못해 미안하다고, 다 엄마 잘못이라고, 차라리 엄마를 탓하라고 이야기해줘야 해요. 아니 차라리 저를 데려가시고 우리 은영이는 다시 이 세상으로 보내주세요.

예배당을 떠나지 못한 몇몇 사람들의 입에서 절규가 터져 나왔다. 그녀 역시 몸을 앞뒤로 흔들며 은영이를 부르짖고 있을 때 작고 차가운 손이 그녀의 손목을 감쌌다. 퍼뜩 두 눈을 뜬 그녀가 옆을 내려다봤다. 눈물을 그렁그렁하게 머금고 있는, 겁에 질린 또 다른 아이가 그녀를 올려다보고 있었다.

"엄마, 가지 마."

영희는 끅-끅-거리며 터져 나오는 울음을 억지로 참았다. 은우를 강하게 껴안았다. 또다시 미안하다는 말이 터져 나왔다. 그녀는 그때, 은영이를 잠시 가슴속에 묻어야 한다는 것을 깨달았다. 마음속으로 기도를 마무리 지어야 했다. 하나님, 남은 생은 남은 자식을 위해 쓰겠습니다.

그즈음이었다. 다소 흥분한 남편이 E의 자살 소식을 전했다. '아파트 옥상에서 떨어졌대.' '책상에 검정고시 문제집이 펼쳐져 있었고 유서는 따로 없었다던데.'

E의 자살 이후 여론은 점차 반으로 갈리기 시작했다. 은영이 사건이 이제 지겹다는 네티즌도 늘어났다. '검은 눈물을 흘리는 소녀'는 곧 '검은 눈물 흘리는 소녀의 저주'로 탈바꿈되기 시작했다. E의 문제집 한 귀퉁이에 '무섭다'라는 글귀가 적혀 있었다는 괴소문이 저주의 시작이었다. 괴소문은 빠르게 퍼져나가며 부풀려졌다. 은영이의 사진을 본 날 안 좋은 일을 당했다, 며칠째 악몽을 꾸며 가위에 눌린다, 학교가 끝난 시간 교실 한 귀퉁이에서 은영이를 닮은 귀신을 봤다는 등 은영이는 연민의 대상에서 점점 공포의 대상으로, 나아가 혐오의 대상으로까지 변해갔다. 몇몇 사람들은 자신이 싫어하는 사람에게 악의적으로 은영이 사진을 전파하기도 했다. '너도 이 꼴 나봐라'라는 문구를 단 채.

*

E의 자살 이후로 검소단의 활동은 점차 뜸해졌어. 혹자는 검소단이 E를 죽였다며 카페를 폐쇄해야 한다고도 했지. 그들은 내가 살아가는 데 큰 힘이 되어주었어. 내가 가는 방향이 옳다고 응원해주는 것 같기도 했고. 몇 년 전까지도 몇몇 회원들은 안부 연락을 보내오기도 했어. 고마운 사람들이지. 이

제는 유명무실해졌을 뿐인 카페를 진짜 폐쇄하는 게 맞겠다 싶어 운영자에게 연락을 취했는데 답이 없네. 치매센터에 입소하게 되더라도 꾸준히 연락을 취해볼 생각이야. 은영이도, 나도 없는 세상에 검소단이 이제 더 무슨 의미가 있나 싶어. 오랫동안 운영되지 않아 마치 폐가 같은 쓸쓸한 느낌을 주는 게 싫어. 온라인상이지만 내게는 집과도 같은 안식처였으니까. 사람의 발길이 끊긴 곳은 정리하는 게 맞아.

세 번째 소식은 A와 B 그리고 C, D의 근황이야. 듣기 싫어했던 당신이니까 최대한 요약해서 전할게. 그들의 근황을 나 아니면 당신은 앞으로도 알 수 없을 테니까. 그들의 마지막 근황 소식이 되겠네.

미국으로 이민 갔던 A는 결국 한국에 돌아왔어. 얼굴을 많이 성형한 모양이야. 이름도 개명했고. 아마 자신의 과거를 그 누구에게도 들키고 싶지 않았겠지. 그 사건이 있고 나서 얼마 지나지 않아 A가 이민 간다는 소식을 들었을 때 내가 얼마나 화가 났었는지 당신도 알지? 미성년자에다 피의자조차 되지 않았기 때문에 이민을 막을 방법이 없었지. 그 애가 미국으로 떠나면서 은영이 사건은 결국 멈춰버렸어. 장기 미제 사건으로 남은 거지. 그마저도 공소시효가 끝나버렸지만. 그 아이는 분명 우리 은영이를 괴롭힌 주동자인데, 우리 은영이를 그렇게 만든 책임이 있는데 그 아이에 대한 법적 형사처벌은 영영 날아가버린 거지.

A가 이민 가고 얼마 뒤 검소단 카페 회원 중 한 명이 그 아이의 소재지를 파악해서 내게 알려주었어. 일리노이주의 한 고등학교에 다니고 있다고 했지. 나는 은우의 도움을 받아 그 아이의 싸이월드를 찾아냈어. 아, 내가 은우를 끌어들이려고 한 게 아니야. A의 싸이월드 주소를 찾기 위해 사람 찾기 기능을 이용해 동명이인들의 주소를 일일이 클릭하고 있는데 은우가 다가

와 A의 주소를 알려주더라고. 친구의 누나랑 A가 친해서 서로 일촌지간이라나. 사진첩에 올라온 A의 수많은 사진을 보니 눈물이 줄줄 흐르더라. 외국 학생들과 환하게 웃으며 햄버거를 먹고, 파티하고, 시험공부를 하고, 치어리딩까지…. 가족들과는 각종 명소로 여행을 잘 다니는지 큼직큼직한 건물이나 광활한 자연을 배경으로 네 명의 화목한 가족사진이 꽤 올라와 있었어. 그 모든 것들은 우리 은영이도 할 수 있었던 건데. 우리 가족도 그렇게 화목하게 사진을 찍을 수 있었는데 말이야. 우린 이렇게 힘든데. 당신과 나, 은우는 지옥 속에서 살고 있는데. 우리가 겪는 고통에는 공소시효가 없는데 말이야. 우리 어머니는 심지어 은영이의 죽음조차 모르시고.

나는 사진 속에 나온 고등학교의 홈페이지에 들어가 게시판에 은영이 사건의 모든 전말과 함께 그 아이의 실체를 폭로하는 글을 올렸어. 일리노이주 한인타운 카페에도 글을 퍼 날랐지. 여기저기 할 수 있는 곳은 다 했던 것 같아. 그러자 A의 아버지는 나를 정보통신에 관한 법률 위반(명예훼손)죄로 고소했더라. 그래봤자 벌금형일 뿐인데. 하루에도 몇 번씩 그 아이의 싸이월드에 들어가 근황을 확인했어. 그 아이의 실체가 퍼지자 사진 올라오는 빈도가 확연히 줄어들었고, 몇 달 뒤에는 싸이월드 주소 자체가 사라져버렸어. 그리고 몇 년 후 A로부터 장문의 메일이 왔어. 중학교 동창들에게 내 주소를 수소문했다더군. 아마 당신과 이혼하고 얼마 안 돼서였을 거야. 당신에게 그 아이의 절절한 후회와 사과의 내용이 담긴 메일을 보내주고 싶었지만 그러지 않았어. 당신이 그 아이를 '용서'할 것 같아서. 그 아이의 잘못이 흐려질까 봐. 그 아이는 은영이를 괴롭혔던 것에 대해서는 사과하면서도 은영이를 절대 죽이지 않았고 은영이의 두 눈에 그렇게 끔찍한 짓은 더더욱 하지 않았다며 결백을 주장했어. 그날 편의점에서 은영이를 우연히 만나 모욕적인 말과 욕을 한 것은 사실이지만 그 뒤로 가족과 함께 맛있는 저녁을 먹고 일찍 잠자리에 들었다고 했지. 서예 학원도 초등학교 때 다녀서 당시에는 그 도구들이 어디에 있는지도 모르고 무엇보다 가족여행을 가는데 그것들을 가져갈 이유가 전혀 없었다는 말도 덧붙였지. 지금은 당신에게 그 아이의 메일을 보냈으면 어땠을까 싶어. 당신은 그 아이의 메일에 답장했을까?

나는 그 메일을 읽고 나서 바로 삭제했어. 복수를 멈출 생각이 없었으니까. 그 아이가 은영이에게 했던 것처럼 그 아이를 벼랑 끝으로 내몰 거였으니까. 너무 장황하게 설명했나? 어쨌든 과거를 청산했다고 착각한 A는 몇 년 뒤 결혼을 앞두고 있었어. 나는 A의 근황을 계속해서 쫓고 있었지. 방법은? 새로운 SNS. 참 어리석지? 조용히 살면 됐을 텐데 그렇게 세상에 자신을 내보이고 싶을까? 자신이 저지른 과거가 현재와 미래까지 붙잡고 늘어질 줄 정말 모르는 걸까?

상대 남자는 대기업 회사원. 집안이 워낙 좋아서 그랬는지 괜찮은 조건의 남자였어. 나는 은영이의 어렸을 때 사진부터 마지막 순간의 사진까지를 담은 영상을 만들었어. 기록과 추모의 목적으로 검소단 카페에 올리려 했었는데 문득 A의 결혼 소식을 듣고 이 영상이 떠오른 거야. 1년 전 이맘때쯤이 그 아이의 결혼식이었는데, 나는 신부 측 하객으로 결혼식에 참석했어. A가 아버지 손을 잡고 행복하고 수줍은 미소를 지으며 버진로드를 걸어가는 모습을 보니까 은영이가 생각나 미칠 것 같았어. 우리 은영이는 경험하지 못할 것들이었으니까. A의 아버지가 주례사를 낭독하고 있던 조용한 분위기 속에서 나는 챙겨갔던 프로젝트 빔을 품에 안고 버진로드 한가운데로 숨죽여 걸어갔어. 그리고 웨딩업체 스태프인 것처럼 침착하게 프로젝터를 틀었지. 몇몇 사람들은 깜짝 이벤트라 여겼는지 웃으며 나를 지켜보았어. A의 아버지 바로 뒤로 후광처럼 커다란 은영이가 떠올랐어. 양수와 피가 군데군데 묻은 채 온 얼굴을 찡그리며 울고 있는 모습, 고운 한복을 입고 목말을 타며 웃고 있는 돌잔치 때 모습, 무엇이 불만이었는지 노란 유치원복을 입고 햇빛 아래 잔뜩 찡그린 채 서 있는 모습…. 사진이 천천히 지나가고 사람들은 당연히 A의 과거 사진으로 생각했는지 잔잔한 미소를 띠며 영상을 바라보고 있더군. 유일하게 당황한 듯한 모습을 보인 A는 황급히 뒤돌아 어둠 속에 서 있는 나를 바라보았어. 누군지 가늠하려 애쓰는 듯 두 눈을 가늘게 뜨더라. 그러다 직감적으로 알아차렸는지 곧바로 자신의 엄마를 쳐다보더군. A의 아버지가 이상한 낌새를 느꼈는지 낭독하다 말고 뒤를 돌아보았어. 중학교 교복을 입고 함박웃음을 짓고 있는 은영이의 사진이 지나가고 마침내 마지막 사진이 나오자 장내는 순식간에 얼어붙었어. 작게 누군가 '꺄-' 하는 비명도 질렀지. 나는 신부를 가리키며 소리쳤어. "저 사람이 내 딸을 죽인 살인자다!"라고.

업무방해로 경찰서에서 조사받고 나오는데 어찌나 하늘이 파랗고 맑았는지.

A는 파혼을 당했어. 살인자를 아내로 맞을 남자는 아마 이 세상 어디에도 없지 않을까?

그리고 B. 언제나 A의 옆에서 시녀처럼 따라다녔던 B. 언젠가 겨우 만난 B를 붙잡고 은영이를 왕따시킨 이유를 물었었지. 그 아이의 대답이 뭐였는지 알아? 'A가 싫어하니까'였어. A는 은영이를 왜 싫어했는데? 수업 중에 은영이한테 말을 걸었는데 은영이가 수업에 집중해야 하니까 쉬는 시간에 말하자는 식으로 대답했기 때문에 싫어한다고 했어요. 공부도 못하는 게 잘난 척한다고.

A가 없는 B는 어딘가 안절부절못하고 불안해 보였어. 너도 A가 무섭니? 라고 물으니 무서운 건 아니지만 그 아이와 멀어지는 건 싫다고 했지. 그 아이가 내게 건넨 마지막 말은 '죄송합니다'가 아니었어. "A에게 저랑 만났다는 얘기, 비밀로 해주세요"였어. 그 아이의 머릿속에는 오로지 A밖에 없었던 거야. 내가 물었지. 너에게 A는 뭐냐고. A는 잘 놀고 친구도 많고 공부도 잘해서 멀어지는 걸 원하지 않는다. 그 아이는 얼굴까지 예뻐서 닮고 싶다고 답했지. 은영이한테 미안하지도 않니? 미안해요. 하지만 전학을 가버리면 됐을 텐데. 죽을 것까지는 없잖아요.

몇 년 뒤 B는 A와 마찬가지로 개명하고 우리나라 3대 기획사 중 한 곳에서 아이돌 연습생으로 지내고 있더라. 나는 B가 데뷔할 때까지 숨죽이며 기다렸어. 슈가엔젤스라는 그룹으로 데뷔했더군. 몇몇 예능 방송에 얼굴을 비추더니 엉뚱한 모습이 인기를 끌어—내가 기억하는 그 아이의 모습과는 전혀 다른 모습이지만—점차 여러 방송에 자주 나오더라고. 그룹 자체의 인기는 고만고만했는데 그 아이의 이름은 인터넷에도 곧잘 언급되었어. 성형수술을 했어도 본래 가지고 있던 이미지와 독특한 목소리는 그대로였지. 방송에서든 인터넷에서든 그 아이를 보는 날엔 우리 은영이가 생각나 견딜 수 없이 괴로웠어. 마침내 그 아이가 단독으로 CF를 찍었다는 기사를 보았을 때 나는 대형 신문사 중 한 곳에다 제보 메일을 보냈어. 당신도 이미 알고 있을 거야. "슈가엔젤스의 이하늘, '검은 눈물 흘리는 소녀'의 가해 학생 중 한 명이었다!"라는 대문짝만 한 기사와 각종 방송이 한동안 세상을 떠들썩하게 했잖아. 그 덕분에 우리 은영이 사건이 다시 주목받았고. 검은 눈물 흘리는 소녀의 '사체등오욕죄'가 아직도 장기 미제 사건으로 남았다는 소식은 몇몇 대중의 분노를 샀어. 무능한 경찰 탓이라는 비난도 잇따랐지. 당시 해당 기회사에서 내게 합의금을 주려 했는데 꽤 큰돈이었어. 그때는 그게 모욕처럼 느껴졌어. '감히 어떻게'라는 생각이 컸지. 그러나 지금은 받았으면 어땠을까 하는 생각도 들어. 당신과 은우에게 보냈으면 좋았을걸. 때로는 돈이 지난 고통을, 세월을 적게나마 보상해줄 수도 있으니까. 내가 당신과 은우에게 줄 수 있는 게 아무것도 없으니까.

B는 결국 연예계에서 퇴출됐어. 가장 최근에 들은 바로는 중국에서 활동하고 있다나 봐. 작은 방송사의 재연 배우로 출연했던 사진을 카페 회원 중 한 명이 내게 보내왔었어. 그것도 몇 년 전 이야기니, 지금은 그마저도 안 하는 모양이야.

열다섯 살이었음에도 성인 남성처럼 보였던 C. 겉모습이 흡사 조폭과 비슷했지. 입도 걸걸했고. 학교 폭력 대책위원회 회의 때 고개는 숙였지만, 책상 밑에서 쉴 새 없이 휴대폰을 만지고 있던 놈. 우리 은영이한테 입에 담지 못할 상스러운 욕과 성희롱 메시지를 보냈던 아이. 이놈의 소재를 파악하는 데 꽤 애를 먹었어. SNS도 하지 않았기 때문에 행방이 오리무중이었지. 검소단 카페 회원들도 C에 대해서는 잘 알지 못했어. 결국 기자 시절에 알고 지내던 경찰 친구의 도움을 받았어. 교도소에 있더군. 특수강도강간죄로 징역 15년을 선고받고 복역 중이었어. 그 아이 옆에 앉아 있던 할머니가 생각나. 내내 말이 없던 할머니. 다른 학생들 부모가 자기 아이를 변호하기 바쁠 때 그저 조용히 눈을 감고 앉은 채 아무 말도 하지 않던 할머니. 그 할머니는 손자를 돌보지 말았어야 했어. 자기 아들과 며느리가 무책임하게 그 아이를 버리고 도망갔을 때, 본인도 버렸어야 했어. 그렇게 그저 눈감고 앉아 어떤 말도 하지 못할 거면, 그 아이의 인생을 이끌지도 책임지지도 못할 거면, 눈앞에 아이가 버려졌어도 눈 딱 감고 있었어야지. 거둬들인 짐승이 세상에 한 짓을 보라고.

　나는 그 아이가 복역 중인 교도소의 보안과장을 만나야 했어. 공공기관의 직책 있는 사람은 쉽사리 사람을 만나주지 않아. 그래서 나는 여러 통의 절절한 편지를 보냈어. 일주일에 한 번씩. 열 통 가까이 보냈을 무렵 방법이 잘못되었음을 깨달았어. 그 사람은 이런 편지를 수도 없이 받을 텐데 내 개인적인 슬픔과 원한이 그 사람의 마음에 가닿을 리가 없었어. 다른 방법을 강구해야 했어. 그래서 사설탐정을 붙여 그의 일거수일투족을 감시하기 시작했지. 능력 있고 시간 많은 남자는 딴짓하기 마련이야. 팔자가 좋은 거지. 사랑하는 아내와 눈에 넣어도 안 아플 자식들이 있는데도 그는 한눈을 팔았어. 자신의 가정은 흔들리지 않을 거라는 굳건한 믿음이 그런 대범한 짓을 저지르게 하는 걸까? 나는 탐정으로부터 받은 사진을 편지에 담아 그 사람에게 보냈어. 역시나, 바로 만나자는 답장이 왔어. 웃기지? 이해관계가 얽혀 있지 않으면 한 개인의 불행 따위는 피하고 싶은, 관여하고 싶지 않은 귀찮고 부담스러운 일에 지나지 않아. 그 선연한 진리를 나는 너무 늦게 깨달았던 거지. 모두가 검소단 회원들과 같을 거라고 착각했던 거야. 하여튼 인적이 드문 카페에서 그를 만났어. 불쾌한 기색이 역력하더군. 돈을 뜯어낼 거라고 생각했는지 바로 얼마가 필요하냐고 묻기에 나는 은영이 사건을 처음부터 끝까지 쉬지 않고 말했어. 그도 언뜻 '검은 눈물' 어쩌고 하는 사건을 들어봤다고 하더군. 은영이의 죽음 이후 이야기 좀 나누자는 나의 간곡한 부탁에도 '꺼져'라는 말만 반복하며 끝내는 내게 발길질까지 했던 C의 뻔뻔하고 악랄한 모습을 그에게 설명하며 나는 그 아이가 개선의 여지가 전혀 없을뿐더러 편안하게 수감 생활을 하면 안 된다는 걸 눈물로 피력했어. 보안과장은 내 이야기를 듣는 내내 별다른 말이 없었지만, 눈썹이 점점 올라가는 걸 알 수 있었어. 나의 의도를 알아차렸는지 경계심으로 가득 찼던 경직된 표정도 차차 풀어지고 있었지. 그로서는 손해될 게 없었어. 보안과장에게 일개 수용자의 안위 따위는 중요하지 않을 테니까. 어쩌면 그는 속으로 안도의 한숨을 내쉬었을지도 몰라. '돈'이나 '폭로'보다야 '수용자 1'은 비교할 가치가 못 될 테니까. 그는 자신도 은영이 또래의 딸을 키우고 있다더군. 연민의 표정을 짓는 그에게 난 속으로 말했지. 당신 곁에도 평생 딸이 있을 거라 장담하지 말라고. 정신 똑바로 차리라고.

몇 달 뒤 그로부터 편지가 왔어. C는 교도소 내에서 아무도 쉽게 건드리지 못한다는 '집주인'• 무기수 F와 한방에서 지낸다고 해. F가 곤히 자고 있던 C의 오른쪽 눈을 집게손가락으로 깊숙이 찔렀던 일이 있었대. 결국 C는 오른쪽 눈을 실명했다나 봐. 나를 노려보던 그놈의 눈 한쪽이 평생 앞을 못 본다고 하니 통쾌하더군. 강약약강의 대명사였던 C는 자신보다 훨씬 몸집도 크고 거친 F 앞에서는 쩔쩔매는가 보더라고. 비겁한 놈. 다른 방으로 옮겨달라는 투서도 몇 번 했는데 받아들이지 않았대. 벽에 부착된 비상벨을 누르려는 시도도 계속해보지만 F에게 들키는 날에는 곤죽이 되도록 맞기 때문에 그 역시 쉽지 않아 보인다고 하더군. 보안과장은 출소할 때까지 방 바꿔줄 마음이 없다고 했어. 다만, F의 행동이 점점 심해지고 있어 슬슬 제재를 가할까 한다더군. C가 죽어버리면 안 되니까. 추신으로 보안과장은 최근 C가 F 무리에게 성폭행당한 흔적도 발견했다고 했어. 이 모든 사실은 교도소 내에서 은밀하게 벌어지는 일이라서 편지를 읽은 즉시 태워달라고 하더군. 불

• 교도소를 실질적으로 관리하는 중범죄자들을 뜻하는 은어. 보통 교도관들은 이들을 통해 재소자들을 관리하며 이들의 행동을 암암리에 눈감아주곤 한다.

룬 사진의 원본과 함께. 편지는 받은 그날 태워버렸어. 사진은 혹시나 해서 여전히 간직하고 있어. 당신이 원한다면 보내줄게. 원할 리 없겠지만.

C는 F에게 맞고 F의 눈치를 보고 F에게 공포감과 수치심을 느낄 때 단 한 순간이라도 우리 은영이를 떠올렸을까? 우리 은영이에게 걸레라고, 젖통 한 번 만져보자고 괴롭힐 때 자신의 미래가 이런 식으로 되갚음을 당할 줄 정말 단 한 번이라도 생각하지 못했을까? 무슨 자신감으로? 어쩜 그리들 오만하지? 그가 잠시라도, 단 1초라도 우리 은영이가 되어보았다면…. 그랬다면 됐어. 나의 복수는 그걸로 성공이니까.

마지막으로 D. 당신이 들으면 깜짝 놀랄 거야. 검정고시를 우수한 성적으로 합격하고 나름 인서울의 이름 있는 대학교에 들어갔어. 대학 다닐 동안 봉사활동, 동아리 활동도 열심히 하고 학점 관리도 잘했나 봐. 졸업반일 때 메이저 은행 중 한 곳에 취직했더라고. 그 사건이 그 아이에게는 인생의 터닝포인트였던 걸까? 아니면 E의 죽음이 삶의 변화를 이끈 걸까?

환골탈태해서 회사생활을 잘하고 있기에, 또 그 아이 부모의 카톡 사진이 잘난 아들 사진으로 도배되어 있기에, 그 아이가 근무하는 은행으로 찾아갔어. 마침 입사한 지 몇 년 지나지 않아서인지 대출 창구에 있더라고. 나는 대출을 받는 척하며 그 아이 앞으로 다가갔지. 아직도 기억나. 대기 번호 121번. 그는 나를 전혀 기억하지 못하더군. 가해자는 원래 그런 법인가? 나는 단 한순간도 잊어버린 적이 없는데 말이야. 나는 대출 관련 서류를 내미는 척하면서 은영이 사진을 넘겼어. 당신도 봤어야 해. 발갛고 생기 넘치던 얼굴이 순식간에 창백하게 변하는 모습을. 밖에 나가서 이야기하자고 하는 그 아이의 손을 뿌리치고 나는 벌떡 일어나 주위를 둘러보며 소리쳤지. "여러분이 보는 이 사람이 검은 눈물 흘리는 소녀의 가해 학생 중 한 명입니다." 나는 은영이의 사진을 높이 들어 올렸어. 웅성웅성하는 사람들 사이로 청원경찰이 급하게 달려와 나를 붙잡고 끌어냈지. 고개를 연신 숙이며 사람들에게 죄송하다고 하는 D를 뒤로한 채 밖으로 끌려 나오며 나는 그 아이를 향해 소리쳤어. 네가 죄송해야 할 사람은 이 사람들이 아니라 우리 은영이라고.

그날부터 그 아이가 회사를 그만둘 때까지 나는 그 은행 앞에서 피켓 들고 1인 시위를 했어. 그게 벌써 2년 전이야. 지금 그 아이의 근황을 알고 있는 사람은 한 명도 없어. 내게 알려주는 사람도 없고 나도 찾기가 힘들어. SNS 어디에도 흔적이 없고. 어디 깊숙한 곳으로 숨어버렸나 봐. 아니면 A처럼 얼굴을 성형하고 이름을 바꾸었거나—그전까지는 무슨 자신감이었는지 이름도 바꾸지 않았더라—, 아니면 B처럼 해외로 도피했는지. 언젠가 소식을 알 수도 있겠지만 그때쯤이면 나는 "그 사람이 누구요?" 하고 있겠지?

*

편지를 읽으며 영희는 구석 어딘가에서 지금껏 꽉 닫혀 있던 수도꼭지가 열리며 오물이 팟- 하고 쏟아져 나오는 듯한 기분을 느꼈다. A와 B, C 그리고 D의 얼굴을 찬찬히 떠올렸다. 애써 잊으려 했던 얼굴들이었다. 사춘기에 접어든 아직은 앳된 얼굴들이 성인의 모습으로 변해 일그러진 표정을 짓고 있었다. 그들이 불쌍하다는 따위의 감정은 들지 않았다. 다만 그들의 망가져버린 삶과 역시나 함께 망가졌을 가족들의 삶이 자연스레 떠올라 마른 입술을 깨물어야 했다. 남편은 가해 학생들의 일상을 '쫓는 것'에 그치지 않았다. 그들의 평온한 일상에 직접 폭탄을 투척했다. 문득 긴 시간 동안 한 명 한 명의 일상을 무너뜨리기 위해 철저히 계획하고 준비하고 실행했을 남편의 삶이 그려졌다. 남편 역시 외롭고 처절했을 거라는 생각이 들었다.

영희는 언제나 밖에 나가 있는 남편 때문에 외로웠다. 함께 슬픔을 이겨내려 노력하지 않고 홀로 행동하는 남편이 원망스럽기까지 했다. 비가 올수록 남은 가족끼리 똘똘 뭉쳐 함께 비바람을 피하며 이겨내야 한다고 생각했다. 그러나 남편은 남은 가족을 뒤로한 채 비바람 속으로 뚜벅뚜벅 걸어갔다.

영희는 은우가 중학교에 입학할 무렵 출판사에 계약직으로 입사했다. 퇴근하고 집으로 돌아온 뒤에는 사이버대학교에서 심리학 강의를 들었다. 그녀는 청소년 상담사라는 새로운 꿈을 꾸기 시작했다. 무표정한 얼굴 안에 숨어 있을 아이들의 수많은 이야기를 조금이나마 끄집어내 듣고 싶었다. 다시는 은영이 같은 아이가 나오지 않기를 바랐다. 토요일이면 같은 슬픔을 가진 한 아버지가 설립한 학교 폭력 예방을 위한 재단—초록나무재단—에서 봉사활동도 했다. 영희는 강의를 듣고, 자격증 시험을 준비하고, 봉사활동을 하는 동안 남편이 곁에 있기를 바랐다. 남편과 함께 잘 이겨내고 싶었다.

남편의 영웅담 같은 복수극을 읽으며 영희는 자신이 하지 못한 것을 남편이 끝내는 해냈다는 생각도 들었다. 물론 남편의 방식이 결코 옳다고 말할 수는 없었다. 그러나 남편이 남은 가족의 슬픔을 대신해 악역을 자처한 것만 같았다. 남편이 경찰서에서 조사받고, 벌금을 내고, 홀로 1인 피켓 시위를 하는 동안 남편 역시 그 옆에 아내인 자신이 있었으면 하고 바라지 않았을까 싶었다.

영희는 사실 남편과 달리 사건으로부터 멀어지고 싶었다. 잊으려 하지 않으면 단 하루도 살 수가 없었다. 사건을 파헤치면 파헤칠수록 버티는 힘을 잃어갔다. 가해 학생들을 원망하기 시작하면서 그 불씨는 급기야 시어머니에게까지 튀었다. 은영이가 밖으로 나갈 때 어머니가 재빨리 따라 나가 막으셨으면 좋았을 텐데, 어머니는 왜 치매에 걸리셨을까. 어머니를 병원에 입원시켰었다면, 그래서 그날 내가 은영이와 잤었더라면. 불행은 한꺼번에 온다던데 어머니가 불행을 몰고 오셨나. 은영이가 유학하러 갔다고 말씀드렸는데 왜 자꾸 은영이를 찾으실까. 왜 치매 증세가 급격히 악화되었을까. 은우가 어머니 가방 좀 만졌기로서니 왜 우리 은우를 도둑놈 취급하시는 걸까. 아무리 정신이 나갔다지만 하나밖에 없는 손자 아닌가. 어머니가 우리와 같이 살지 않았다면, 그래서 내가 은영이에게 더 신경을 썼더라면 은영이는 죽지 않았을지도 몰라. 원망하면 할수록 영희는 괴로웠다. 사건을 떠올리면 떠올릴수록 해결책은 보이지 않았다. 이미 벌어진 일이었다. 은영을 되살릴 수는 없다. 은영의 어찌할 수 없는 운명이었다고 생각하는 게 차라리 마음 편했다.

그리고 한편으로, 영희는 남편과 달리 은영이 자살한 것이 맞는다는 생각을 지울 수 없었다. 경찰의 부검 결과도 그렇고 은영의 사망 시각 전후로 A가 콘도 밖을 오고 간 정황이 전혀 없다는 점도 그랬다. 그날, 숙소에 다른 사람이 침입한 흔적은 없었기에 가족의 휴대폰 충전기 줄을 모두 가져간 것도 은영이였다고밖에 생각할 수 없었다. 남편이 주장하는 것처럼 은영이를 누군가가 살해하고 악의적으로 두 눈에 먹칠했다고 믿고 싶지 않았다. 은영이가 다른 사람의 손에 죽임을 당했다고 생각하면 더 견딜 수가 없었다. 누군가의 원한과 분노의 대상이 은영이가 되어야만 하는 이유를 곱씹는 것만으로도 온몸의 진이 빠져나가는 듯했다. 차라리 검은 눈물은 과학적으로 설명되지 않는 초자연적인 현상이길 바랐다. 세상에는 과학으로도 설명할 수 없는 기이하고 불가사의한 일이 일어나기도 하니까. 사람이 사람한테 한 행동이 아닌, 엄청난 우연의 결과로 나타난 미스터리한 자연현상 중의 하나라고 믿는 편이 나았다. 시커멓게 타들어간 마음이 검은 눈물이라는 기이한 현상으로 나타난 것이라 믿고 싶었다.

영희와 남편은 접점을 찾지 못했다. 어머니의 증상 역시 점점 심해져 어머니의 방문에 자물쇠까지 달아야 하는 지경이 되자 남편과 영희는 더 자주 다퉜고 결국 어머니를 요양병원에 다시 입원시키고 몇 달 뒤 그들은 이혼했다.

*

그 아이들의 불행을 이렇게 당신에게 적고 있는 지금, 당신이 이 편지를 읽게 된다면 무슨 생각을 하고 있을까 문득 궁금해지네. 나는 우리 은영이가 그 아이들에게 괴롭힘을 당해 죽었으니 그 아이들 역시 행복하게 살 권리는 없다고 생각해. 생리적 죽음을 맞이한 은영이를 대신해 내가 그들을 똑같이 죽이는 살인자는 될 수 없어도 사회적 죽음을 부여할 수 있는 권리 정도는 있다고 생각해. 왜냐고? 그들 때문에 나는 모든 것을 잃었으니까. 죄는 미워하되 사람은 미워하지 말라는 얘기가 있잖아. 그건 그 죄를 당해본 사람이 한 말은 분명 아닐 거야. 그 죄가 누구한테서 나왔지? 그 죄가 곧 그 사람 아니야? 눈에는 눈, 이에는 이. 남의 인생을 불행하게 만들었으면 본인 인생도 불행해야지. 당신은 내가 가해 학생들에게 저지른 행동을 이해하지 못하고 어쩌면 혐오할지도 모르겠어. 용서와 평화를 중시하는 당신이었으니까. 하지만 성인군자가 아닌 나는 끔찍한 고통 속에서 죽어간 우리 은영이를 생각해서라도 천국보다는 지옥을 선택할래. 아니, 이미 나는 지옥 속에 살고 있으니 선택하고 말 것도 없어.

그런데 말이야, 우리가 지금까지 풀지 못했던 난제. 15년 동안 속앓이를 하며 억울함에 잠 못 이뤘던 바로 그 일 말이야. 누가 우리 은영이의 두 눈에 그런 끔찍한 짓을 저질렀을까. 도대체 범인은 누구일까?

마지막 소식이야.

당신은 한 번도 뵌 적 없는 우리 아버지. 마지막 인간문화재로 한평생 장승 만드는 일을 하셨지. 우리나라 곳곳에 설치된 유명한 장승들은 대부분 아버지의 손을 거쳐 탄생한 것들이야. 아버지의 제자였던 어머니는 아버지와 결혼하고 우리 삼 남매를 키우시면서 더는 제자의 길을 걸어가지 못하셨지만 틈틈이 아버지의 보조 역할을 하면서 일을 도우셨어. 질 좋은 나무를 구하고 길을 들여 손질하고, 투박하지만 사람처럼 제각각의 개성을 담은 장승 모양이 갖추어지는 과정을 아버지는 진심으로 좋아하셨어. 자부심도 느끼셨지. 마을 입구를 지키는 수호신을 만드는 일이었으니까. 아버지가 돌아가신 뒤로 시골집을 정리하고 어머니가 우리 집에서 지내게 되셨을 때, 어머니의 짐이 상당히 단출하셨던 거 당신은 기억할까? 단출했던 짐 속에 정작 어머니의 짐은 몇 가지 옷 등이 전부이고 아버지가 생전에 소중히 여기셨던 물건들이 대부분이었던 것도. 어머니는 아버지를 사랑하셨지만 어쩌면 아버지가 행하던 일을 더 사랑하셨던 것 같아. 그 일의 가치를 아셨던 거지. 어머니의 첫 손주가 우리 은영이어서인지 어머니는 유독 은영이를 예뻐하셨어. 은영이 역시 할머니를 잘 따랐고. 어머니의 변화도 우리 은영이가 제일 먼저 알아차렸잖아. '아빠, 할머니가 이상해. 나랑 친한 다은이 있잖아. 다은이는 벌써 초등학교 6학년인데 자꾸 국민학교 1학년이래.' '아빠, 어젯밤에 자다가 화장실 가려고 거실로 나갔는데 할머니 방에서 말소리가 들렸어. 할머니가 누구랑 대화하는 것 같았는데 누구였지? 쉬하러 갈 때는 할머니가 웃었는데 다시 방으로 돌아갈 때는 할머니가 울고 있었어.'

병원에서 초기 치매 판정을 받고 어머니는 부랴부랴 요양원에 들어갈 준비를 하셨었지. 남들에게 민폐 끼치는 일을 극도로 싫어하셨던 어머니답게 자식에게도 폐 끼치는 짓은 절대 하고 싶지 않으셨던 모양이야. 그때는 서울에 전문적인 치매 병원이 한두 군데뿐이라서 요양병원밖에 갈 곳이 없었어. 그래도 '초기'라는 점과 어머니의 개선 의지가 강해서 나름 어머니가 괜찮아지실 거라는 희망이 있었어. 그런데 어머니가 요양병원으로 들어가신 지 일주일쯤 지났을까. 우리 은영이가 매일같이 할머니를 찾았었잖아. 어머니가 쓰시던 방을 은우에게 내어주려고 했을 때도 은영이가 울고불고 난리 치는 바람에 결국 빈방으로 남겨둘 수밖에 없었던 거 기억하지? 시간이 지나면 괜찮아지겠지 했지만 한 달이 지나도, 두 달이 지나도 은영이는 할머니를 찾았어. 언젠가부터는 꿈에서까지 할머니가 나왔는지 '할머니, 할머니─' 하며 잠꼬대를 한 적도 여러 번이었지. 애가 차츰 생기를 잃어가고 지나다니다 어머니랑 비슷한 연배의 어르신을 마주칠 때면 '할머니!' 하면서 달려가는 통에 우리는 다시 어머니를 집으로 모셔올 수밖에 없었어. 한사코 거절하던 어머니도 그간의 요양병원 생활이 나름 적적하고 힘드셨는지 마지못해 승낙하셨고. 당시 의사도 어머니가 약만 잘 챙겨 드시면 치매가 급격히 진행되진 않을 거라 했고 치매 환자 중에서는 가장 점잖은 분이라고도 하셔서 우린 나름대로 어려운 결정을 내렸지. 자식 된 도리로서 병원에 입원시키는 게 나도 내내 마음속에 가시가 박힌 것처럼 불편했으니까. 실제로 어머니는 전혀 치매 환자로 보이지 않았어. 말수가 적어지고 요리하는 걸 어려워하셨을 뿐 언제나 온화한 미소를 지으신 채 방 안에서 거의 나오시지도 않았으니까. 당신이나 나나 어머니 때문에 예상했던 것보다 육체적인 힘듦을 느낀 적은 없었잖아. 나만의 착각일지도 모르겠지만⋯. 하여튼 어머니는 다른 사람들의 이름은 깜박깜박하면서도 은영이의 이름만큼은 또렷이 기억하셨어. 참 신기했지. 아들 이름은 가끔 틀리면서 손녀 이름은 절대 틀리지 않는 게. 어머니와 우리 은영이가 전생에 무슨 연이었는지 참 각별했던 것 같아.

그래, 인연이라는 게 정말 있나 봐. 그 인연이라는 게 동전의 양면과도 같아서 행복을 안겨주기도 하지만 때로는 의도치 않게 불행을 안겨주는 것 같기도 해. 당신과 나도 그랬을까? 은영이와 어머니는 어떤 면에서는 참 서로 안타깝고 안쓰러운 인연이었던 것 같아. 어머니가 돌아가시기 몇 달 전, 어머니가 계시는 치매 병원의 원무과 직원으로부터 전화를 받았어. 어머니 일로 상담할 게 있으니 방문해달라는 얘기였지. 나는 어머니의 건강 문제일 거라 여기고 마음을 단단히 먹은 채 병원으로 향했어. 바로 병실을 찾아가 어머니의 안색부터 살펴보았는데 어머니는 예상외로 혈색도 좋고 여전히 온화한 미소를 짓고 계셨어. 물론 아들을 알아보진 못하셨지만. 나를 보며 '아저씨'라고 어린아이처럼 웃으며 인사를 건네셨지. 어머니의 몸 상태를 확인한 나는 의아하게 생각하며 원무과로 갔지. 권태로워 보였던 원무과 직원은 내가 어머니의 아들임을 밝히자 사뭇 진지하고 심각한 얼굴이 되더니 몇 가지를 챙겨 들고 나를 구석의 상담실 비슷한 곳으로 이끌었어. 그리고 그는 서류철에서 몇 장의 사진을 뽑아서 내게 건넸어. 나는 별생각 없이 그 사진을 넘겨받아 바라보았는데.

그때의 충격이란. 당신이 곁에 있었으면 우리 둘 다 돌처럼 그 자리에서 굳어버렸을 거야. 머리가 하얘지면서 귓가에 윙-윙- 하는 모터가 돌아가는 것 같은 소음과 어지러움이 한꺼번에 몰려왔어. 커다란 망치로 머리를 가격당한 듯 뇌의 작동이 일순 멈춰버려서 내가 바라보고 있는 사진이 무엇을 의미하는지 알아차리지 못했지. 쥐가 서서히 풀릴 때처럼 흐려졌던 시야가 점차 또렷해지면서 사진 속 어느 노인의 얼굴이 선명히 드러났어. 그 노인은 우리 은영이처럼 검은 눈물을 흘리고 있었어. 다음 사진의 노인 역시. 그리고 그다음도. 총 석 장의 사진 속에서 노인 세 명이 모두 검은 눈물을 흘리고 있었던 거야. 입이 떡 벌어진 채 원무과 직원을 바라보자 그 직원은 나보다 더 놀란 눈으로 나를 바라보았어. 예상했던 반응보다 훨씬 더 극명해서 당황한 듯 보였어. 그도 그럴 것이 그는 그게 무엇을 의미하는지 몰랐으니까. 사진을 들고 있는 손이 덜덜덜 떨리기 시작했어. '검은 눈물'과 원무과 직원이 나를 부른 것의 교집합이 바로 우리 어머니를 나타내고 있었으니까. 우리가 15년 동안 찾아 헤맸던 범인이 우리 어머니라는 얘기였으니까.

말없이 직원을 바라보고 있으니 그 직원이 첫 말문을 열었어.

"몇 달 새 나타난 이 기이한 상황 때문에 저희도 골치였습니다. 3층에서 돌아가신 분 중 이분들의 얼굴이 이렇게 되어 있었으니까요. 이렇게 해놓은 사람을 찾기 위해 3층 복도 CCTV를 돌려보았습니다. 그런데 세 분이 돌아가시고 나서 각 방을 방문한 분이 병원 직원과 가족분을 제외하면 황금순 할머니 한 분밖에 없으세요. 그래서 저희가 황금순 할머니가 주무시고 있을 때 소지품을 살펴보았는데, 그 속에서 이게 나왔습니다."

직원은 내게 오래되어 보이는 나무 보관함을 건넸어. 익히 아는 물건이었지. 보관함 바닥의 오른쪽 하단부에는 아버지의 성함이 한자로 각인되어 있었지. 천천히 보관함을 열어 그 속에 담긴 벼루, 붓, 먹을 바라보았어. 아버지가 장승을 만든 뒤 마지막에 하는 성스러운 작업은 일명 '점안식'이라고도 불리는 '눈'을 그리는 일이었어. 장승의 눈을 그림으로써 나무때기에 불과했던 장승을 하나의 생명체로, 수호신으로 승격시키는 중요하고도 신성한 행위였지. 아버지는 점안식을 정성스럽게 수행하셨어. 눈을 그려 넣음으로써 아버지는 정말로 장승에 생명력이 깃든다고 믿으신 거야. 실제로 아버지가 장승에 눈을 그려 넣은 날이면 그 장승이 나를 꿰뚫어보는 것 같아 우리 집 마당에 놓여 있는 그 장승을 요리조리 피해 다니곤 했던 기억이 나.

"어머님께서 이걸로 돌아가신 분들의 눈에 먹칠…을 하신 것 같습니다. 무슨 의도로 그러셨는지 저희는 모르겠지만…. 아무래도 증세가 점차 심해지셔서 그림 그리는 것처럼 생각하신 것 같습니다. 유족분들에게는 양해를 구했지만 어떤 분은 몹시 분노하셨습니다. 고인에게 욕되는 짓을 했다며. 저희 측에서 나름 잘 설명해드려서 무사히 넘어갔지만 계속 이런 일이 발생하면 저희도 곤란할 것 같아 아드님께 연락을 드렸습니다. 아무래도 이 물건들은 아드님께서 가져가시는 게 좋을 것 같습니다."

직원이 말하는 동안 나는 손안에 놓인 아버지와 어머니의 역사를 물끄러미 바라만 보고 있을 수밖에 없었어. 어떻게 이런 일이 일어날 수 있을까.

어머니는 죽은 이들에게 생명력을 불어넣고 싶으셨던 거야. 눈 속의 전등이 꺼진 것을 알아차리곤 다시 켜주고 싶었던 거지. 은영이는 그날 새벽, 산으로 향했고 잠결에 은영이가 사라진 걸 알아차린 어머니는 막연히 그런 은영이를 따라가셨을 거야. 걸음이 느렸던 어머니는 한참 만에야 은영이를 따라잡았고 그때 은영이는 이미 스스로 목숨을 끊은 뒤였을 거고. 어머니는 정신이 온전치는 못하셨어도 은영이가 죽었다는 걸 알아차렸던 것 같아. 은영이의 반쯤 뜬 눈이 깜빡거리지 않았을 테니까. 은영이를 아무리 불러도 미동도 없었을 테니까. 눈이 없는 나무때기처럼 딱딱한 몸으로 앉아서 움직이지 않았을 테니까. 어머니는 외출할 때면 분신처럼 챙기고 다니는 감색 가죽 핸드백 안에서 아버지의 유품인 보관함 속 붓과 벼루 그리고 먹을 꺼내셨던 것 같아. 그리고 조그마한 텀블러를 꺼내어 그 속에 담긴 얼마 안 되는 생수로 먹물을 만드셨겠지. 그리고 은영이에게 다가가 그 텅 빈 눈에, 이미 안광을 잃어버린 슬픈 두 눈에 성스러운 작업인 검은 눈을 그려 넣음으로써 은영이를 살려내고 싶었던 것 아닐까. 손녀가 죽었다는 사실을 정신으로는 물론 마음으로도 결코 받아들일 수 없었을 테니까.

그래. 유일한 목격자였던 어머니가 은영이의 '사체등오욕죄'의 범인이었던 셈이야. 어머니는 치매 상태였기 때문에 물론 죄는 성립하지 않겠지. 참 아이러니하지. 어머니를 지키기 위해 은영이를 어머니 곁에 자게 했는데 정작 은영이를 배웅하게 된 건 어머니였어. 문득 담당 형사와의 마지막 통화가 떠올랐어. 그가 어머니에 관해 물었던 질문들을 곱씹어보았지. 당시 치매 걸린 우리 어머니에게 관심을 보이는 사람은 아무도 없었어. 노약자에다 정신까지 온전치 못하니 범행 대상에서 애초에 제외됐던 거지. 과연 어느 누가 우리 어머니를 의심할 수 있었을까? 사건 초기 CCTV를 담당했던 수사관은 날이 밝을 때까지 콘도 주변을 배회하고 있는 어머니를 발견하고 제일 먼저 의심했지만, 어머니가 치매라는 사실과 우리 가족이라는 걸 확인하고 나서는 용의선상에서 제일 먼저 배제했어. 그게 15년이라는 세월을 가리켰다는 걸 그 수사관은 알까? 그는 A나 비슷한 또래 아이들이 찍혔는지에만 주의 깊게 살폈던 것 같아. 애초에 그들은 '학교 폭력에 의한 자살'로 결론짓고 있었으니 범인 찾는 일에 소극적이기도 했었고. 다시 수사가 재개되고 몇 안 되는 증거들을 찬찬히 살피던 중 콘도 앞을 찍은 CCTV 녹화물 속에서 그 형사도 보았겠지. 깊은 밤, 어둠 속에서 포착된 느릿한 움직임을. 파자마 차림에 어울리지 않는 핸드백을 들고 콘도 근처를 배회하는 한 여자를. 그는 어렴풋이 직감했던 것 같아. 어쩌면 치매이기에 가능할 수도 있겠다고 생각했을지도 모르지. 그렇지만 가족을 잃은 유족에게 또 한 명의 가족을 잃게 하는 고통을 안겨줄 순 없었을 거야. 그래봐야 살인범이 아닌, 사체등오욕죄의 범인일 뿐일 테니까. 제정신이 아닌 사람이 한 행동에 불과하니까. 그 제정신이 아닌 사람이 죽은 손녀의 할머니였으니까. 그는 나와의 통화를 끝으로 미제로 남겨두는 편이 낫겠다고 판단했는지도 모르지.

그렇다면 은영 엄마. 나는 무엇을 위해서 15년의 세월을 살아온 걸까? 범인을 찾겠다는 일념 하나로 살아왔는데. 죽은 노인들의 사진을 바라보면서 나는 A와 B 그리고 C, D, 마지막으로 자살한 E가 차례차례 떠올랐어. 머리털이 쭈뼛 서며 팔에 오소소 소름이 돋았지. 그들은 분명 은영이를 괴롭히고 죽음으로 몰고 간 학교 폭력 가해자들이야. 내가 그들에게 무슨 짓을 한 걸까? 그들은 범인일까 아닐까? 은영이의 죽음의 원인은 누구에게 있을까? 지금껏 나를 살게 한 신념이 건물이 무너지듯 한순간에 와르르 무너져 내렸어. 은영이가 바란 게 정말 이런 거였을까? 은영이는 휴대폰에 가해 학생들의 이름을 남겼어. 은영이는 그들이 저지른 행동에 책임을 지우고 싶었던 게 아닐까? 그럼 그들에게 책임을 물을 권리를 가진 이는 누구일까? 언젠가 은영이를 다시 만나게 됐을 때 은영이는 내게 잘했다고 할까?

은우를 마지막으로 보러 갔던 날. 당신의 주소를 받고 나서 나는 당신에게 하는 고백을 은우에게도 털어놓았어. 담담히 듣던 은우는 은영이의 두 눈을 검게 칠한 사람이 할머니였다고 말하자 끅-끅-거리며 울기 시작했어. 한참을 울던 은우가 몇 분간의 침묵 후 내게 건넨 이야기는 놀라웠어. 은우가 했던 말을 최대한 기억해서 적어볼게. 내가 덧붙이거나 내 마음대로 해석해서 적는 것보다 은우가 한 말을 있는 그대로 전하고 싶어.

아빠가 누나 사진을 찍고 있을 때 겁을 먹은 저는 다리에 힘이 풀려 주저앉고 말았어요. 오른 손바닥에 차갑고 뭉뚝한 무언가가 느껴져 깜짝 놀라 내려다보았는데 익숙한 물건 하나가 시야에 들어왔죠. 저랑 누나가 할머니 방에서 가지고 놀던 거. 할머니가 매일같이 손수건으로 닦았던 거. 빨간 나무 보관함 속에 들어 있던 양갱같이 생긴 거. 맞아요. 누런 한지에 돌돌 말린 직사각형의 먹. 소나무 향이 은은하게 나던. 검은 피를 토해내고 쓰러진 것처럼 할머니의 먹이 축축하게 젖은 채 회색 돌멩이 위에 놓여 있었던 거예요. 저는 먹을 집어 들고 잠시 바라보다가 점퍼 주머니 속에 넣어버렸어요. 지저분해진 손은 축축한 흙에 문질러 지워버렸고요. 왜 그랬는지 지금도 잘 모르겠어요. 그때 그냥 아빠한테 말했으면 좋았을걸. 검은 얼룩이 묻은 회색 돌멩이는 누가 보지 못하게 얼른 거꾸로 뒤집어놓았죠. 지금 돌이켜보면 저는 생각이 참 많은 아이였던 것 같아요. 형사 두 분과 함께 다시 숙소로 돌아갔을 때 할머니는 방에서 주무시고 계셨죠. 엄마 품에서 울던 저는 주머니 속의 먹이 떠올라 얼른 할머니 방으로 들어가 할머니 가방 속을 살펴보았어요. 할머니의 보관함에 먹이 그대로 들어 있는지 확인해보고 싶었거든요. 뚜껑도 채 닫히지 않은 보관함을 열어 그 안을 살펴보았는데… 거기에는 검은 먹물이 딱딱하게 굳어버린 붓과 타원 모양의 벼루만 들어 있었어요. 먹은 없다! 그건 할머니가 누나의 죽음과 연관이 있다는 의미였어요. 당시 겉보기에 할머니는 멀쩡했기 때문에 어렸던 저는 치매가 어떤 병인지 잘 몰랐어요. 그저 누나가 죽었고 거기에 할머니가 관련되어 있다는 사실만으로도 가슴이 쿵쾅거리고 머리가 어지러웠죠. 누나가 죽었다는 것도 충격이었는데 할머니까지. 거기다 저는 A라는 사람으로부터 누나를 지키지 못했다는 죄책감까지 더해져 그날 이후로는 매일같이 악몽을 꾸며 살아온 것 같아요.

저도 누나를 따라 죽고 싶었던 적이 많았어요. 정신과에 다니는 아이로 낙인찍혔을 때, 누나와 비슷한 여학생들을 볼 때, 인터넷에서 누나 사진이 떠

돌아다닐 때, TV에서 누나를 왕따, 불쌍한 여중생, 기괴하게 죽은 미스터리한 사람으로 묘사할 때, 주위의 아이들이 "너희 누나가 검은 눈물 흘리는 소녀야?"라고 물으며 저를 슬금슬금 피할 때. 죽고 싶었어요. 할머니가 아무렇지 않게 누나를 찾을 때면 머리로는 치매라는 걸 알아도 가슴은 혼란스러웠어요. 매일 수면 상태에 빠져 있는 듯 저는 온전히 또렷한 정신으로 살아오지 못한 것 같아요. 가끔 여기서도 멍하니 있다가 혼날 때가 많아요. 어제는 선임이 저를 따로 불러내 말했어요. 관심병사가 되고 싶지 않으면 정신 똑바로 차리라고. 지금 위험하다고. 그 새끼가 제가 걸어온 삶을 조금이라도 알기는 할까요? 그 새끼는 제가 당한 고통의 백 분의 일도 모를 거예요. 사람들은 뭐든 쉽게 판단 내리고 쉽게 말을 내뱉어요. 아, 그렇게 걱정스러운 눈빛 보내실 거 없어요, 아빠. 저 그래도 막 나가지는 않으니까. 탈영한다거나 총기 난사를 한다거나 할 생각은 없어요. 무사히 제대할 날만 기다리고 있어요. 이야기가 조금 새버렸는데, 할머니 방에 갈 때면 저는 할머니가 먹을 가지고 있지는 않은지 확인하는 버릇이 생겼어요. 눈을 질끈 감은 채 보관함을 열면 어느새 먹이 벼루, 붓과 함께 놓여 있는 것은 아닐까 하는 기대도 여러 번 했었죠. 그렇지만 현실은 현실. 역시나 먹은 없었어요. 할머니는 어느 순간부터 저를 보면 눈을 흘기셨어요. 제가 먹을 훔쳐갔다고 생각했나 봐요. 급기야 제가 가방을 만지려 하기만 해도 화를 내셨어요.

할머니가 다시 요양병원으로 들어가기 전날 밤, 저는 엄마 몰래 방문에 설치된 자물쇠를 열고 할머니 방 안으로 들어갔어요. 할머니는 방 한가운데에서 복도로 난 창문을 바라보며 구부정한 자세로 앉아 계셨죠. 저는 할머니의 등을 보며 처음이자 마지막으로 용기 내어 물었어요. 다시는 기회가 없을 걸 알았으니까요.

"할머니, 할머니가… 우리 누나 죽였어?"

할머니는 천천히 몸을 돌려 저를 바라보셨어요. 할머니의 두 눈이 평상시와 달리 맑게 빛나고 있었고 저는 할머니가 원래 할머니로 돌아왔다고 생각했어요. 할머니는 제 볼을 천천히 쓰다듬으며 말씀하셨어요.

"은영이가 죽기는. 은영이더러 꼭 놀러 오라고 해라. 할미가 우리 은영이 많이 보고 싶다고."

저는 다시 할머니의 두 눈을 가만히 들여다보았어요. 그곳에 거짓은 없었어요. 그냥 그렇게 느껴졌어요. 푸르스름하게 빛나던 할머니의 두 눈은 아직도 가끔 생각나요. 저는 고개만 작게 끄덕거렸어요. 할머니는 빙긋 웃으며 저를 품에 안아 이불에 눕혔어요. 할머니의 등 토닥거림을 받으며 아주 오랜만에 편안하게 눈을 감았던 기억이 나요. 곧이어 할머니의 새근새근한 숨소리가 들리자 저는 조용히 제 방으로 가서 엄마에게 들키지 않기 위해 휴지로 돌돌 말아 필통 속에 넣고 다니던 먹을 가지고 다시 할머니 방으로 갔어요. 그리고 할머니의 빨간 나무 보관함을 열어 벼루 옆에 가지런히 놓아두었죠. 그게 할머니와의 마지막 기억이에요.

"아빠, 할머니는 그럼 누나를 살리려고 그랬던 거죠? 아빠 말대로 그게 점 안식이었다면, 우리 누나는 수호신이 된 거네요? 울지 마요 아빠. 괜찮아요. 이제 괜찮아요. 우리는."

길고 긴 편지 읽어줘서 고마워. 그리고 미안해. 당신과 은우는 뒤가 아닌 앞을 보며 살길 진심으로 바랄게.

PS. 요양원 직원으로부터 받은 사진들과 어머니가 가지고 계셨던 아버지의 유품, 붓과 벼루 그리고 먹이 담긴 적색 나무 보관함은 어머니의 납골함 옆에 가져다놓았어.

*

영희는 마지막 편지지를 오래도록 바라보았다. 두 눈을 감아 사라진 가족을 한 명 한 명 떠올렸다. 은영이, 어머님, 남편 그리고 은우. 그들이 환하게 웃는 모습을 떠올리려 애썼다. 마지막에는 그녀 자신의 웃는 얼굴도. 쉽사리 떠오르지 않아 시간을 한참이나 되돌려야 했다. 웃는 얼굴과 우는 얼굴, 성인의 모습과 어렸을 때의 모습이 한데 합쳐져 이도 저도 아닌 묘한 표정의 얼굴들이 뒤죽박죽 떠올랐다. 그러다 마침내 환한 웃음을 짓는 가족들이 그녀를 바라보았다. 입가에 작은 경련이 일었다. 다시는 보지 못할 거라 생각했던 표정이었다. 그녀는 가족들을 어느 정도 잘 안다고 생각했었지만 누구도 제대로 알고 있지 못했다. 그 크나큰 착각은 풀리지 않는 단단한 실타래가 되어 그녀를, 가족을 오래도록 붙들고 말았다.

그녀는 손에 쥐고 있던 편지지를 가슴팍으로 가져갔다. 무거운 납덩어리 같던 편지가 그녀의 가슴속에서 펄럭였다. 은영이의 검은 눈물은 누군가의 원한이나 분노의 표현 혹은 끔찍하고 엽기적인 기행이라거나 불가사의한 자연현상이 아니었다. 사랑의 표현이었다. 두 눈에 드리워진 흰 장막을 다시 걷어내고 싶었던 누군가의 간절함이었던 것이다. 마지막 순간에 행할 수 있는 가장 성스럽고 정성스러운 의식. 은영이의 마지막을 은영이가 가장 의지하던 할머니가 함께해주었다는 사실에 그녀는 깊은 안도감과 고마움을 느꼈다. 그리고 은영이 곁에 할머니, 아빠, 남동생이 언제까지나 함께해왔다는 사실에 울컥했다. 은영이도, 그녀도 혼자가 아니었다.

　그녀는 어질러진 편지지를 그러모아 반듯하게 정리한 뒤 조심스럽게 봉투에 넣었다. 메어오는 목을 큼-큼-거리며 가다듬은 뒤 그녀는 결심하듯 하얀 천장을 바라보았다. 그녀는 눈을 감지 않았다. 눈을 똑바로 맞췄다. 그리고 고개를 *끄덕*였다. 그녀는 여러 번 *끄덕*이고 또 *끄덕*였다. 뜨거운 눈물이 뺨을 타고 흘러내렸다. 그녀는 흐트러진 머리를 단정히 묶고 겉옷을 챙기기 위해 소파에서 일어났다. 그리고 가방과 차 키를 챙겨 현관으로 가서 신발장을 열었다. 단정한 신발을 찾으며 그녀는 어머니가 생전 좋아하시던 것이 무엇이었는지 생각했다. 남편이 보낸 편지 봉투에는 '보내는 이'의 주소가 적혀 있었다. 영희는 신발 앞코를 바닥에 두어 번 툭툭 가볍게 내려친 뒤 현관문을 열었다.

유재이

대학에서 심리학을 전공했다. 인간의 내면, 그중에서도 악한 면에 관심이 많다. 이러한 관심이 검찰수사관으로, 이제는 미스터리 소설을 쓰는 작가로 이어지고 있다. 너무 악한 면에만 치중하여 세상이 온통 흑백으로 느껴질 때면 마음 따뜻해지는 애니메이션 등을 보며 색깔을 채워 넣는다.

심사평

수수께끼와 미스터리 소설의 차이점은 독자의 마음을 움직인다는 것에 있다

《계간 미스터리》신인상 심사위원

최근 신인상 응모 작품들의 긍정적인 경향은 다양한 하위 장르를 창작하고자 하는 열의가 보인다는 점이다. 일상 미스터리, 호러 미스터리, 본격 미스터리 등등. 하지만 지나치게 수수께끼 풀이에만 치중하는 소설은 심사위원에게 안타까움을 자아낸다. 삶에 대한 거창한 깨달음을 줘야 한다는 것이 아니다. 독자들이 다음 장을 넘기게 하는 힘만 있어도 충분하다.

일상 미스터리로 응모한 〈내 택배 상자를 가져간 사람은 누구인가〉를 예로 들어보자. 주인공은 이렇게 말한다. 지극히 개인적인 호기심으로 수수께끼를 푸는 것이라고. 이 소설을 읽는 독자들도 주인공에게 공감하여 수수께끼를 풀고자 하는 욕망이 일어나야 하는데, 전혀 그렇지 못하다. 체육복을 구매한 택배 상자가 없어졌는데, 왜 반드시 그 소소한 미스터리를 풀어야 하는지 독자를 설득하려는 최소한의 노력도 하지 않고 있다. 그리고 제일 먼저 택배 기사에게 확인해본다는 일반적인 과정도 거치지 않고 탐정 놀이를 하는 건 논리적으로도 이해가 안 된다. 일상 미스터리 장르야말로 사건이 작은 대신 논리적인 풀이 과정과 독자들이 공감할 만한 캐릭터가 무엇보다 중요하다는 사실을 잊지 말아야 한다.

호러 미스터리가 지켜야 할 장르적 규칙은 무엇일까. 기괴하고 무서운 사건들을 논리적으로 추론하여 현실적인 결론을 내놓는 것이다. 그렇다면 특수 설정 미스터리는 어떠할까. 작가가 만들어놓은 특수한 설정이 수수께끼를 푸는 데에 걸림돌이 되어야 한다. 이런 걸림돌을 역이용해 사건의 진상을 파악해야 추리의 쾌감이 발생한다. 〈귀탐정-저주받은 코트〉는 호러 미스터리라고 하기에도, 특수 설정 미스터리라고 하기에도 애매하다. 꿈속 장면은 어디서 본 듯하여 조금도 기괴하지 않고, 이걸 풀이해내는 과정도 지나치게 단순해서 읽는 동안 큰 감흥을 느끼지 못했다. 독특한 소재에만 집중하는 것보다는, 그 소재를 장르적 규칙 안에서 어떻게 효과적으로 풀어낼 것인가를 고민할 필요가 있다.

SNS에 업로드된 모습만 보고 스토커가 된 사람이 주인공의 주변 정리를 해주는 이야기가 〈팔로워〉인데, 가상인간이 SNS를 하고 버추얼 인플루언서로 활동하는 요즘에는 진부한 소재라는 느낌을 피할 수 없다. 신선한 소재를 발굴하는 것과 더불어 그것을 풀어낼 기본적인 문장력을 갖추는 것이 작품의 출발점이 되어야 한다.

마지막까지 논의했던 작품은 〈한 조각의 죽음-온천장 살인사건〉이었다. 일본인 부부가 부산에 와서 온천장에 머무는 동안 아내가 살해되자 남편이

의심받는 이야기다. 일제강점기를 배경으로 한 점이 신선했고 독살을 선택한 것도 호기심을 끌었다. 탐정 역할의 센다 씨 캐릭터도 좋았다. 하지만 화자를 일본인으로 선택한 것이 패착이었다. 《애크로이드 저택의 살인》을 떠올리게 하는 반전 때문이라 해도 말이다. 이런 종류의 반전일수록 독자들이 화자에게 강한 호감을 느끼게 만들어야 한다. 그래야 최후의 반전이 더 크게 느껴지기 때문이다. 다른 단점으로 지적된 건 독살 트릭이 단순하고 싱겁다는 점이다. 트릭에 목숨을 걸라는 것은 아니지만, 최소한의 참신함은 필요하다.

응모작들 가운데서 〈검은 눈물〉이 유독 돋보여 심사위원들의 만장일치로 당선작이 되었다. 탄탄한 문장력을 기본으로, 딸을 죽음으로 내몬 학교 폭력 가해자들을 일평생 쫓아다니며 복수하는 부성과 종국에 드러나는 진실이 깊은 울림을 주었다. 무엇보다 은영의 불가사의한 죽음을 한두 사람의 처지가 아니라, 사적 복수로 치닫는 아빠, 종교에 귀의해 평화를 얻으려는 엄마, 말 못할 비밀을 감춘 남동생, 치매에 걸린 할머니 등 다각도에서 조명한 점이 특히 좋았다. 뿌려두었던 모든 단서를 깔끔하게 회수하는 마무리 역시 아마추어답지 않은 솜씨였다. 앞으로의 작품 활동이 기대되는 신인이다.

아무리 기발한 수수께끼가 있다고 해도 소설적으로 구성되지 않으면 단순한 추리 퀴즈에 불과하다. 심사위원들도 독자다. 공감이 가는 캐릭터와 최소한 거슬리지 않는 문장, 다음을 궁금하게 만드는 플롯이 없다면 의무감에서 읽는 노동이 된다. 다음 호에는 의무가 아니라 즐거움이 가득한 심사를 할 수 있기를 바라며 많은 도전을 기대한다.

수상자 인터뷰
프로파일러를 꿈꾸다 들어선 작가의 길

인터뷰 진행_편집부

가끔 그럴 때가 있다. 편집장으로서 《계간 미스터리》 신인상 심사 대상 작품을 추리면서 첫 문장만 보고 '촉'이 올 때가. 이번 겨울호에서는 유재이 작가의 〈검은 눈물〉이 그런 작품이었다. "'은영 엄마.' 얼마 만에 듣는 호칭인가. 그 사건 이후로 주위 사람들은 그녀를 '영희' 혹은 '은우 엄마'라고 불렀다. '은영'이란 이름은 일종의 금기어였다"로 시작하는 첫 문단을 보자마자 이번 호 신인상은 이 작품일 거란 강렬한 예감이 들었고, 심사위원 만장일치로 신인상 수상 작품이 되었다. 240매(200자 원고지 기준)에 이르는 적지 않은 분량을 단숨에 읽게 만드는 필력과 시의성 있는 사회문제를 집요하게 파고 들어간 당선자와 인터뷰를 나눴다.

신인상 당선을 축하드리면서, 먼저 간단한 자기소개를 부탁드립니다.

안녕하십니까? 유재이입니다. 가톨릭대 심리학과를 졸업했습니다. 검찰 수사관으로 근무하다가 돌쟁이 딸을 키우기 위해 잠시 육아 휴직 중입니다. 혼자 있는 것을 좋아하면서도 사람에게 관심이 많은 편이며 MBTI는 INFP 입니다.

INFP가 어떤 특성인지 몰라서 검색해보니 '중재자, 잔 다르크형'이라고 나오네요. (웃음) 솔직히 MBTI는 아무리 들어도 잘 모르겠더라고요. 이번 겨울호 신인상 심사 작들 중에서 〈검은 눈물〉은 필력이나 구성 면에서 단연 돋보였습니다. 이 작품은 어떻게 구상하게 되셨나요?

오래전, 우연히 장승 만드는 사람들에 관한 다큐멘터리를 보게 되었습니다. 거기서 '점안식'을 알게 되었는데 그게 뇌리에 깊이 박혔나 봐요. 그렇게 머릿속 한구석에 잘 보관하고 있다가 '한강 대학생 사망사건'의 아버지 인터뷰를 보면서 구체적인 이야기를 그려보게 되었습니다. 의혹과 확신, 그 사이에서 벌어지는 갈등, 투쟁 같은 것을 점안식과 연결하기 위해 이리저리 많이 생각했습니다.

〈검은 눈물〉은 기본적으로 은영의 불가해한 죽음의 미스터리를 파헤치는 구성이지만, 한편으로는 은영의 죽음을 받아들이는 각자의 태도를 극명하게 보여주고 있습니다. 이러한 구성을 통해서 표현하고자 했던 것은 무엇인가요?

인간으로 태어난 이상 우리는 뜻하지 않은 불행, 소중한 이를 잃는 상실감 등을 겪기 마련입니다. 인간의 외형, 성격 등이 다 다르듯이 삶의 불청객을 대하는 태도도 각자 다 다르다고 생각해요. 그런데 내가 생각하는 태도가 아니라고 쉽게 판단하고 '~해야 한다', 혹은 '~일 것이다'라고 말하는 사람들은 자신이 직접 그런 불행을 겪는다면 과연 어떤 태도를 보일 것인지 묻고 싶었습니다. 이는 가까이에서 같은 불행을 겪고 있는 가족, 친구 같은 사이에서도 똑같이 적용되지 않을까, 그런 마음을 은영의 죽음을 대하는 가족들의 태도를 통해 간접적으로 보여주고 싶었던 것 같습니다.

〈검은 눈물〉은 잔인한 '학교 폭력' 문제를 다루고 있습니다. 평소에도 이런 사회적인 문제에 대해 관심이 많으신가요? 앞으로 집필해보고자 하는 사회적인 문제가 있으신가요?

〈그것이 알고 싶다〉나 〈실화탐사대〉, 각종 범죄와 사건 사고를 다룬 유튜브 동영상을 자주 봐요. 그런 것들에 관심이 있기에 자연스럽게 사회문제와 관련된 글을 쓰게 되는 것 같습니다. 미스터리는 시대상을 드러내기에 가장 적합한 장르라고 생각합니다.

최근에는 마약과 관련된 사회문제에 관심이 있어요. 마약 청정국가였던 대한민국이 젊은 세대를 중심으로 빠르게 마약의 유통과 투약이 만연하는 현실이 안타까우면서도 걱정이 많이 돼요. 지금 쓰고 있는 단편이 있는데 이러한 관심을 반영하고 있습니다.

프로필을 보니 검찰수사관으로 근무하시다가 잠깐 육아 휴직 중이신데요, 직업의 특수성이 작품에 영향을 끼친 부분이 있나요?

의도하진 않았지만, 글을 쓰다 보면 저도 모르게 투영되는 부분이 있더라고요. 〈검은 눈물〉의 경우 은영의 아버지가 죽은 은영의 사진을 여러 장 찍어서 보관하고 있는 거나 관련 기관의 대응에 답답함을 느끼고 대중을 이용하게 되는 부분이 제가 근무하면서 느꼈던 감정을 대변하고 있어요. 공무원은 규정에 따를 수밖에 없기에 피해자의 마음에 깊이 공감하면서도 그들의 답답함을 해소해줄 수 없을 때 회의를 느끼는 것 같아요. 개개인에게 그만큼의 시간과 정성을 들이기 역부족인 경우도 많고요. 그런 마음이 은영의 아버지를 통해 나타나지 않았나 싶습니다.

언젠가 검찰수사관이 주인공으로 등장하는 이야기를 쓰고 싶은 마음도 있습니다.

현직 검찰수사관의 경험이 반영된 작품이라…. 정말 기대가 됩니다. 사실 추리소설을 쓰면서 가장 고민하는 부분이 직업의 현실감을 어떻게 살리는가 하는 점이거든요. 특히 군인에겐 군인의 사고방식이 있고, 경찰에겐 경찰만의 패턴이 있죠. 현직을 경험해보지 않은 사람이 그것을 작품 속에 제대로 구현하는 것은 쉽지 않다고 느낍니다. 어떻게 보면 가장 큰 무기를 갖고 계시네요. (웃음) 어떻게 추리소설을 쓰시게 되셨나요?

사실 미스터리, 범죄, 추리물을 좋아하긴 했지만 제가 추리소설을 쓰게 될 줄은 미처 몰랐습니다. 원래는 프로파일러가 꿈이었거든요. 그런데 자꾸 새롭거나 특이한 것, 뇌리에 깊게 박히는 어떤 것들이 생기면 메모하거나 기억해두는 저를 발견하기 시작했습니다. 그러면서 저도 모르게 '와, 이런 소재로 소설을 쓰면 어떨까? (가상의) 독자들이 좋아하지 않을까?'라고 생각하는 거예요. 소설의 '소'자도 몰랐으면서요. 그런 시간이 계속 이어지면서 작가라는 꿈을 구체적으로 꾸게 되었고 좋아하는 이야기를 쓰다 보니 추리소설을 쓰게 되었습니다.

의외네요. 저는 작가님의 문장을 보면서 관련 학과를 나오신 분인 줄 알았어요. 프로필을 받아보고 검찰수사관이라는 것을 알고 깜짝 놀랐습니다. 평소에 즐겨 읽는 작가와 작품이 있으신가요?

단편을 좋아해서 단편집을 자주 봐요.《2035 SF 미스터리》,《한국추리문학상 황금펜상 수상작품집》같은.《젊은작가상 수상작품집》도 매년 봅니다. 김승옥 작가의 단편집은 감탄하면서 여러 번 읽었어요. 박준 작가의 시집도요. 《고백》을 쓰신 미나토 가나에 작가도 좋아합니다. 이렇게도 쓸 수 있구나 싶은, 다양한 전개 스타일이 마음에 들어요.

《2035 SF 미스터리》와 《한국추리문학상 황금펜상 수상작품집》을 읽으셨다니 더 반갑습니다. (웃음) 지난 신인상 수상자들에게도 드렸던 질문인데요. 생존 여부에 상관없이 단 한 명의 작가를 만날 수 있다면 누구를 만나고 싶으신가요? 만나서 무엇을 물어보시겠어요?

한 명만 고르는 게 너무 어려운데요. (웃음) 미스터리의 여왕 애거사 크리스티 여사님! 그렇게 오랫동안 완성도 높은 소설을 쓸 수 있었던 비결이나 아내, 엄마, 추리작가로서 해야 할 역할을 동시에 수행하면서 쌓은 노하우, 팁 등을 여쭤보고 싶어요. 자신이 쓴 작품들이 아직도 많은 사람에게 사랑받고 있는 기분은 어떤지도요.

앞으로의 집필 계획이나 방향성에 대해 말씀해주세요.

우선 구상 중인 단편들을 하나하나 완성해가고 싶습니다. 그것들을 묶어 단편집으로 내놓을 수 있다면 더할 나위 없고요. 미스터리하면서도 기괴한 내용의 작품들일 것 같아요. 단편을 많이 써가면서 장편도 도전해보고 싶습니다. 일단 첫 장편은 미스터리 성장 소설을 구상하고 있는데 이 역시 관련 자료를 공부하고 많이 생각해야 할 것 같아요. 장편 소재 등을 넣은 장독대가 머릿속에 몇 개 있는데 더 숙성시키고 있습니다. 〈검은 눈물〉처럼 언젠가 세상에 선보일 수 있으면 좋겠습니다.

앞으로 펼쳐낼 작품 세계를 즐거운 마음으로 기다리고 있겠습니다. 끝으로 당선 소감 부탁드립니다.

예상치 못한 큰 선물을 받았습니다. 내내 바뀌지 않던 빨간불이 마침내 초록색으로 바뀐 느낌입니다. 조심스럽게 첫발을 내디뎌봅니다. 신나게 걸을 수 있길 희망합니다. 홀로 걸어온 제게 관대하고 따뜻한 손을 내밀어주신 심사위원들께 감사드립니다.

그리고 이 지면을 빌려 소중한 사람들에게도 감사의 인사를 전하고 싶습니다. 무한한 사랑과 믿음을 주는 엄마, 또 다른 나 쌍둥이 언니, 하늘나라에서 웃고 있을 아빠, 당선 소식을 곁에서 함께 들으며 눈시울 붉히던 남편, 이제 막 걸음마를 시작한 딸, 자책과 열등감 덩어리인 저의 자존감을 지켜주는 시댁 식구들. 그대들이 있어 삶의 희로애락 속에서 힘과 용기를 낼 수 있었습니다. 앞으로도 오래도록 함께하길 바랍니다.

마지막으로, 오늘도 한국의 미스터리를 위해 불철주야 읽고 쓰는 일을 멈추지 않는 선배 작가들과 애정 어린 시선으로 읽어주시는 독자들께 머리 숙여 첫인사를 올립니다.

만나 뵙게 되어 영광입니다!

8월 손님

박소해

1

"8월 손님들, 어딘가 이상했어."

하윤이 말했지만 남편 정훈은 건성으로 흘려들었다.

노을이 기가 막히게 예뻤다. 정훈은 원래 태풍이 오기 전날의 노을이 제일 아름다운 법이라고 했다. 하윤은 언젠가 수증기를 잔뜩 머금은 구름은 해가 질 때 푸른빛을 띤 보라색이 된다고 들었다. 붉게 타오르는 하늘에 연보라색 새털구름이 촘촘하게 박혀 있었다. 태풍 사마귀가 제주를 덮치기 직전이라 하윤과 정훈은 펜션 야외 데크에 있는 테이블, 의자, 바비큐 그릴을 치우고 파라솔을 접어 창고에 넣었다. 태풍 예보가 뜨면 으레 하는 일이었다. 고정하지 않은 잡동사니는 거센 바람에 날아가서 여기저기 파손시킬 염려가 있었다. 하윤의 짧은 단발머리가 땀에 젖었다.

　8월 손님들은 어제 펜션을 나갔고 9월 한달살이 손님이 오기까지는 아직 일주일 정도 시간이 있었다. 하윤과 정훈은 부산하게 설거지와 펜션 청소를 동시에 하고 있었다. 하윤이 계속 말했다.
　"그 사람들, 너무 조용히 지냈지?"
　"7월 손님들처럼 말 많았으면 우리만 골치 아프지."
　정훈은 냉장고 청소를 하면서 무심히 대꾸했다.
　"어린 딸을 데려온 것치고는 많이 돌아다니지도 않고."
　"원래 집 밖에 잘 안 나가는 스타일인가 보지."
　"봐. 밥도 거의 해먹지 않았어."
　하윤은 정훈에게 사용 흔적이 없는 전기밥솥을 보여줬다.
　"성장기 어린아이를 키우는 부모가, 죄다 외식 아니면 인스턴트라니. 아이 건강 생각하면 집밥을 먹여야지."
　"꼰대 났네, 꼰대 났어. 소주병은 많이 나왔더라. 부부 둘이서 한 궤짝은 마신 것 같은데."
　정훈이 피식 웃었다.
　"여보, 한달살이 비용에 외식에 이 사람들 돈 많이 들었을 텐데."
　"당신, 남 살림살이는 왜 걱정해? 청소나 빨리 마치자."
　남편의 말이 끝나기 전에 하윤은 냉장고 옆에서 종이가방을 발견했다. 안에는 번개탄 몇 개, 라이터, 스케치북 세 권, 크레파스, 그리고 물감이 들어 있었다.

"여보, 한여름에 웬 번개탄이지?"

"바비큐 하려고 샀나 보지."

"그 사람들 묵는 동안에 바비큐 한 번도 안 했잖아?"

하윤은 얼굴이 어두워졌다.

"그 사람들… 혹시 나쁜 생각 하고 제주에 온 거 아닐까?"

"뭐?"

"아이와 함께 동반자살하기 전에 가족끼리 마지막 추억을 만들려고…."

"무슨 그런 재수 없는 소리를 다 해!"

정훈이 벌컥 화를 냈다. 그들이 놓고 간 소지품은 더 있었다. 침실 붙박이장 안에서 작은 아동용 캐리어 가방이 나왔다. 딸아이 캐리어를 놓고 간 모양이었다. 하윤은 우선 부부 중 아내에게 전화했다. 신호음이 몇 번 가다가 휴대전화가 꺼져 있다는 통신사 성우의 목소리가 흘러나왔다. 남편에게 전화했다. 역시 마찬가지였다.

"둘 다 안 받아?"

정훈이 물었다.

"그러네."

하윤이 걱정스럽게 말했다.

"혹시 모르니까 창고에 보관해."

정훈도 불안한 표정을 지었다. 하윤은 말없이 캐리어를 끌고 펜션 밖으로 나갔다. 하윤은 8월 손님들이 체크인하던 날을 떠올렸다. 무더위가 정점에 달했던 8월 초, 고급 외제 차가 펜션 주차장에 들어왔다. 순백의 면 드레스를 입은 짧은 곱슬머리 여자가 제일 먼저 차에서 내렸고 곧이어 작은 여자아이가 뛰어내렸다. 마지막으로 푸른 셔츠를 입은 키 큰 남자가 운전석에서 내렸다. 남자는 엉거주춤 서더니 하윤을 보고 환하게 웃었다. 흰 치아가 가지런해 보기 좋은 미소였다. 하윤은 맨발에 슬리퍼를 꿰고 뛰어나가 허겁지겁 인사를 했다. 8월 손님들은 그녀를 향해 웃으면서 크게 손을 흔들었다. 하윤은 잠시라도 그들과 삶을 바꾸고 싶다고 생각했다.

　태풍 사마귀는 한국 태풍위원회에서 제출한 이름이었는데 이름 그대로 고약했다. 태풍이 휘몰아친 밤, 정훈은 딴 방에서 자고 하윤 혼자 안방에서 두 아들 도빈이와 우빈이를 재우며 뜬눈으로 지새웠다. 태풍이 지붕을 쉴 새 없이 두들겼고 밤새 창틀이 달그락거리며 바람의 노래를 불렀다. 안방 창문 뒤의 대나무 숲이 비바람에 마구 요동치는 소리가 들렸다. 태풍을 맞을 때마다 하윤은 마음이 가라앉곤 했다. 제주가 태풍의 길목이라는 사실을 미리 알았다면 결코 이 섬으로 이주하지 않았을 것이다. 뒤척이는 도빈이에게 이불을 덮어주다가 창문으로 지금은 아무도 살지 않는 뒷집 거실에 불이 켜진 것을 봤다. 하윤은 급히 방의 불을 켜고 창가로 다가갔다. 다시 살펴보니 폐가는 어둠 속에 잠겨 있었다.

　사마귀는 불과 대여섯 시간 머물렀는데도 제주도를 마구 할퀴고 지나갔다. 2만여 가구가 정전됐고 세 명이 실종됐으며 곳곳의 신호등과 표지판이 엿가락처럼 휘었다. 하윤의 펜션도 꽃이 쓰러지고 나무가 꺾였고 돌담이 무너졌다. 봉선화 꽃밭은 전부 날아가버렸다. 아이들 손톱을 알록달록 물들여주고 싶었는데. 하윤은 아쉬웠다.

다음 날, 하윤과 정훈은 마을 삼춘들의 도움을 받아서 무너진 돌담을 다시 쌓고 정원을 복구했다. 펜션 건물 벽에 팬 상처가 나서 그것도 보수해야 했다. 보수를 마친 후 정훈은 삼춘들과 텅 빈 펜션에서 술자리를 가졌다. 하윤은 막걸리와 안주를 챙겨주면서 펜션을 어지럽히지 말라고 남편에게 볼멘소리를 했다. 정훈이 거나하게 취한 삼춘 한 명을 펜션에 재워준다고 해서 이불도 가져다줬다. 집에 돌아오니 도빈이, 우빈이는 TV 앞에서 잠들어 있었다. 하윤은 아이들을 안아서 안방에 눕히다가 폐가 창문에서 은은한 불빛이 흘러나오는 걸 봤다. 방 불을 켜니 폐가의 불은 꺼져 있었다. 잘못 봤겠지. 눈을 비비다가 잠이 들었다. 몸이 땅속으로 꺼질 것처럼 피곤했다.

2

며칠 후 하윤은 02로 시작하는 서울 번호로 낯선 이가 걸어온 전화를 받았다.

"안녕하세요? 혹시 제주 빈이네 펜션인가요?"

"네, 맞아요."

젊은 여자가 초조한 목소리로 말했다.

"저는 서울 무영초등학교 1학년 박세진 학생의 담임 강보나라고 해요. 그곳에서 박세진 학생이 부모님과 함께 한달살이를 한다고 들었는데요. 체험학습 신청서에 서귀포 빈이네 펜션 이름이 적혀 있었어요."

"아, 세진이. 맞아요. 맞습니다. 세진이네는 9월 초에 체크아웃했어요."

"실은 세진이가 학교에 오지 않았어요."

강보나 선생이 걱정스러운 말투로 말했다.

"네? 그럴 리가요? 결석했나요?"

"원래 9월 첫 주까지 제주에서 한달살이하고 9월 8일 금요일에 바로 학교에 출석한다고 체험학습 계획서를 제출했는데… 오늘이 금요일인데 학교에 오지 않아서요. 요즘 아동 학대 이슈도 있고 해서 혹시나 하고 전화 드려봤어요."

"음…. 세진이 가족은 분명 9월 7일 목요일 아침에 정상적으로 체크아웃하고 서울로 떠났는데요. 제가 물어보니 바로 제주항에서 배를 타고 완도로 간다고 했어요. 혹시 7일 배를 놓쳤다면 9일 태풍 사마귀 때문에 도내 다른 숙박 시설에 며칠 더 머무르지 않았을까요? 제주는 태풍이 오면 그 전날부터 비행기와 배가 아예 안 떠요."

"그렇더라도 정말 이상하네요. 실은 부모님 모두 전화를 받지 않아요."

강 선생이 한숨을 쉬었다.

"저도 놓고 간 짐 때문에 연락했는데 휴대폰이 꺼져 있더라고요. 뭔가 사정이 있겠죠."

"네. 사장님도 전혀 모르신다는 거죠? 그럼 일단 기다려보겠습니다."

강 선생이 전화를 끊었다. 하윤은 바로 일상에 떠밀려 이 전화를 잊어버렸다.

다음 날 하윤은 064 제주 지역번호로 시작하는 전화를 받았다. 딱딱하고 예의 바른 말투였다.

"제주지방경찰청입니다. 최하윤 님 되시나요?"

"네, 그런데요."

"실은 박세진 학생과 부모인 박태오, 권수향 씨 실종 신고가 들어왔습니다."

하윤은 숨이 멎는 기분이었다.

"네? 실종이요?"

"펜션에서 체크아웃한 게 지난 9월 7일 맞습니까? 그 뒤 이틀이 지났는데 그 가족이 육지 집으로 돌아오지 않았어요. 세진 학생 담임선생님을 통해 실종 신고가 들어왔습니다. 저희는 육지 경찰로부터 인계받았고요."

"세상에. 아이가 그 뒤에도 학교에 오지 않았나 보죠?"

"아이 부모가 양가 식구들과 절연한 상태라 더 확인이 늦었습니다. 아이 담임선생님이 직접 아파트에 찾아가서 확인하고 실종 신고를 했다고 해요."

"아, 실종이라니. 아이 캐리어가 아직 우리 펜션에 있어요. 택배로 보내주려고 전화했는데 부부 모두 휴대폰이 꺼져 있더라고요."

"알겠습니다. 추후 형사가 찾아갈 수도 있으니 너무 당황하지 마시고요."

하윤은 전화를 끊고 놀란 가슴을 진정하기가 힘들었다. 서둘러 정훈에게 전화했다.

"여보, 8월 손님들 말이야. 방금 경찰한테 전화 받았는데 글쎄 실종 신고가 됐대. 서울 집으로 가지 않았대."

"뭐?"

남편 목소리는 당황한 기색이 역력했다.

"이 실종 사건 언론에 나가면 우리 펜션 장사에 지장 있는 거 아냐?"

가족 생계가 이 펜션에 달려 있었다. 남편은 여름철엔 해변에 있는 서프보드 대여 가게에서 임시직으로 일했고 겨울철엔 귤 수확을 했다. 남편의 아르바이트 급여와 귤을 판 돈만으로는 먹고살 수 없었다.

"설마, 펜션에서 나간 뒤에 일어난 일인데 우리한테 뭐라고 하겠어?"

정훈은 애써 침착하게 말했다.

"모르는 소리. 전에 살인사건 났던 펜션은 아예 문 닫았어."

하윤이 초조한 목소리로 말했다.

"괜찮을 거야. 청귤 수확 끝물이라 오늘 일이 많아. 오늘은 농막에서 자고 내일 저녁에 일찍 들어갈게. 낼 봐."

정훈은 귤밭에 일이 많으면 농막에서 하루 자고 오곤 했다. 전화는 바로 끊어졌다.

3

좌승주 형사는 암벽 등반을 하다가 바지 뒷주머니에서 휴대폰이 울리는 소리를 들었다. 몇 걸음 더 옮겨 안전한 테라스에 두 발을 디딘 다음 한 손은 크랙에 끼워 넣고 매달린 채 나머지 한 손으로 힘겹게 휴대폰을 꺼냈다.

"선배, 어디 이시맨?"

양주혁 형사였다.

"실내 암벽 등반장."

"겁도 어서. 다 늙은 양반이."

승주는 피식 웃었다.

"너도 운동허라. 경허당 배 나온다."

"난 이미 임자가 이시난 괜찮아. 선배, 성섬 근처 해변에서 시신 나왔댄. 나가 데릴러 갈게예?"

승주는 한숨이 나왔다.

"휴일이 휴일이 아니구먼."

승주는 바로 두 손으로 밧줄을 잡은 채 뛰어내렸다. 바닥으로 떨어지면서 그의 기분도 빠르게 내동댕이쳐지는 기분이었다.

태풍은 하늘만 휘젓는 게 아니라 바닷속도 휘지이놓는다. 깅풍에 내장 깊숙이 헤집어진 바다가 때로는 뒤늦게 의외의 것을 해변에 토해놓기도 하는데 이번에는 시신이었다.

서귀포 성섬 근처 해변에서 승주는 주혁과 함께 시신을 살펴보고 있었다. 일고여덟 살 되어 보이는 어린 여자아이. 생명을 잃은 작은 몸이 모래사장에 얼굴을 파묻고 있었다. 부검의 홍창익 교수가 라텍스 장갑을 낀 손으로 조심스럽게 아이의 몸을 돌리자 앳된 얼굴이 드러났다. 물미역이 아이의 몸에 칭칭 감겨 있었다. 교수는 차분하게 물미역을 하나하나 아이의 몸에서 떼어냈다. 승주는 주혁의 낯빛이 변하는 걸 봤다. 아마 또래인 딸이 떠올랐겠지. 푸르고 창백한 얼굴빛이 아니라면 아이는 마치 깊이 잠든 것 같았다.

"아까 여자아이란 말은 어서신디."

주혁이 기어들어가는 목소리로 중얼거렸다.

"아직 부검 전이지만 교수님 보시기엔 익사입니까?"

승주는 애써 주혁을 무시하고 부검의 홍창익 교수에게 물어봤다.

"자세한 건 부검을 하면서 폐를 조사해봐야 알겠죠."

한 손가락으로 뿔테안경을 살짝 올리면서 홍 교수가 말했다.

"폐의 상태를 보기 전엔 단언하기가 어려워요. 물에 들어가기 전에 이미 죽었을 수도 있고."

어린 여자아이가 자살했을 리는 없고 교수는 넌지시 살해 가능성을 말하고 있었다. 승주는 아무 대꾸를 하지 않다가 주혁에게 불쑥 물었다.

"지금 제주서 한달살이 허당 사라진 일가족 실종 신고가 들어와 이신디 혹시 이 여아가 그 가족 딸은 아니카? 여덟 살이랜 들어신디 몸집은 좀 족아도 비슷한 연령으로 보이고."

"…."

주혁은 아무 말이 없었다. 눈빛이 텅 비어 있었다. 몇 년 전에도 주혁이 저런 적이 있었다. 승주는 불길한 예감이 들었다.

"일단 부검실로 실어가고 부검을 진행하면서 다시 이야기합시다."

홍 교수가 단호하게 말하며 조수에게 시신을 들라고 지시를 내렸다. 아이의 시신은 보디백에 담겨 이동용 침대에 옮겨졌다. 열린 지퍼 틈으로 늘어진 아이의 왼쪽 손목에는 무지개색 실 팔찌가 거의 끊어진 채 달랑달랑 매달려 있었다. 시신이 작아서 조수가 보디백 지퍼를 채우자 끝부분이 남아돌아 침대 밑으로 길게 늘어졌다. 그 모습을 보고 승주는 자신도 모르게 이를 악물었다. 주혁은 쓸쓸한 눈으로 보디백이 구급차에 실릴 때까지 지켜보다가 고개를 돌렸다.

몇 년 전에 모녀가 단둘이 제주로 여행하러 왔다 바닷가에서 시신으로 발견된 사건이 있었다. 젊은 싱글 맘과 네 살 난 어린 딸이었다. 어린 딸은 젖은 담요에 감긴 채 서귀포 바닷가에서 발견되었다. 생활고에 시달리던 엄마가 어린 딸을 죽이고 자살한 사건이었다. 딸 시신만 나왔고 엄마 시신은 끝내 찾지 못했다. 그때도 주혁은 수사하는 내내 많이 힘들어했다.

"너, 쌓인 연차 꽤 되더라?"

승주가 갑자기 주혁에게 말을 걸었다.

"뭔 말? 그게?"

주혁이 기운 없이 대답했다.

"이번 사건은 빠지라고. 휴가 좀 다녀와. 제수씨랑 아이들하고 여행도 가고. 반장님한테 얘기해서 2팀 장 형사와 같이 허켄 허믄 돼. 장 형사는 이제 막 배정되영 업무 익히는 중이난 수사 같이 하는 게 도움 될 거고."

"이, 진짜! 선배 무사 영 햄수광?"

주혁이 얼굴을 찌푸렸다.

"너 지난번처럼…."

승주는 입을 열었다가 바로 다물었다. 하고 싶었던 말은 속으로 삼켰다. '또 공황 장애 와서 힘들어지면 어쩌려고 그래.'

그 모녀 사건 때 주혁은 정신적 충격이 컸다. 잠시였지만 호흡 곤란을 겪었고 불면증이 생겼다. 결국 공황 장애 진단을 받고 3개월 정도 휴직했다. 강력 사건만 맡는 1팀에 온 뒤 처음 가져본 긴 휴가였다. 자세한 휴직 사유는 오직 승주와 반장만 알고 있었다.

"걱정 맙서. 나 프로거든. 실종된 가족 사진은 지금 바로 요청허쿠다. 됐지예?"

주혁은 눈살을 찌푸리며 신경질적으로 돌아서더니 휴대폰 버튼을 눌렀다. 승주는 작은 한숨을 내쉬고 시신을 신고한 낚시꾼을 만나러 갔다.

최문형은 제주에 자주 오는 중년 낚시꾼이었다. 한번 오면 보름 이상씩 묵는다고 했다. 태풍이 지나가고 제주로 오자마자 바로 바위 낚시를 하러 나왔는데 해변에 시신이 있었다고 했다.

"멀리서 봤을 때는 상괭이(서해와 남해에 사는 돌고래 종류)인 줄 알았죠. 전에 해변에 올라온 상괭이 사체를 보고 해양경찰에 신고한 적이 있거든요."

최 씨가 우울한 표정으로 말했다.

"아이가 남색 티셔츠를 입고 있어서… 멀리서 보면 딱 돌고래 같았어요."

"주변에 뭔가 이상한 건 없었나요?"

승주가 묻자 최 씨는 천천히 고개를 저었다.

"사발면 용기나 아이스크림 포장지 같은 바다 쓰레기 외엔 특이한 건 없었어요. 어쩌다 이런 어린아이가…."

만약 아이가 철 늦은 해수욕을 하다가 바다에 빠졌다면 해양경찰에 실종 신고가 들어갔을 것이다. 하지만 신고는 없었다. 더군다나 아이는 수영복이 아니라 평상복을 입고 있었다. 승주는 최 씨에게 명함을 건넸다.

"협조에 감사드립니다. 혹시 뭐라도 더 떠오르는 게 있으면 연락해주세요."

주혁이 모래밭을 걸어서 승주에게 다가왔다.

"선배, 실종 가족들 사진. 그리고 애 엄마의 인스타그램 찾았어."

승주는 주혁의 휴대폰 화면에 뜬 가족사진에서 아이의 얼굴을 크게 확대해서 아까 자신이 찍은 시신의 얼굴 사진과 비교했다. 활짝 웃고 있는 얼굴과 잠든 얼굴. 두 사람은 시선을 교환했다.

"맞는 거 닮아?"

주혁이 물었다.

"…실종된 여아 박세진이 맞네. 부모는 연락이 계속 안 된다고?"

"아빠 이름은 박태오, 엄마 이름은 권수향. 육지 경찰 말로는 아이 이모에게 겨우 연락이 닿앙 이모가 금방 비행기 탕 내려온댄. 이모 말로는 엄마 권수향 씨는 지난 몇 년간 남편 사업이 계속 실패행 우울증 치료를 받고 있었댄. 그 집 재산 상황 조사 요청했고예. 사이버수사팀에선 도 안에서 휴대폰이 마지막으로 잡힌 위치가 서귀포 신시가지 근처였댄 허고. 박태오가 7일 오후에 신시가지에서 휴대폰을 잠깐 켰다 껐댄."

"권수향 씨 SNS는?"

"잠깐만."

주혁이 인스타그램을 열어 화면을 보여줬다.

"권수향 씨가 9월 7일 제주 떠나는 날에 올린 포스팅이우다. 이 사진에 아이 옷과 팔찌 좀 봅서."

환하게 웃는 여자아이 사진 밑에 '엄마는 너한테 최고로 좋은 것만 주고 싶었는데…. 정말 미안해. #사랑하는 세진 #내 사랑'이라고 쓰여 있었다. 여자애가 입은 남색 티셔츠와 무지개색 실 팔찌가 눈에 들어왔다. 작성 날짜와 시간은 9월 7일 오전 9시경이었다.

"옷이 똑같네. 팔찌도."

"그럼 아이는 7일에…."

두 형사는 거의 동시에 입을 다물었다. 주혁은 침통한 표정을 지었다.

"일가족 동반자살일 껀가?"

주혁이 가라앉은 목소리로 물었다.

"이제는 살해 후 자살이랜 하네."

승주가 주혁에게 주의를 주었다.

"아이는 자신의 죽음에 동의하지 않았으니까."

몇 년 전 그 네 살 여아도 동의하지 않았다. 주혁은 힘없이 고개를 끄덕이더니 휴대폰을 바람막이 주머니에 넣고 몸을 움츠렸다.

"선배, 박태오와 권수향은 지금 어디 이시카?"

"몰르지. 부모가 아이 살해한 다음에 막상 자기들은 죽을 용기가 어성 살아 있는 경우가 꽤 많아. 이제부터 우리가 알아봐야지."

바닷바람이 거셌다. 바람에 흩날린 모래가 승주의 뺨을 스치고 지나갔다. 두 형사의 머리카락이 강풍에 마구 춤을 추는 와중에도 승주는 걷잡을 수 없는 비린내를 맡을 수 있었다. 점점 짙어지는 죽음의 냄새를.

4

서로 돌아오자 승주는 거친 말싸움 끝에 주혁을 거의 반강제로 휴가 보냈다. 주혁은 휴가에 적극적으로 동의하지는 않았지만 공황 장애가 재발하는 건 두려웠던 모양이다. 휴가계를 내면서 승주에게 짜증을 냈다.

"이 원수는 내가 잊지 않을 거. 눈물 나게 고맙구만."

승주는 이죽거리며 말을 끊었다.

"시끄럽고. 다녀오면 몇 배로 일 시킬 거니까 각오해. 휴가 공짜 아니다."

다음 날 승주는 휴가 간 양 형사 대신 2팀에서 차출한 장가은 형사와 함께 빈이네 펜션에 가기로 했다. 박태오와 권수향이 펜션에 남기고 간 짐을 조사하고 펜션 사장 부부를 자세히 탐문할 필요가 있었다.

장 형사는 육지 여자인데 서귀포 남자와 결혼하면서 제주도로 이주했다. 이제 막 형사가 됐고 불과 며칠 전에 2팀에 신입 형사로 발령받았으나 선배 형사들의 텃세에도 기죽지 않고 당당했다. 제주 말로 요망진 여자였다. 승주는 가은이 기억력이 좋고 두뇌 회전이 빠른 편이라 유망주라고 내심 생각하고 있었다.

가은이 운전해서 빈이네 펜션으로 가는 내내 두 사람은 침묵했다.

"선배 생각은 어때요? 아이를 살해한 후 부모도 자살했을까요?"

가은이 먼저 침묵을 깼다.

"생활반응이 전혀 없는 걸 보면 그럴 가능성도 있지."

승주가 대답했다.

"오늘이 9월 11일. 10일인 어제, 세진이의 시신이 해변에 올라왔고 7일 이후로 두 사람 휴대폰은 계속 꺼져 있고 카드도 일체 사용 안 했죠? 만약 살아 있다면 현금을 미리 빼서 그 돈으로 생활하고 있는 건 아닐까요?"

"그 부부는 형편에 맞지 않는 외제 차를 모는 데다가 빚이 많았어. 계속 카드 대출로 생활하고 있었고. 현금이 충분하진 않을 거야. 만약 장 형사 말대로라면 오래 못 버틸 거로 생각해. 작년에 주식 투자한 게 큰 손해가 났고 최근 몇 년간 남편 사업이 잘 안 돼서 월세 아파트도 보증금을 거의 다 까먹은 상태라던데."

"그렇군요. 선배, 도내 숙박시설엔 다 연락해본 거죠?"

"모든 숙박시설에 부부 인상착의 돌렸지만 아직 건진 건 없어."

빈이네 펜션은 뒤뜰에 대나무 숲이 있고 앞뜰에는 야자나무 몇 그루와 잘 가꾸어진 꽃밭이 있는 아담한 단독주택 두 채였다. 안거리는 사장 가족이 살고 밖거리를 통째로 한달살이 독채 펜션으로 운영했다. 두 형사가 주차장에 차를 대자 사장 부부가 바로 나왔다.

　"시간 내주셔서 감사합니다. 저는 서귀포경찰서 수사 1팀 좌승주 형사라고 합니다. 여긴 2팀 장가은 형사입니다."

　"저는 김정훈입니다. 여긴 아내 최하윤입니다."

　김정훈은 씁쓸한 표정으로 말했다. 검붉고 각진 얼굴에 긴장감이 역력했다.

　"그동안 5년 넘게 펜션을 운영했는데 이런 일은 처음입니다."

　"세진이, 정말 밝은 아이였는데. 소식 듣고 정말 놀랐어요. 우리 펜션에 묵은 손님에게 이런 일이 생겼다니…."

　하윤은 중얼거리듯 말했다. 지친 표정만 아니라면 한때 남자들에게 인기가 있었을 법한 귀여운 얼굴이었다. 큰 눈에는 눈물이 그렁그렁했다. 귀밑으로 짧게 자른 단발이 잘 어울렸다.

　승주가 담담하게 물었다.

　"그 가족에게 수상한 점은 없었습니까?"

　그때 하윤이 생각났다는 듯이 말했다.

　"번개탄이 있었어요. 바비큐를 한 번도 안 했는데 무려 다섯 개나 사놨더라고요."

　고개를 끄덕이며 듣고 있던 승주는 경찰수첩에 메모했다.

　"그 번개탄을 보고 아내가 그 가족이 동반자살하러 왔던 거 아니냐고 했어요. 그때는 제가 말이 안 된다고 했는데 설마 아내 의심이 사실이 될 줄은….”

정훈이 가라앉은 목소리로 말했다.

“네, 맞아요. 그날 무심코 그렇게 말했는데 정말로 일가족이 자살했다니….”

하윤이 말했다.

“네, 알겠습니다. 하지만 부모가 자살했는지는 아직 모릅니다. 계속 조사 중입니다. 또 눈에 띄는 점이 있었나요?”

“가족이 한 달 동안 거의 펜션 안에만 있었어요. 보통 제주도로 한달살이 오면 매일 멀리 관광을 다니거든요. 그런데 그 가족은 펜션 안에만 있거나 근처만 다녔어요. 특히 아내분은 거의 집 안에만 있었어요. 아빠와 딸아이만 외식하거나 장 보러 하루에 두 번 정도 밖에 나갔어요.”

“부부는 분위기가 어땠나요?”

“아내분은 늘 의기소침했고요. 남편분은 아이와 잘 놀아주고 밝은 편이었어요. 아이는 굉장히 즐거워 보였고 마당에 나와서 많이 놀았죠. 세진이는 마당에 있는 저 평상에 앉아서 그림을 많이 그렸어요.”

“알겠습니다. 아까 요청한 대로 그 부부가 남기고 간 짐을 볼 수 있을까요?”

“네. 여기 다 꺼내놨어요.”

하윤이 승주에게 종이가방과 아동용 캐리어를 건넸다.

승주와 가은은 종이가방과 캐리어 안을 확인했다. 승주는 번개탄 옆에 있는 세진이의 스케치북을 열어봤다. 세 권에 달하는 스케치북 가득히 크레파스와 물감으로 그린 다양한 그림이 있었다. 여덟 살 아이치고 표현력이 좋았다. 선에 힘이 있고 색감이 풍부했다. 제주 바다와 돌담을 그린 풍경화와 아빠와 자신을 그린 그림이 많았다. 짧은 머리의 엄마도 간간이 등장했다. 스케치북을 덮으며 승주가 말했다.

"이 짐들은 저희가 전부 서로 가져가겠습니다. 실종된 부부의 행방을 찾는 데 단서가 될 수 있습니다."

계속 듣고 있던 가은이 하윤에게 물었다.

"사장님, 그 부부가 마지막으로 휴대폰을 켰던 위치가 바로 서귀포 신시가지였어요. 혹시 체크아웃하기 전에 신시가지에 들른다고 했나요?"

하윤이 고개를 갸웃거렸다.

"이상하네요. 펜션에서 곧장 제주항으로 가서 여객선을 타고 완도로 간다고 했거든요. 12시 배라고 했어요. 방향이 정반대인 서귀포시로 갈 이유가 없는데…."

"협조에 감사드립니다."

승주가 인사하고 짐을 챙겨 나왔다. 가은이 뒤따랐다. 승주가 차에 올라타고 차창으로 살펴보니 정훈이 하윤에게 거칠게 삿대질하면서 소리치고 있었다. 뒤돌아 서 있는 하윤의 표정은 보이지 않았다. 독순술을 할 줄 하는 승주는 정훈의 입 모양을 정확하게 읽었다.

'멍.청.한.년.왜.경.찰.을.불.렀.어.'

5

서로 복귀하면서 승주가 정훈이 한 말을 전하자 가은이 말했다.

"선배, 남편이 좀 수상하긴 했어요. 우리 앞에서 식은땀 흘리는 거 보셨어요?"

"경찰을 싫어하는 인간은 많아. 일단 김정훈 씨가 전과가 있는지 조사해 봐. 서프보드 대여 가게 사장도. 그 가게에 대한 수상한 소문이 있는지도 알아보고."

"넵."

"그나저나 그 가족이 왜 신시가지에 갔을까?"

승주는 생각에 잠겼다.

"7일 신시가지에서 10일 세진이가 발견된 성섬 해변 사이가 거대한 물음표야. 그걸 우리가 알아내야 해."

"권수향 인스타그램에 딸이 그린 그림이 많더라고요. 딸아이가 그렇게 그림을 좋아하는데 스케치북, 크레파스, 물감을 죄다 놓고 간 건… 이제 더는 필요 없다, 뭐 이거죠? 어우, 오싹하네요."

가은이 몸서리를 치며 말했다.

"아까 캐리어에는 아이 옷가지하고 장난감이 들어 있었고."

승주가 말을 받았다.

"어차피 자살할 생각이었으니 아이 옷가지, 장난감, 그림 도구를 죄다 펜션에 놓고 갔군요. 그렇지만… 막상 실행에 옮기기까지 망설이는 시간이 있었을 거고, 그 시간 동안 아이는 계속 부모에게 칭얼거렸을 거고. 아이가 떼를 쓰면 부모는 힘들었을 거예요. 철없는 아이에게 자살 계획을 말할 수는 없었을 테고."

가은이 중얼거리더니 갑자기 눈을 번쩍 떴다. 운전대를 꽉 잡은 채 소리를 질렀다.

"그거다!"

승주가 시선을 가은에게 돌렸다.

"선배, 마지막에 사라진 곳이 서귀포 신시가지 한가운데잖아요? 신시가지에는 호텔, 민박집, 게스트하우스, 아파트, 빌라, 마트, 상가 등 갈 수 있는 곳은 너무 많아요. 그러니까 우리가 뭔가 가설을 세우고 포인트를 잡아서 후보지를 찾아야 해요."

"동의해."

"그럼, 선배. 그럼 도구, 장난감, 옷 모두 한꺼번에 구매할 수 있는 곳이 어딜까요? 더군다나 제주 지리에 어두운 육지 사람이라면 익숙하고 믿을 만한 대형 마트가 편하지 않을까요?"

"이마트. 서귀포 이마트겠네."

승주가 대답했다.

가은의 가설이 들어맞았다. 두 형사는 몇 시간 동안 서귀포 이마트 CCTV를 뒤진 끝에 박태오, 권수향 그리고 박세진을 찾아냈다. 7일 저녁 6시 무렵, 계산대에서 찍힌 세진이는 새로 산 스케치북, 크레파스, 장난감을 든 채 핑크색 바람막이 잠바를 입고 활짝 웃고 있었다. 권수향은 잔뜩 찌푸린 표정이었고, 박태오는 초조해 보였다. 가은이 예상한 대로 박태오가 계산원에게 현금으로 결제했다. 가은이 칠판에 손글씨로 일가족의 시간표를 그리기 시작했다.

7일 10:00 서귀포시 펜션 체크아웃
7일 18:00 서귀포시 신시가지 이마트 쇼핑

?

10일 성섬 근처 해변에서 세진이 시신 발견

가은이 이마트와 성섬 사이에 물음표를 크게 그리고 그 위에 격렬하게 동그라미 표시를 했다.

이마트 주차장에서 찍힌 박태오의 흰색 외제 차는 그 뒤로 계속 서귀포를 돌아다녔다.

"부부가 망설이고 있군. 최후의 결정을 못 내리고 계속 방황하고 있는 중이야."

승주가 말했다. 승주와 가은은 박태오가 모는 흰색 외제 차가 등장하는 모든 CCTV 영상을 제보받아 취합했다. 차를 쫓아가다 보니 칠판에서 물음표가 지워지고 세 줄이 더 늘어났다.

7일 10:00 서귀포시 펜션 체크아웃

7일 18:00 서귀포시 신시가지 이마트 쇼핑

7일 18:30 성섬 주변 산책

7일 19:00 ○○편의점 쇼핑

7일 19:20 보문항 할머니 식당에서 늦은 식사.

?

10일 성섬 근처 해변에서 세진이 시신 발견

"세진이 시신이 나온 성섬 앞 해변을 가긴 했지만⋯ 잠시 산책만 하고 바로 떠났고."

승주가 중얼거렸다.

"그 뒤엔 편의점에 가서 세진이에게 간식을 사줬죠."

가은이 말을 받았다.

편의점에서 세진이가 엄마 권수향의 손을 잡고 서 있고, 박태오가 현금으로 사탕을 사는 장면이 찍혔다.

"그다음에 보문항 할머니 식당에서 저녁 식사를 했지. 차는 할머니 식당 주차장에 계속 세워져 있다가 자정 전에 나가는데 그 이후로는 더 이상 CCTV 제보가 없어."

승주가 말했다.

"선배, 그 식사가 세진이의 마지막 식사라면…."

가은이 천천히 말했다.

"보문항 할머니 식당 주차장이 그 일가족이 머무른 마지막 장소라는 거지."

승주가 지시했다.

"우선 할머니 식당에 전화해서 세진이가 먹은 메뉴부터 알아봐. 그 뒤에는 홍 교수에게 연락해서 식당 메뉴와 세진이 위의 내용물을 대조해."

식당 사장과 통화하고 그 뒤 부검의 홍 교수와 통화를 마친 가은의 표정이 가라앉아 있었다.

"선배, 식당 사장이 세진이는 갈비탕을 먹었다고 해요. 9월 내내 현금으로 결제한 손님은 거의 없어서 쉽게 기억해내더라고요. 홍 교수님이 세진이 위

내용물을 조사해봤는데 마지막으로 먹은 음식이 갈비탕이 맞는다고 합니다."

"그렇다면 세진이 부모는 지금…."

승주가 말을 잇지 못했다. 두 형사는 보문항에서 제공한 CCTV 화면을 들여다봤다. 7일 박태오의 흰색 외제 차가 주차되어 있는 할머니 식당 주차장 뒤편으로 검은 밤바다가 펼쳐져 있었다.

"선배. 그 부부는 지금 저 밑에 있어요."

승주와 가은은 화면 속의 바다를 바라봤다. 달빛에 윤슬이 잔잔하게 빛났다.

박태오와 권수항은 저기 있다.

어두컴컴한 물 밑에.

6

잠수부가 바닷속에 잠긴 박태오의 외제 차를 확인했다는 소식이 1보로 전해지자 시체에 달려든 파리 떼처럼 기자들이 몰려들었다. 차량을 인수하려면 한참 멀었는데 기사가 먼저 쏟아져 나왔다. 감성에 호소하는 제목이 대부분이었다.

"제주 한달살이 일가족 참극… 어린 딸만 먼저 발견돼"
"제주 한달살이 일가족, 딸 살해 후 부부 자살 추정"
"보문항 바닷속으로 아빠는 액셀을 밟았다"

"생활고가 부른 젊은 30대 부부와 딸의 참극… 이들을 위한 사회 안전망은 없었나"

"세진이는 개학날에 학교에 올 수 없었다"

"경찰이 언론에 '살해 후 자살'로 용어 변경 요청… 동반자살 용어는 금기"

승주는 출근길에 휴대폰으로 기사 제목을 검색하면서 역겨움을 금할 수 없었다. 진실은 이런 낭만적인 제목 놀음을 할 틈을 주지 않는다. 그가 겪어온 진실은 항상 그랬다. 정면으로 사건을 응시하면서 한 걸음 한 걸음 고통을 감내하며 앞으로 나아가는 수밖에 없다.

서에 출근하니 현택기 반장의 호출이 있었고 승주가 가은과 함께 반장실에 들어가자마자 불호령이 떨어졌다.

"좌 형사! 지금 언론이 얼마나 난리 치는지 알아? 나 죽겠다."

"나름 열심히 하고 있습니다. 기자들 소란 때문에 저랑 장 형사가 집중이 잘 안 되니까 반장님이 좀 막아줘서."

승주는 심드렁하게 대답했다. 옆에 선 가은이 입을 막고 웃었다.

"어휴, 저 돌부처 새끼."

현 반장이 땅이 꺼져라 한숨을 쉬었다.

"넌 내가 죽어나도 관심 없지? 주혁이 개가 없으니까 너 더 막 나가는 거 아냐? 장가은 형사, 조심해. 좌승주 얘 보통내기가 아니야. 그래도 독종이라 일은 정말 잘하니까 많이 배워둬."

"넵. 벌써 많이 배우고 있습니다."

가은이 대답했다.

"하여간 빨리 차량 인수해서 부모 시신이라도 나와야지 원. 기자들에게 뭔가 던져줄 거리가 있어야 당분간 우릴 안 건드릴 텐데 말이야."

"인수되는 대로 다시 보고하겠습니다."

"이제 동반자살 용어는 쓰지 못하게 됐고 자녀가 죽으면 부모를 살인죄로 몰아가는 분위기야. 우리가 일하기가 점점 더 빡세진다고."

"살인 맞죠. 세진이는 살해당했습니다."

승주가 단호한 목소리로 대답했다.

"그러니 제가 그 아이를 대변하지 않으면 누가 하겠습니까. 한 톨 소홀함이 없도록 꼼꼼하게 수사하겠습니다."

"…."

한결 누그러진 표정을 지은 현 반장이 부드럽게 말했다.

"좌 형사 잘하고 있어. 나도 딸이 둘이나 있어. 자, 어서 나가봐. 장가은 형사랑 둘이 잘 해봐. 지원 요청할 거 있으면 후딱 하고."

언론 온도는 박태오의 외제 차가 드디어 물 밖으로 올라오고, 그 안에서 통통 불어 터진 권수향의 시신이 발견되자 순식간에 식었다. 부부는 빠른 죽음을 원했는지 차창을 두 군데나 열어놓고 보문항 선착장에서 바다를 향해 액셀을 밟았다. 전문가의 말에 따르면 금세 물이 차올라 세 명 모두 바다에 닿기도 전에 익사했을 거라고 했다.

언론이 한풀 꺾인 건 수사를 위해 다행한 일이었지만 승주와 가은은 그 사실에 신경 쓸 틈이 없었다. 두 형사는 서에 있는 컴퓨터로 박태오가 남긴 유서를 보고 있었다. 그가 몰던 외제 차에 설치되었던 블랙박스 영상이었다. 블랙박스 회사 서버에 자동으로 저장된 영상을 요청해 전달받았다.

"9월 8일 자정이 조금 지난 시각. 저 박태오와 아내 권수향은 자신의 의사로 자살합니다."

어둑어둑한 차 안에서 박태오가 차분한 표정으로 말을 하고 있었다. 차량 내부 조명을 켜서 비교적 화질이 나쁘지 않았다. 이목구비가 반듯한 얼굴에는 절망이 떠올라 있었다.

"딸 세진이를 같이 데려가는 건 죄송합니다. 제가 여러 번 말해봤지만 도저히 아내를 설득할 수가 없었습니다. 아내는 누가 세진이를 책임져주겠냐며 다 같이 가자고 합니다. 세진아, 정말 미안하다. 다음 생에는 부디 더 좋은 부모를 만나렴."

여기까지 말하고 박태오는 흐느껴 울기 시작했다.

"아내는 맨 정신에는 도저히 못 죽겠다며 지금 딸과 함께 수면제를 먹고 뒷좌석에 잠들어 있습니다."

박태오의 얼굴에 눈물이 흐르고 있었다. 그의 뒤로는 엄마 무릎에 얼굴을 베고 잠든 세진이와 안전띠를 맨 채 눈을 꼭 감고 있는 아내 권수향이 보였다. 곱슬곱슬한 단발머리에 차분한 인상이었다.

"저도 맘 같아서는 아내와 딸처럼 수면제를 먹고 싶었지만."

박태오가 울면서 계속 말했다.

"그러면 누가 액셀을 밟겠습니까."

입가 끝에 비틀린 웃음이 떠올랐다.

"그럼, 이만."

박태오가 차량 조명을 끄자 화면이 캄캄해졌다. 잡음이 잠깐 들렸지만 이내 조용해졌다. 잠시 적막이 흘렀다. 이어서 강하게 액셀을 밟는 소리가 들렸다. 쿵. 바닷속에 차체가 떨어지며 강한 소리가 났다. 물이 들어오는 소리가 들렸다. 암전.

영상은 끝났다.

박태오의 동영상을 다 본 뒤 승주와 가은은 잠시 침묵했다.

"장 형사."

승주가 먼저 입을 열었다.

"네, 선배."

"이 동영상은 절대 기자들에게 유출해선 안 돼."

"알겠습니다."

"수사에 결론이 나기 전까지 이 동영상은 장 형사와 나만 알고 있자."

승주는 차분하게 말하며 동영상을 저장한 폴더에 비번을 걸었다.

박태오의 시신은 딸처럼 태풍 사마귀로 인해 차 밖으로 나와 유실된 것으로 추정됐다. 세진이는 해변으로 떠밀려 올라와 발견됐지만 박태오는 아니었다. 아마 조류를 타고 더 멀리 흘러갔거나 바닷속 어딘가에 정체되어 부패 중이리라. 몇 년 전 한 관광객이 바다에서 실종됐는데 그의 시신이 한 해 지나 일본에서 발견된 적도 있었다. 일가족 세 명 중 안전띠를 맨 권수향만 차 안에 남아 있었다. 생전에 몰던 비싼 외제 차가 그녀의 관이 되었다.

반장은 '자녀 살해 후 부부 자살'이 맞으니 당장 공소권 없음으로 수사를 종결하자고 야단이었다.

"원칙적으로는 반장님 말씀이 맞습니다. 하지만 어딘가 석연치 않은 구석이 있습니다."

승주가 말했다.

"아이고, 또 시작이다. 좌갈공명. 또 뭔가 나온 거지?"

반장의 표정에 짜증이 올라왔다.

"아직은 확실하게 말씀드릴 수 없습니다."

승주가 대답했다. 반장이 외쳤다.

"주혁이 좀 불러와. 걔가 널 좀 말려야 하는데. 아, 진짜 이럴 때 왜 휴가는 가서 말이야."

"반장님, 3일만 더 수사하고 종결하겠습니다. 오늘은 권수향의 친언니, 그러니까 세진이 이모를 만나기로 했습니다. 세진이 얼굴을 확인하고 서로 와서 면담할 예정입니다."

"내가 못 살아 정말. 그래 알았어. 그럼 딱 3일만 더 준다."

권수진은 여동생과 거의 비슷한 얼굴에 살집만 더 있는 체격이었다. 안치실에서 세진이의 시신을 확인하고 와서 슬픈 표정으로 취조실에 앉아 있는 수진에게 가은이 커피를 건넸다. 승주는 최대한 차분한 목소리로 말문을 열었다.

"동생분 일에 충격이 크시겠습니다. 삼가 애도를 표합니다."

"네…. 동생하고는 왕래한 지 오래돼서 사실 아직도 실감이 안 나요. 얼굴 안 본 지 몇 년 됐거든요. 세진이 네 살 때 이후로는 아예 안 만났어요."

"특별한 계기가 있었습니까?"

"돈이죠. 돈."

갑자기 권수진의 얼굴에 냉담한 표정이 떠올랐다.

"걔네는 경제관념이 완전… 형편없는 부부였어요. 제부는 원래 고급 공무원이었어요. 그런데 상사가 맘에 안 든다고 그 안정적인 직장을 박차고 나와서 사업을 했는데, 하는 족족 망했죠. 그 와중에 외제 차 리스로 뽑아서 몰고 있는 거 보셨죠? 허세는 쩔어서 원. 아파트는 월세고. 대책 없는 애들이었어요."

비난조의 말이 연달아 튀어나왔다.

"친정식구들한테 자꾸 돈을 꿔가고 안 갚으니까 사이가 멀어졌죠. 결국 4년 전부터는 명절에도 안 만나는 사이가 되어버렸어요."

"언니로서 얼마나 속상하셨겠습니까. 사업이 잘 안 되니 다른 곳에 투자해서 한탕을 해보려는 마음이 강했겠네요. 주식에 투자해서 큰 손해를 봤다고 들었습니다만."

승주가 물어봤다.

"빚을 내서 주식을 했어요. 제부가 미친 거죠. 정직하게 나가서 일할 생각은 안 하고. 집에서 단타 트레이딩을 한동안 했어요."

"수익은 어땠나요?"

"처음에는 꽤 잘됐어요. 그때 외제 차도 리스한 거고. 저도 큰 기대를 걸고 2천만 원이나 맡겼다니까요? 나중에는 망해서 그 돈 한 푼도 못 돌려받았잖아요."

승주가 물었다.

"그 뒤에 제부와 동생은 그 손해를 만회하기 위해 어떤 노력을 했습니까?"

"웃지 마세요. 한동안 제부는 로또와 스포츠 토토에 빠졌어요. 형편도 안 좋으면서 한 달에 몇십만 원어치 로또와 스포츠 복권을 샀나 봐요. 한 2년을 그랬는데 소용없었죠, 뭐. 남편이 그 지경이니까 동생은 종교에 빠졌고요. 사이비는 아니었고. 좀 작은 기독교 교단. 어쨌든 교회 다니다가 그곳에서 소개받은 사람이랑 한동안 기독교 계열 다단계 영업을 했어요. 그런데 동생이 원래 밝은 성격이 아니에요. 적극적으로 영업해야 하는 다단계하고 잘 안 맞았어요. 결국 1년쯤 하다가 흐지부지…."

"그럼 동생분은 그때부터 우울증 치료를 받았나요?"

"네. 다단계에서 손 뗀 뒤부터 치료를 받았어요. 세상에 낙이라곤 없었겠죠. 그렇다고 이런 선택을… 나한테 세진이라도 맡기고 가지."

수진이 갑자기 울음을 터트리자 승주는 티슈 상자를 내밀었다.

"흑. 나쁜 년. 애가 무슨 죄가 있다고."

티슈로 눈을 찍으며 수진은 푸념했다.

"오늘 이렇게 와주셔서 감사합니다."

승주가 깍듯이 인사하며 수진을 서 밖까지 배웅했다.

승주가 가은에게 지시했다.

"장 형사. 박태오, 권수향이 제주도에서 쓴 신용카드 내역 좀 갖다줘. 그리고 9월 8일자 보문항 CCTV 좀 받을 수 있을까? 시간대는 오전 0시 이후."

"네? 8일자요? 선배. 그땐 일가족이 모두 죽은 뒤잖아요."

"장 형사. 사건을 들여다볼 때는 시간과 장소에 얽매이지 않고 생각을 확장하는 편이 좋아. 자꾸 한계를 두면 사고가 좁아지니까."

승주가 말했다.

"넵, 선배."

"아 참, 김정훈 씨 전과는 조사했어?"

"네. 전과 3범이던데요. 잡범이에요, 잡범. 아내는 알고 있는 건지. 별거 없고 결혼 전에 좀도둑질과 카드 사기 정도. 두 번은 집행유예였고, 마지막엔 징역살이했고요."

"김정훈이 아르바이트한다는 그 서프보드 가게는?"

"말씀하신 대로 그 가게 파봤는데 사장은 깨끗하던데요. 그런데 굳이 펜션 사장까지 조사할 필요가 있을까요. 일가족 자살은 모두 펜션 밖에서 벌어진 일인데요."

가은이 눈을 동그랗게 뜨고 물었다.

"모르는 소리."

승주가 온화하게 말했다.

"모든 것은 다 연결되어 있어."

7

하윤이 설거지를 마치고 잠시 쉬고 있으려니 휴대폰이 울렸다.

"안녕하십니까. 서귀포경찰서 좌승주 형사입니다."

"아, 좌 형사님. 사건 수사는 종결하셨다고요. 기사가 났던데요. 고생 많으셨어요."

"별말씀을요. 그동안 펜션 영업엔 지장이 없으셨나 모르겠습니다."

"다행히 언론에서 펜션 이름을 노출하지 않아서 무사히 넘어갔어요. 9월 손님도 오늘 체크인하셨고요. 정말 감사합니다."

"잘됐군요. 실은 저와 장 형사가 지금 근처에 와 있는데 혹시 잠시 뵐 수 있을까요?"

"네. 그러세요."

하윤이 전화를 끊자 소파에서 누운 채로 쉬고 있던 정훈이 자리에서 벌떡 일어났다.

"그 형사들이야?"

"…"

"야! 오지 말라고 했어야지. 죽고 싶어?"

정훈의 말이 거칠어지자 하윤이 지지 않고 소리를 질렀다.

"더 의심받게? 그동안 당신이 나 몰래 벌였던 일들, 들키지 않으려면 나 건드리지 마. 다 불어버리는 수가 있어. 당신 손님들 실종됐다고 하자마자 뒷집 창고에서 뭐 치웠는지 나 잘 알아. 경찰 찾아올까 봐 미리 손썼지?"

하윤이 눈을 희번덕거리자 정훈은 마지못해 입을 다물었다.

잠시 뒤 승주, 가은, 그리고 순경 몇 명이 빈이네 펜션 앞뜰에 나타났다. 정훈과 하윤이 밖으로 나오자 좌 형사가 고개를 숙여 목례했다.

"이거 평일 낮부터 정말로 죄송합니다. 사건은 종결됐지만 몇 가지 확인할 게 있어서요."

"네? 다 우리 펜션 밖에서 벌어진 일들이잖아요."

정훈이 불만스러운 표정으로 대꾸했다.

"아, 오늘 저희는 펜션을 조사하러 온 게 아닙니다."

승주가 옆의 순경에게 지시를 내렸다.

"폐가로 가봐. 저 대나무 숲 뒤."

"잠깐만요! 거긴, 아무도 안 사는데."

정훈이 순경을 온몸으로 막아섰다.

"저 뒷집은 5년 전에 집주인 부부가 다 돌아가시고 제주시에 사는 자식들이 아무도 살려고 하지 않아서 폐가가 됐어요. 그 자식들이 우리가 멋대로 들어간 거 알면 싫어할 겁니다."

정훈이 강하게 말했다.

"저긴 정말 아무도 안 살아요. 뭐 볼 게 없어요."

하윤도 걱정스러운 목소리로 말했다.

"잠시 둘러보기만 할 겁니다."

승주가 입가에 미소를 띠고 순경들에게 손짓하곤, 뒤돌아서서 정훈을 보더니 말했다.

"그런데 사장님, 못 뵙던 사이에 팔을 다치셨네요?"

"제가 평소 오토바이로 왔다 갔다 하는데 며칠 전 밤길에 뺑소니를 당했습니다. 음주운전이었는지 절 치고는 바로 도망가버렸어요."

정훈이 깁스한 왼팔을 어루만지며 겸연쩍은 표정을 지었다.

"다행히 청귤 농사는 그전에 잘 마무리했고, 요즘은 집에서 좀 쉬고 있습니다."

"저런. 얼른 낫길 바랍니다."

승주는 혀를 차더니 다시 말했다.

"양해해주신다면 바로 폐가에 가보겠습니다."

정훈과 하윤은 못마땅한 표정으로 두 형사를 따라갔다. 대나무 숲을 지나 도착한 폐가는 오래된 양옥집으로 겉은 낡았으나 내부는 비교적 깨끗했다. 승주가 순경에게 지시했다.

"두꺼비집을 확인해보세요."

순경이 현관에 있는 패널을 열고 두꺼비집을 들여다봤다.

"형사님, 전기 사용량이 있네요?"

승주가 정훈과 하윤을 쳐다봤다.

"올 8월이 꽤 덥긴 했죠. 에어컨을 많이 틀면 10만 원도 우습게 나옵니다. 그런데 이 집은 폐가잖아요. 폐가에서 왜 전기 사용료가 나왔을까요?"

정훈과 하윤은 서로 얼굴을 쳐다보며 대꾸하지 않았다. 승주는 부엌과 안방을 살펴봤다.

안방에는 선풍기가 있었고 냉장고 안에는 반찬과 과일이 보였다.

"선풍기는 코드가 꽂혀 있고 냉장고에 있는 음식은 며칠 안 된 것 같네요. 아직 신선합니다."

"글쎄요. 저희는 정말 모르는 일입니다."

정훈이 억울하다는 표정을 지었다.

"김정훈 씨, 혹시 당신이 서프보드 가게에서 관광객들에게 몰래 흥분제를 팔았던 일이 들킬까 봐 걱정하는 거라면 안심하십시오. 우리는 박태오, 권수향 실종사건만 수사하고 있습니다. 당신이 흥분제를 이 폐가 뒤에 딸린 창고에 보관했다가 보드 가게로 몰래 옮겨놨죠? 그건 이미 확인했습니다."

"네?"

정훈의 안색이 변했다.

승주가 가만히 방 한가운데에 서더니 큰 소리로 외쳤다.

"자, 이제 그만 나오시죠."

잠시 폐가에 정적이 흘렀다. 안방 장롱 문이 끼익 하고 열리더니 수염이 덥수룩한 남자가 밖으로 나왔다.

박태오였다.

8

"안 돼!"

히윤이 울부짖었다.

"내가 끝까지 잘 숨어 있으라고 했잖아!"

박태오는 고개를 숙이고 가만히 서 있었다. 체념하는 표정이었다.

승주가 말했다.

"최히윤 씨 소용 없습니다. 박태오 씨, 당신을 아내와 딸에 대한 살인죄와 김정훈 씨 살인미수죄로 체포합니다."

"김정훈 씨에 대한 살인미수요?"

옆에서 가은이 놀라는 눈치였다.

"살인미수지. 김정훈 씨, 며칠 전 팔을 다친 뺑소니 사건, 이상한 점 없었습니까?"

"그, 그게 평소 다니던 길로 밤늦게 오토바이를 타고 가고 있었는데 갑자기 차가 나타나서 박았죠. 속수무책이었습니다."

놀란 정훈이 말을 더듬었다.

"당신 아내가 박태오를 사주해서 벌인 일입니다."

"뭐라고요?"

얼굴이 하얗게 질린 정훈이 하윤을 쳐다보자 하윤이 폐가를 뛰쳐나가려 했지만 바로 순경의 손에 붙잡혔다.

"이거 놔!"

하윤이 벗어나려 악을 썼지만, 순경의 힘이 더 강했다.

박태오는 고개를 숙이고 울기 시작했다.

"맞습니다. 저 사람이 시켰어요. 자기 남편이 죽어야 우리가 맘 편히 도망 갈 수 있다며. 저는 아내와 세진이가 자꾸 생각나서 미칠 것 같습니다. 시간 을 되돌리고 싶습니다. 태풍 전날, 9월 7일로 돌아가고 싶어요."

"이미 늦었습니다."

승주가 말했다.

"자살하지 말자고 설득해도 아내는 말을 듣지 않았죠. 저는 옆에서 점점 지쳐갔습니다. 제주에 오면 달라질 줄 알았는데, 아내의 우울증은 점점 더 깊어져만 갔습니다…."

"그래서 절망에 빠진 아내를 두고 하윤 씨와 바람을 피웠습니까?"

승주가 물었다.

"다 제가 잘못했습니다. 현실 도피였죠."

박태오가 머리를 쥐어뜯었다. 하윤은 그 말을 듣자 입술을 깨물었다. 승주 는 그녀의 표정을 보며 말을 이어 나갔다.

"옆에 있는 애인이 서운하겠는데요? 저는 세진이가 남긴 스케치북 그림을 보고 눈치챘습니다. 가끔 등장하는 엄마는 바로 최하윤 씨였습니다. 권수향 씨는 파마 단발이었지만 하윤 씨는 직모 단발이었죠. 세진이는 정확하게 머리 스타일의 특징을 포착했던 겁니다. 세진이는 아빠와 하윤 씨가 데이트하는 장면을 그렸던 거죠."

"네. 우리 셋이 많이도 놀러 다녔습니다. 지난 몇 년간 시궁창에서 사는 기분이었는데 정말 오랜만에 느껴보는 행복이었습니다."

"박태오 씨 카드 사용 명세를 조사했습니다. 7일 실종 전까지 사용했던 신용카드 내용에는 매주 토요일마다 꼬박꼬박 로또 복권을 산 기록이 남아 있었습니다. 권수향 씨 친언니 말로는 당신이 매달 습관처럼 몇십만 원어치나 로또를 산다고 했습니다. 그런데 마지막 넷째 주 토요일에는 로또 복권을 사지 않았더군요. 왜 사지 않았을까. 저는 한참 생각해봤습니다."

승주가 태오의 눈을 정면으로 응시했다. 태오는 눈길을 피했다.

"로또에 당첨됐던 거죠?"

"맞, 맞습니다. 로또 일등에 당첨됐죠. 23억."

박태오가 울먹거렸다.

"인생은 정말 알 수 없습니다. 자살하겠다는 아내와 같이 제주에 와서 생을 저버리려고 하는 마지막 순간에 사랑하는 여자가 생겼고… 그리고 2년을 그 많은 돈을 쏟아붓고도 허탕만 쳤던 로또에도 당첨되다니요. 로또가 당첨되었을 때 몇 번이고 아내에게 솔직하게 고백할 기회가 있었지만 저는 비겁하게도 아내가 입 속에 수면제를 털어 넣을 때까지 가만히 있었습니다."

"죄책감으로 포장하려 하지 마세요. 당신이 로또에 당첨되고도 아내에게 말하지 않은 이유는 따로 있으니까요."

승주가 냉담하게 말했다.

"당첨금 23억. 그 돈에서 세금을 제하고 당신이 진 빚을 다 갚고 아파트

밀린 월세를 내고 나면 수중에 떨어지는 돈은 그다지 많지 않았죠? 당신은 순전히 욕심 때문에 그렇게 한 겁니다. 당신이 단어 그대로 '죽는다면' 그 당첨금은 고스란히 사랑하는 새 여자와 새로운 인생을 일굴 발판이 되지만, 아내와 딸과 함께 살아가기를 선택한다면 불과 몇억 남는 푼돈을 가지고 다시 가장이 되어 열심히 먹고살 궁리를 해야겠지요."

승주가 차갑게 쏘아붙이자 태오는 침묵했다. 승주는 스케치북을 펼쳐서 그에게 보여주었다.

"세진이가 죽기 전날에 그린 그림을 보셨나요?"

승주가 펼친 종이에는 크레파스로 엄마, 아빠, 세진, 이렇게 세 사람이 바닷가에 서 있는 모습이 그려져 있었다. 세 사람 옆에는 작은 아기가 더 그려져 있었다.

"세진이는 이 마지막 그림에서만 유일하게 친엄마를 그렸습니다. 세진이는 언젠가는 엄마가 동생을 낳아줄 거라고 믿고 있었습니다."

승주는 말했다.

"부검의로부터 아까 전화를 받았습니다. 놀랍고도 슬픈 소식입니다."

태오가 눈물이 맺힌 눈으로 세진이가 남긴 그림을 바라보았다.

"아내분 뱃속에 5주 된 태아가 있었습니다. 아내분은 임신 사실을 몰랐던 것 같습니다. 아이는 엄마 뱃속에 아기가 있는지 없는지 먼저 안다는 속설이 있죠. 어쩌면 세진이가 부모보다 먼저 동생의 존재를 눈치챘을까요? 만약 박태오 씨가 로또 당첨 사실을 아내에게 알렸다면…."

승주가 스케치북을 덮고 침묵했다.

어떤 진실은 빈칸을 채우지 않은 채로 가만히 두는 것이 좋다.

태오는 바닥에 주저앉았다. 짐승이 울부짖는 듯한 절규가 그의 목구멍으로부터 흘러나왔다. 그가 오열하는 소리가 폐가 안을 가득 채웠다. 태오가 바닥에 머리를 찧기 시작했다. 순식간에 이마가 찢어져 낡은 나무 마루에 피가 튀었다. 순경 두 명이 황급히 다가가 그를 제지하고 일으켜 세웠다. 가은이 그의 손을 뒤로 돌리고 수갑을 채웠다. 하윤은 멍하니 태오를 바라보다가 고개를 숙였다.

"최하윤 씨. 당신을 살인 교사 및 살인죄로 체포합니다. 당신은 박세진과 권수향 살인의 종범으로서 살인죄가 적용됩니다. 남편 김정훈을 죽이라고 박태오에게 교사한 죄목도 추가합니다."

승주가 말했다.

가은이 하윤에게 다가가 손복에 수갑을 채웠다. 하윤이 소리쳤다.

"이놈의 인생 지긋지긋했다고요. 이 시골에서 저 무식하고 변변찮은 자식이 벌어다주는 푼돈으로 근근이 먹고살며 펜션이나 청소하고 애만 보는 생활에 진저리가 났어요. 애들은 남편한테 버리고 전 태오 씨랑 새 인생을 살고 싶었어요."

"남편한테 일가족 동반자살 아니냐고 말했다고 했을 때 당신이 미심쩍었습니다. 우리가 일가족이 모두 자살했다고 믿어야 당신들이 유리했으니까요."

승주가 말을 이어갔다.

"다 잘될 거라 생각했는데… 태풍이… 사마귀가 우리 계획을 망쳤어요. 그애가 해변으로 올라오는 바람에. 그 애가 계속 바닷속에 있었으면 우린 시간을 많이 벌었을 텐데…."

하윤이 분노로 몸을 떨며 말했다. 옆에 선 순경이 그녀를 단단히 붙들었다.

"세진이가 해변으로 올라오지 않고 일가족이 계속 실종 상태였다면… 아마 당신들은 정훈 씨를 죽이고 둘이서만 육지로 달아나 로또 당첨금을 챙겼겠죠. 하지만 어이없군요. 이 순간까지 당신은 태풍과 세진이 탓을 합니까? 만약에 세진이가 계속 바닷속에 있었다면 당신의 계획은 성공했을까요? 8일 보문항 CCTV에서 당신의 차가 빠져나가는 장면이 찍혔으니 결과는 같았을 겁니다."

승주가 혀를 찼다.

"당신은 계획이 실패한 것만 생각하고 더 중요한 것은 놓치고 있군요."

승주는 하윤을 바라봤다.

"죽은 세진이에 대해서는 아무도 생각해주지 않는군요. 그럼 저라도 세진이의 편에 서야겠습니다."

승주는 말하기 시작했다.

"세진이는 부모를 믿었습니다. 제주에서 즐겁게 한달살이를 할 줄 알고 부모를 따라왔죠. 펜션에서 체크아웃을 하고도 부모는 최후의 결정을 보류하고 있었습니다. 저는 이 점이 안타깝습니다. 세진이가 살 기회는 두 번이나 있었습니다. 첫 번째 기회는 태풍이 오기 전에 있었습니다. 박태오 씨가 다시 힘내어 살자고 아내 권수향 씨를 설득하는 데 실패했다면 세진이만이라도 육지로 데려가 이모에게 맡기거나 보육원에 보내는 방법이 있었죠. 하지만 박태오 씨는 아무것도 하지 않았습니다. 아내 권수향 씨가 딸아이에게 수면제를 먹일 때까지 가만히 있었습니다. 이 세상에서 아이를 끝까지 책임질수 있는 존재는 오직 부모뿐이라는 좁은 생각으로 세진이의 엄마와 아빠는 그 아이의 목숨을 빼앗았습니다. 누구도 세진이의 생명을 뺏을 권리는 없습니다. 아이는 가장 신뢰하고 사랑했던 사람들에 의해 살해됐습니다."

승주는 태오를 응시했다.

"두 번째 기회는 박태오 씨가 로또에 당첨되었을 때였습니다. 그때 아내에게 당첨 사실을 말했다면, 아내를 배반하지 말고 최하윤을 배반했더라면 어쩌면 아내와 뱃속의 태아와 세진이는 살았을지도 모릅니다. 아내가 자살을 유예하거나 마음을 돌릴 수도 있었죠. 하지만 당신은 더 이상 아내와 살고 싶지 않았습니다. 제주에서 만난 새 애인과 세운 계획대로 밀고 나갔습니다. 동반자살을 하겠다고 아내를 안심시켰고 차를 몰아 바닷속으로 들어갔고 아내와 세진이가 바닷속에서 죽어가도록 그냥 내버려뒀습니다. 그리고 당신만 열린 창문으로 스킨스쿠버 장비를 이용해서 빠져나왔죠. 김정훈 씨가 매니저로 일하는 서프보드 대여점에서 스킨스쿠버 장비도 취급합니다. 최하윤이 슬쩍 가져온 거죠."

승주가 계속 말했다.

"당신이 남긴 유서 동영상을 수십 번 반복해서 보다가 전문가에게 의뢰해 소리만 분리해봤습니다. 액셀을 밟기 전에 났던 잡음. 그건 스킨스쿠버 장비를 가방에서 꺼내고 몸에 착용하는 소리였습니다. 차가 입수하자 당신은 열린 창문을 통해 바로 탈출했습니다. 뭍으로 올라와 보문항 근처에서 기다리고 있던 하윤 씨의 차를 타고 펜션 뒤 폐가로 돌아와 그동안 죽 이곳에서 숨어서 지낸 겁니다. 8일 새벽부터 당신은 계속 이곳에 있었습니다."

당신은 가족을 저버린 거야. 그들은 검은 물속에서 죽어갔어. 승주는 속으로 중얼거렸다.

"그 두 번의 기회가 모두 수포로 돌아가고 결국 세진이는 어른들의 손에 목숨을 잃었습니다."

승주는 태오의 두 눈을 바라보며 말했다.

"당신은 딸을 두 번 죽인 셈입니다."

하윤이 수갑을 찬 채로 여경에 이끌려 경찰차에 타려고 할 때 올레를 따라 하교하고 있던 하윤의 두 아들이 잔디밭에 뛰어 들어왔다.

"엄마!"

책가방을 멘 도빈이와 우빈이가 의아한 표정을 지었다.

"엄마, 어디 가요? 왜 말을 안 해."

"나랑 같이 가."

막내 우빈이가 가방을 잔디밭에 팽개치고 울기 시작했다. 하윤은 눈가가 붉어진 채 고개를 돌리고 경찰차에 올라탔다. 정훈은 깁스를 하지 않은 멀쩡한 손으로 두 아이를 단단히 붙잡았다. 벌겋게 달아오른 얼굴에는 많은 생각이 오가는 듯했다.

이마에서 피를 흘리는 태오도 경찰차에 올라탔다. 연인은 나란히 차에 탔지만 서로를 외면했다. 욕망은 거세게 타올랐고 그 대가로 가녀린 생명이 스러졌다. 승주는 올레를 따라 차를 세운 곳까지 무거운 마음으로 걸었다. 태풍이 지나가고 다시 살아난 꽃밭에는 다양한 꽃이 흐드러졌다. 돌담 주변에는 능소화와 협죽도가 찬란했다.

박소해

2021년 《계간 미스터리》 가을호에 〈꽃산담〉으로 신인상을 받으며 등단했다. 2022년 《계간 미스터리》 봄호에 단편 〈겨울이 없는 나라〉, 산후우울증 앤솔러지 《네메시스》 중 표제작 〈네메시스〉, 괴이학회 도시괴담 시리즈 《괴이, 도시_만월빌라》 편에 〈만월〉을 발표했다. 미대 출신답게 '시각화'에 강한 이야기꾼이라는 소리를 자주 듣는다. 선과 악, 죄와 벌의 이분법을 넘어 인간의 본성을 깊숙이 탐구하는 작품을 쓰고자 한다. 추리 미스터리 스릴러, SF, 고딕, 호러, 로맨스, 역사, 판타지 등 장르의 경계를 자유롭게 넘나드는 몽상가다. 한국의 셜리 잭슨이 되고 싶다.

시골 재수 학원의 살인

김범석

1

2022년 봄. 마스크를 쓰고 수능을 치렀던 나, 오영규는, 서울의 4년제 대학교에 입학했다. 하지만 수능 점수에 맞춰서 들어간 경우라 학업에 흥미를 못 느끼고 있었다.

대학 생활의 첫 1학기가 끝난 직후의 무더운 여름. 고민 끝에 부모님께 반수를 해보고 싶다고 조심스럽게 말씀드렸다. 아버지는 화를 내지 않고 이렇게 물으셨다.

"너, 정말 진지하게 할 수 있어? 그럼 보내준다."

"보내줘? 어디로?"

"기숙 학원."

해병대 출신의 아버지한테는 지금도 연락하며 지내는 전우가 한 분 계시는데, 그분이 재수 학원을 운영 중이라고 하셨다.

"완전 소수정예, 스파르타식 기숙 학원이라더라. 너, 정말 죽었다고 생각하고 거기 들어가서 공부만 할 마음이 있냐?"

"어디 있는 학원인데?"

"경남 어디에 있는 곳인데, 주변에 정말 아무것도 없다더라. 한번 구경 가볼래?"

나는 짐을 챙겨 아버지 차에 탔다. 설마, 그대로 입소하게 될 줄은 몰랐다.

그렇다. 기숙 학원인데 입학이나 입원이 아니라 입소다. 돌이켜보면, 이날의 입소가 내 인생의 향방을 영원히 뒤바꾸게 된다.

2

'HW 강력 독학 기숙 학원'은 경상남도 함안군 끝자락의, 낚시꾼도 아주 가끔 찾는 어느 늪지 너머의 좁고 가파른 언덕배기에 비스듬히 걸치듯이 자리 잡고 있었다. 주차장도 따로 없어 오르막길의 갓길에 차를 세워야 했다.

2층짜리 학원 건물이 오르막길 위에, 단층 식당이 그보다 아래에 있었다. 낚시꾼을 상대로 하던 식당이 원래 있었고, 그 오르막길 위로 올라가는 좁은 땅에 2층짜리 학원이 들어선 것이다. 기존 식당을 폐업할 때, 이 학원 원장이 식당도 통째로 매입했다고 한다.

학원이 가파른 오르막길에 있어서인지, 2층짜리 건물인데도 뾰족하고 높게 느껴졌다. 반면에 식당 건물은 오르막길의 낮은 곳에 있어서 납작한 햄버거처럼 매우 낮게 짜부라진 느낌이 들었다. 두 건물 사이의 거리는 겨우 4미터로, 매우 가까이 붙어 있었다.

'이 좁고 가파른 오르막길에 잘도 건물을 지었네.'

감탄하며 건물을 구경했다. 그 흔한 CCTV 하나 없는 게 조금 이상했다. 워낙 인적이 없는 곳이라 CCTV 설치가 낭비라고 생각했던 것일까? 아버지가 차에서 내리면 물어봐야지 하고 생각한 순간, 뒤에서 시동 거는 소리가 났다.

"하하! 그럼 공부 잘해라! 이 아비는 간다!"

어느새 짐가방을 내려준 아버지는 정말로 떠나버렸다. 만화 같은 데 보면 자주 나오는 전개지만, 막상 실제로 당하고 나니 눈앞이 캄캄해졌다. 당일에 입소할 수도 있기에 짐을 챙겨오긴 했지만, 정말로 두고 떠나버리다니!

나중에 아버지한테 들은 건데, 시간을 끌고 고민하면 내 결심이 약해질까 봐, 아예 그냥 두고 떠나버린 것이라고 한다. 아무리 그래도 그렇지, 정말 막막했다.

"오, 네가 오영규구나?"

어느새 내 등 뒤에는 구릿빛 피부의 원장이 와 있었다.

"너희 아버지한테 연락받았다. 잘 왔다. 내가 이현우다."

학원 간판 앞에 붙은 HW가 원장의 이름 '현우'에서 따온 약자가 아닐까 싶다.

"자아, 안에 들어가서 이야기하자."

그 뒤로는 일사천리였다. 그는 나를 원장실로 데리고 간 뒤, 커피를 마시며 담화 시간을 가졌다. 여기서 내 지난 수능 성적, 현재 공부량, 지병의 유무 등을 체크했다. 그리고 진지한 눈으로 내게 물었다.

"여기가 어떤 학원인지는 알고 온 거겠지?"

"네…?"

겁을 먹고 되묻자, 원장이 설명해줬다.

"우리 학원은 다른 대형 기숙 학원과 달라. 밀도 높은 독학 시간 확보에 주력하는 학원이야. 의미 없이 칠판 앞에서 강의하는 걸로 시간을 낭비하진 않는다."

그러면서 시간표를 보여줬다.

6시 30분~7시: 기상. 점호 및 체조

7~8시: 아침 식사 및 세면

8~9시: 학습 계획 점검 및 영어 단어 외우기

9~12시: 강력 독학

12~13시: 점심 식사 및 점호

13~18시: 강력 독학. 필요시 일대일 교습

18~19시: 저녁 식사 및 점호

19~23시: 자율 독학

23시: 마지막 점호 및 취침 준비

죄다 독학이다. 강의는 따로 보이지 않았다.

"저어, 강력 독학은 뭐고 자율 독학은 뭔가요?"

"강력 독학은 학습실에 다 같이 모여서 공부하는 것. 자율 독학은 각자 기숙사 개인실에서 자유롭게 공부하는 것."

사실상 독학이라는 것에는 차이가 없는 듯하다.

"어때? 할 수 있겠나?"

"저는 쉬다가 반수하는 거라서 많이 까먹었는데요."

"괜찮아! 금방 따라잡을 수 있어. 사람 머리는 쉽게 안 굳어!"

"아니, 그런 게 아니라, 강의를 좀 들어야 할 것 같은데요. 이 시간표에
는…."

"그래? 그럼 자율 독학 시간에만 개인실 컴퓨터로 강의 들어. 기숙사 개인
실에 인터넷 다 깔려 있어."

모처럼 기숙 학원에 왔는데 따로 인터넷 강의를 들어야 한다니. 훗날 돌이
켜보면 헛웃음이 나올 정도의 막무가내였지만, 당시에는 원장의 기백에 눌
려서인지 무척 그럴듯하게 느껴졌다.

"자, 그럼 자네 방 보러 가볼까."

내 방은 2층 구석의 개인실, 205호였다. 방에서 먼지 냄새가 나긴 했지만
별문제 없어 보였다. 원장은 그 자리에서 컴퓨터와 인터넷도 확인해보라고
했고, 그의 눈앞에서 실행해보니 문제없었다.

"성능 좋지? 컴퓨터가 어찌나 성능이 좋은지, 그걸로 짬짬이 유튜버 활동
을 하는 녀석도 있다니까? 걔가 이 학원에서 가장 공부 잘하는 녀석이야. 좀
소심해서 문제긴 하지만, 그래도 참 열심히 하는 녀석이지. 그래서 특별히
허락해준 거지만."

"저어, 여기 있는 방들은 전부 개인실인가요?"

"응. 시설 참 좋지? 완전 럭셔리야, 럭셔리. 하하!"

"그럼 학생 수가…?"

"자네 포함 다섯이지."

원장은 다섯 손가락을 쫙 펴 보였다. 학원비가 얼마인지는 모르지만, 아주 비싼 액수는 아닐 터. 그런데 학생 수가 겨우 5인이라니. 학원 운영비도 안 나올 텐데.

'아니, 여긴 아예 강의가 없는 학원이었지. 그럼 학원 강사를 고용할 필요가 없으니까, 그런 부분에서 비용을 절감하는 건가?'

강의 없는 학원을 학원이라 부르는 게 맞는지 모르겠지만, 내가 학원 운영을 걱정할 필요는 없겠지.

어이없어하는 나를 보며 그는 호탕하게 웃었다.

"그래, 밥은 먹었나?"

"아뇨."

"점심때 다 같이 먹자. 식당은 요 앞이야."

그가 창밖을 가리켰다. 식당이 매우 가깝게 보였다. 폐업한 식당을 급식실로 쓰는데, 원장의 부인이 운영한다고 한다. 원장 부인은 사모님이라 불렸다.

"아까 시간표도 받았지? 혼자 짐 풀고 좀 쉬어. 있다가 점심때 애들 소개해줄게."

원장은 나갔고, 나는 침대에 주저앉았다. 먼지가 피어올랐다.

"으아, 엄청 정신없네…."

이렇게 나의 기숙 학원 생활이 시작됐다.

3

입소한 지 한 달이 지났다. 그사이 나는 학원에 빠르게 적응했다. 처음 입소했을 때는 어이없음의 연속이었지만, 며칠 지나니 내 체질에 맞는다는 걸 깨달았다. 다니던 대학의 휴학계는 인터넷으로 휴학 신청 기간에 맞춰 낼 예정이다.

내가 이 기숙 학원에서 가장 빠르게 적응한 것은 '전우'들이다. 원장이 처음 전우 운운했을 때는 오글거린다고 생각했는데, 이제는 자연스럽다. 전체 학생 수는 나를 포함해 겨우 다섯 명이라, 자연히 서로 잘 알게 되었다. 그중 네 명은 모두 스무 살로 나와 동갑이고, 하태오만 서른네 살이었다.

"야, 반수생 새꺄. 점심 다 처먹었으면 옥상에서 볼이나 좀 차자."

"밥 먹자마자 뭔 볼이냐, 미친놈아."

날 반수생 새끼라고 부른 놈이 김철우다. 우리 중에 가장 키가 크고 덩치 있는, 딱 봐도 껄렁껄렁한 놈이다. 반입이 금지된 술 담배를 어디선가 늘 구해서 자주 즐기고, 공부보다는 축구에 미친 걸로 보아 여기 기숙 학원에 입소할 녀석이 아닌데…. 정작 원장은 김철우를 우리 중에서 가장 아끼는 것 같다. 김철우는 성격과 말투만 좀 거칠 뿐이지 본성이 나쁜 놈은 아닌 것 같다…라고 하고 싶지만, 저번에 축구할 때 반칙을 해놓고는 괜히 주원익에게 뒤집어씌우면서 큰소리치는 걸 보면 나쁜 놈 맞는 것 같기도 하다.

"어우, 배부르니까 좀 졸리네. 잠도 깰 겸 한판 하지 뭐."

졸린 목소리로 말하는 이 녀석이 서준. 수면제인지 수면 유도제인지 없이는 잠을 못 자는 친구다. 가장 똑똑하게 생겼는데, 실제로는 우리 중에 제일 공부를 못한다.

"오케이. 서준은 나랑 같은 편 먹고, 야, 주원익. 너도 할 거지?"

김철우가 주원익을 괜히 툭툭 친다.

"하, 하지 마."

말을 약간 더듬는 친구가 주원익. 이름은 사내다운데, 덩치도 작고 자신감도 좀 없어 보인다. 취미는 공예품 제작과 프라모델 조립. 가장 공부를 잘하는 친구라, 원장에게서 유튜브 활동을 해도 된다는 특별 허락까지 받았다. 각종 공예품 제작 영상을 유튜브에 올려 실제로 돈을 번다고 한다. 착한 친구인데, 김철우에게서 괴롭힘 아닌 괴롭힘을 당하기도 한다.

"그럼 오늘도 제가 심판을 맡겠습니다."

유난히 정중한 말투를 쓰는 사람이 하태오. 서른네 살의 늦깎이 수험생이다. 본래 종합격투기 관련 용품을 판매하는 사업체의 사장이었는데, 코로나 때문에 사업을 정리하게 되었다고 한다. 사업으로 꽤 많은 돈을 벌었지만, 20대 때 못한 공부를 하고 싶어서 기숙 학원에 들어왔다고 했다.

"자, 옥상으로 고!"

김철우가 힘차게 외치며, 가장 먼저 건물 옥상으로 뛰어 올라갔다.

"어휴, 저 축구에 미친 놈."

"저 녀석은 축구랑 술 담배 빼면 시체라니깐."

"아무리 봐도 재는 기숙사형 재수 학원에 올 만한 애가 아닌데."

우리는 그런 이야기를 하며 옥상으로 따라 올라갔다.

우리 다섯은 학원 건물 옥상에서 2 대 2 변칙 축구를 하며 놀았다. 좁아터진 옥상이지만 그래도 학원 대지 내에서 거의 유일한 평지였기에, 우리는 티격태격하면서도 이곳에 모여 놀곤 했다.

"야야, 패스 좀 해라."

서준이 같은 편인 김철우에게 말했다.

"꼴랑 넷이서 하는 축구에서 패스에 의존하면 진다. 흡!"

김철우가 때린 슛이 골망, 정확히는 안전 난간의 펜스 부분을 때렸다. 표면이 곱고 매끄러운 그물망 형태의 펜스에서, 경쾌한 철그렁 소리가 울려 퍼졌다.

"꼬올!"

이번에도 김철우의 독무대에 가까운 시합이었다. 녀석이 축구를 잘하긴 잘한다.

"젠장."

나는 안전 난간의 쇠 부분을 발로 걷어찼다. 딜거덕 하고 난간이 흔들거리는 꼴을 보니 속이 좀 풀린다. 난간이 이렇게 약한 이유는 전문 시공업자가 설치한 게 아니라, 원장이 직접 난간과 펜스를 어설프게 설치한 탓이라고 한다.

"야, 반수생 오영규! 왜 불쌍한 난간을 괴롭히고 그래? 크크크!"

"닥쳐, 골초 새꺄. 한판 더 해."

이렇듯 우리 다섯은 같은 밥을 먹고, 같은 시간 공부하고, 같은 곳에서 놀고, 같은 곳에서 잤다. 우리를 통제하는 교사는 원장 단 한 명뿐이고, 오직 우리뿐인 이곳에서 몸과 마음으로 독학의 맛을 체감하고 있었다. 어쩌면, 이곳 원장의 교육 철학이 우수한 것일지도 모른다는 생각마저 들었다.

겨우 한 달이지만, 나는 이들과 정이 많이 들었다. 그래서 그날 밤, 살인사건이 발생했을 때 무척 놀랐고 슬펐다.

4

저녁 식사 후 점호가 끝난 19시부터 23시까지는 자율 독학 시간이다. 나는 19시가 되자마자 학원 2층의 205호실에서 컴퓨터로 인터넷 강의를 들었다.

평소보다 집중이 잘되어서, 무려 두 시간 동안 쉬지 않고 강의를 연달아 들었다.

시계를 보니 21시 10분. 휴식을 위해 자리에서 일어났다. 에어컨의 차가운 공기가 방에 고인 것 같아, 잠시 창문을 열어 환기를 시켰다. 그때 위에서 달칵거리는 금속성 소리가 났다. 확실치는 않았으나 옥상 난간 쪽에서 들리는 것 같았다.

'김철우가 또 옥상에서 딴짓하나 보네.'

점호 시간을 제외하면, 원장은 별로 간섭하지 않았다. 그는 원장실에 앉아 대기하다가, 우리가 모르는 부분을 들고 가면 가르쳐줄 뿐이었다. 그러다 보니 19~23시의 자율 독학 시간은 가장 농땡이 치기 좋은 시간이기도 하다. 실제로 김철우는 학창 시절의 불량배 기분을 내려는 건지, 곧잘 옥상에 올라가 담배를 피우곤 했다.

'어? 근데 오늘은 담배 냄새가 안 나네.'

김철우가 옥상 난간 펜스 앞에서 담배를 피울 때 2층 창문을 열면, 담배 냄새가 방 안까지 들어오곤 했다. 그런데 오늘은 담배 냄새가 나지 않았다.

'그럼 옥상에 있는 게 김철우가 아닌가?'

다시 귀를 기울여보니 아무 소리도 안 났다. 나는 고개를 갸웃거리다가 창문을 닫았다. 그리고 인터넷 강의를 마저 몰아서 들었다.

23시. 오늘의 마지막 점호 시간. 나는 이곳에 오고 처음으로 원장이 진심으로 화를 내는 모습을 봤다.

"어떻게 된 거야!"

복도에 주르륵 선 우리는 서로 눈치만 봤다.

'김철우가 사라졌다.'

원장은 분을 못 참고 씩씩거렸다. 해병대 출신이라더니, 다른 건 다 참아도 점호 때 무단으로 빠지는 것만은 용납 못하는 모양이다.

"서준, 주원익, 오영규, 너희들! 김철우 어디 있냐고!"

당연히 모르는 일이라 우리는 서로 눈치만 봤다. 각자 개인실에 있었으니까. 그나저나 왜 하태오한테는 따져 묻지 않는 걸까?

곁눈질로 하태오 쪽을 힐끔 봤더니, 왠지 얼굴이 붉었고 조금 전까지 눈물을 흘린 사람처럼 보였다. 하태오가 내 시선을 눈치챈 듯 고개를 반대편으로 돌렸고, 나도 시선을 거뒀다.

"저기요."

서준이 손을 들었다.

"저는 제 개인실에서 자느라 전혀 모릅니다."

서준이 평소와 달리 또렷한 목소리로 말했다. 불면증 때문에 늘 피곤해 보이는 그였는데, 마치 꿀잠이라도 자고 일어난 사람처럼 명료해 보였다.

"뭐? 잤다고?"

"네. 그게 말이죠."

서준은 공부하려고 앉았는데, 갑자기 잠이 쏟아졌다고 한다. 가끔 선물처럼 이런 날이 찾아올 때도 있다고 한다.

"약 없이 자연스럽게 잠이 오는 건 너무 오랜만이었습니다. 자습 시간인

건 알았지만 기회를 놓치기 싫어서 그냥 잤습니다."

원장은 서준의 불면증을 잘 알고 있었기에 화를 내진 않았다.

"얼마나 잤어?"

"19시 직후부터 22시까지. 세 시간 정도 푹 자고 일어났습니다. 22시부터 23시까지는 말똥말똥한 눈으로 공부했습니다. 당연히 김철우에 대해서는 모릅니다."

"어딜 나가거나 그런 건 정말 아니지?"

"네. 저는 제 개인실인 202호에서 한 발자국도 안 나갔습니다."

"좋아, 서준. 넌 그렇다 치고."

원장이 이번에는 주원익을 노려봤다.

"주원익, 넌? 김철우 못 봤어? 평소에 친하게 지냈잖아?"

사실 친하다기보다는, 김철우가 주원익을 괜히 툭툭 치고 부하 다루듯 했다고 봐야 할 것이다. 원장은 그 내막을 아는지 모르는지, 김철우와 주원익이 친하다는 식으로 말했고, 주원익은 쓴웃음을 지었다.

"저는 라이브 방송 중이었습니다. 전에 말씀드린 대로."

"아, 그랬던가?"

주원익은 원장의 허락을 받고, 자율 독학 시간에 비정기적으로 유튜브 라이브 스트리밍을 할 수 있었다. 원장은 처음에는 마땅찮아 했지만, 주원익이 개인 방송만은 꼭 하고 싶다고 했고, 오히려 집중력에 도움이 된다는 걸 모의고사 성적으로 증명해서인지 지금은 간섭하지 않는다고 한다.

"몇 시부터 몇 시까지였지?"

"대략 19시 30분부터 22시까지였습니다."

"쳇. 그럼 당연히 김철우를 못 봤겠군."

다음은 내 차례였다. 원장이 묻기도 전에 나는 얼른 대답했다. 나는 누구보다 공부를 열심히 하고 있었기에, 입가에 미소마저 떠올랐다.

"저는 19시부터 23시까지 거의 쉬지 않고 인터넷 강의 들었습니다."

"야 인마, 오영규! 너는 지금 공부 많이 한 게 자랑스럽니? 네 전우가 실종됐는데?"

원장은 기쁘게 보고하는 나를 한심하다는 듯이 내려다봤다. 기대에 어긋난 반응에 조금 놀란 표정을 지었더니, 그는 내 머리에 꿀밤을 한 대 쥐어박는 시늉까지 했다. 실제로 아프진 않았지만 왠지 서운한 마음마저 들었다. 나는 입을 삐죽이며 하태오를 턱으로 가리켰다.

"왜 하태오 형님한테는 질문 안 하십니까?"

"걔는 점호 직후부터, 즉 19시부터 22시 50분까지 원장실에서 나랑 같이 있었다. 이것저것 상담 좀 하느라."

원장은 그렇게 말했고, 하태오는 뒤통수를 긁적였다. 무슨 일이 있었던 걸까.

"김철우 이 녀석. 혹시 저번처럼 식당에서 술 훔쳐 먹은 거 아냐?"

김철우는 내가 이곳에 입소하기 전, 식당에 몰래 들어가서는 오래된 술을 잔뜩 먹고 인사불성이 되었다가 크게 혼난 적이 있다고 한다. 물론 그 이후에도 술 담배를 좋아하는 습관은 그대로였는데, 그나마 덜 대놓고 즐기는 모양이다.

"일단 너넨 여기 있어봐. 김철우 이 녀석! 이번에도 식당에 남은 술 훔쳐 먹은 거면 아주 그냥!"

원장은 성큼성큼 계단을 내려갔다. 2층 복도에 남겨진 우리는 한숨을 내쉬었다.

"김철우 때문에 우리까지 이게 뭔 봉변이냐."

"그러게."

"이번에야말로 진짜 쫓겨날까?"

나, 서준, 주원익이 그렇게 이야기를 주고받자, 하태오가 점잖게 고개를 저었다.

"아마 아닐 겁니다. 원장 선생님이 저리 말씀하셔도, 사실은 김철우를 무척 아낍니다. 아니, 우리 모두를 아끼는 분이지요."

"원장 선생님은 왜 김철우 녀석을 그렇게 아끼는 걸까요? 옥상에서 담배 피우고 가래침이나 뱉는 그런 녀석을."

내가 이해가 안 간다는 듯이 말하자, 서준은 "아" 하는 소리를 냈다.

"그 녀석 옥상에 있는 거 아냐?"

그럴 가능성도 없진 않다. 단순히 옥상에서 농땡이 피우다가 점호 시간을 깜빡한 것일지도 모른다. 하지만 김철우가 이 건물 옥상에 있다면, 원장의 고함을 듣고 허둥지둥 뛰어 내려왔을 것이다.

"한번 올라가 보죠."

우리 4인은 옥상으로 올라갔다. 그리고 옥상 한복판에서 김철우의 시체를 발견했다. 절대로 술에 취해 뻗어버린 것으로는 보이지 않았다. 흐릿한 옥상 조명 아래에서도, 김철우의 머리 위쪽 두피가 크게 까지고, 목이 기괴한 각도로 부러진 것을 알 수 있었다.

경찰이 출동했고, 우리는 개인실에 틀어박혀 있어야 했다.

서울을 배경으로 한 형사 드라마를 본 경험에 따르면, 우선 파출소나 지구대에서 경찰이 파견되고, 경찰서에서 강력팀이나 형사팀이 출동하고, 경찰서에 소속된 과학수사팀 또는 광역 과학수사대가 출동하여 함께 조사하는 것으로 알고 있다. 이곳은 서울이 아니지만, 실제로 드라마와 비슷하게 차량들과 사람들이 왔다 갔다 했고, 그때마다 가파른 오르막길 때문에 짜증스러워하는 소리가 창문 너머로 들려왔다.

잠시 뒤 내 방으로 태권도 사범처럼 생긴 형사 둘이 나타났다.

"몇 가지만 물어보겠습니다. 일단 이름, 주민등록번호, 연락처부터."

한 형사의 시선이 내게 고정되는 동안, 수첩을 손에 쥔 다른 형사는 자연스럽게 내 개인실을 훑어봤다. 나는 긴장한 채 형사의 질문에 답했다.

이어서 형사는 오늘 저녁에 어디서 뭘 했나, 피해자가 언제부터 안 보였나, 다른 외부인이 있었나 등등을 물었다.

나는 저녁 식사와 점호 이후 내 개인실에만 있었으며, 피해자는 저녁 식사 직후의 점호 이후부터 안 보였고, 외부인은 따로 없다고 답했다. 엄밀히 말하자면 옆 식당 건물에서 식사를 준비하는 사모님이 있긴 한데, 그분은 학원 원장의 부인이고, 저녁 식사 시간 이후에는 바로 귀가하므로 외부인이라 할 정도는 아니었다.

내게 질문한 형사 옆의 다른 형사는, 내가 답한 내용을 수첩에 일일이 적었다.

"그렇군요."

형사는 별말 없이 그렇게 답했다. 아랫배에 힘을 주고 답했던 것이 허무할 정도였다.

"그럼 그, 살인사건인 거죠?"

내가 묻자, 담당 형사는 물끄러미 날 보더니 고개를 저었다.

"현시점에서는 변사 사건입니다."

그 이상의 답을 들을 수는 없었다. 드라마에 나온 대로, 관계자에게는 필요 이상의 정보를 주지 않나 보다 하고 넘어갔다. 그들이 내 방에서 나가는가 싶더니, 수첩을 쥔 형사가 불쑥 내게 물었다.

"친구죠?"

"네? 김철우요? 네."

"아주 친한 친구는 아니었나 봅니다?"

"네…?"

무슨 질문이 저런가 싶었다. 알고 지낸 것은 겨우 한 달 남짓이지만, 고운 정 미운 정 깊이 들었다고 생각한다. 사사건건 티격태격하긴 했어도 안 친하다고 할 수도 없다.

나는 형사의 질문 의도를 알 수 없어서 고개를 갸웃거렸는데, 형사는 됐다고 말하더니 그냥 옆방인 하태오의 방으로 가버렸다.

형사의 마지막 질문이 무슨 의도였는지는 방문을 닫고 나서야 깨달았다.

'그러네. 김철우가 죽었는데도 아주 슬프지는 않아.'

형사가 보기에는 그게 좀 이상했는지, 짚고 넘어가는 차원에서 물어본 듯했다. 하지만 이런 것 정도로 의심받거나 하진 않겠지 싶었다.

잠시 뒤 건물 밖에 구급차가 왔고, 나는 김철우의 시신이 바로 옮겨질 것이라 생각했다. 그런데 형사 드라마와는 다른 일이 벌어졌다. 옥상에서 관계자들이 바로 시신을 옮기는 대신, 오랫동안 이야기를 나누며 시끌시끌했던 것이다.

'왜 이리 오래 걸려?'

얼마간의 시간이 지난 뒤 시체가 옮겨졌고, 경찰들도 모두 철수했다. 그들의 시끄러운 발소리가 사라질 무렵, 원장이 우리를 복도로 불러냈다. 무척 지쳐 보였다.

"휴우, 돌겠네. 학생들, 상황은 잘 알 거다. 무서운 사건이 발생했고, 옥상은 경찰이 봉쇄해뒀다. 원한다면 부모님께 연락해도 좋아. 학원 상황에 대해 말씀드려도 좋고. 그리고 오늘 밤에는 각자 개인실에만 머물거나 읍내로 나가서 자고 오거나, 그것도 원치 않으면 일단 귀가하도록. 너희 선택에 맡기마."

우리는 모두 남기로 했다. 대중교통도 없는 이 한밤중에 귀가하거나 읍내로 나가기도 쉽지 않다.

"다들 알겠지만 정말 심각한 상황이다. 김철우는 부모님이 안 계셔서, 멀리서 사는 친척이 대신 오기로 했다. 난 그분을 만나보러 나가야 할 거 같으니까, 너희는 조용히 있어라."

원장은 어디론가 떠났고, 우리 재수생들은 복도에 모여서 의견을 교환했다.

"도대체 이게 무슨 일이래?"

"김철우가 정확히 어떻게 죽었는지 아는 사람 있어?"

우리는 수군거렸고, 연장자인 하태오가 정리해줬다.

"실은 아까 형사와 원장 선생님이 대화할 때, 같이 있어서 들었는데요. 그거라도 궁금하시면 들려드리죠."

사건 때문에 매우 놀란 원장은 우리 중 연장자인 하태오를 만나서 상황을 물었는데, 그때 마침 형사가 주요 상황을 설명해주러 찾아왔던 모양이다. 형사는 이곳 관리자인 원장에게는 사건 현장에 대해서도 잘 설명해줬는데, 마침 옆에 있던 하태오도 제법 소상히 들을 수 있었다고 한다.

"형사 말로는 죽은 김철우의 상태가 좀 이상했다고 합니다. 머리 정수리 부근의 위쪽 넓은 면이 좌창인지 열창인지 때문에 까졌다더군요. 그리고 목이 꺾여서 부러진 상태였다고 합니다. 그 외에 외상은 없고, 직접적인 사망 원인이 뭔지는 부검해봐야 안다더군요."

시체는 우리도 봐서 안다. 흐릿한 옥상 조명 아래에서도 너무나 기이해 보였다.

'형사랑 과학수사팀도 잔뜩 왔으니 현장 검시도 했을 텐데, 그래도 정확한 사망 원인을 모른다고?'

그 부분이 조금 신경 쓰였다.

"사망 추정 시각은요?"

서준이 마치 탐정이라도 된 것처럼 물었다.

"그것까진 안 물어봐서 정확히는 모릅니다. 하지만 저녁 식사 점호 때는 확실히 살아 있었으니까, 19시부터 23시 사이겠지요?"

"하태오 형님, 이게 가장 중요한 질문인데요."

평소에 늘 졸린 눈이던 서준이 눈을 희번덕거렸다.

"타살당한 거 맞죠?"

아아, 타살이라! 이 표현은 우리를 흠칫하게 했다. 타살이 확실하다면, 범인은 나, 서준, 주원익, 하태오, 그리고 원장 중 한 명이라는 말이기 때문이다. 워낙 외딴 곳이니만큼, 외부인이 범인일 가능성은 사실상 없다.

"네. 거의 그런 것 같습니다."

"거의요?"

"경찰이 흉기를 못 찾은 모양입니다."

그랬다. 범행 주체인 범인만큼이나 중요한 것은 아마도 피살당한 시체와 범행에 쓰인 도구일 것이다. 흉기가 발견되지 않았다는 것은 심각한 문제다.

"다만 옥상에서 빈 술병이 발견되었다고는 합니다. 김철우가 혼자서 병째 마신 것으로 추정된다고 하던데."

"앗! 그럼 그 술병이 흉기 아닐까요?"

내가 묻자 하태오는 고개를 저었다.

"술병에는 핏자국이 하나도 없었고, 김철우로부터 몇 미터 떨어진 곳에 쓰러져 있었다고 합니다. 그게 답니다."

술병을 경찰 측에서 수거해가긴 했다지만, 하태오도 그 이상은 알지 못했고, 우리의 대화는 거기서 멈췄다.

"일단 각자 방에 들어가서 자는 게 좋겠습니다. 이럴 때일수록 경거망동하지 말아야겠죠."

하태오가 연장자답게 상황을 정리했다. 그전에 내가 불쑥 물었다.

"저기."

모두가 나를 돌아봤다. 안 하느니만 못한 질문이라는 걸 알면서도 할 수밖에 없었다.

"다들, 김철우가 죽어서 슬프냐?"

"그야…."

"슬프지."

"엄청까진 아니지만."

다들 즉시, 하지만 머뭇거리며 답했다. 모두 나와 비슷한 기분인 것 같다.

우리가 냉혈한이라서? 아니다. 죽은 김철우는 그런 놈이었다. '그런 놈'을 어떻게 정의해야 할지는 모르겠지만. 그리고 그런 놈이 갑자기 죽으면 어안이 벙벙하고, 어쩌다 죽었는지에 관심이 쏠리게 된다. 그러나 슬픔에 빠지거나, 추억을 더듬게 되진 않는다.

복도 분위기가 어색해졌다. 그래서인지 서준은 옥상에 한번 올라가 보자는 식으로 선동했고, 나는 김철우의 방에 단서가 있을지도 모른다고 떠들었다.

"어허! 진짜! 지금 이게 무슨 탐정 놀이라도 되는 줄 압니까!"

하태오가 언성을 높이자, 복도 전체에 목소리가 우렁우렁 울렸다. 서준과 나는 찔끔했다. 사실 서준과 나는 정말 재밌어서 그러는 게 아니었다. 죽어도 딱히 슬프지는 않지만 그래도 친구가 죽었으니까, 뭐라도 하고 싶은 마음과 당황스러운 마음을 숨기고 싶어서 떠들어댔을 뿐이다.

"난… 빨리 자는 게 좋겠어."

주원익이 창백한 얼굴로 말했다. 우리 중에 체력이 가장 약한 녀석이라 그런지 심신이 크게 지친 것 같다.

"자, 다들 각자 방에 들어갑니다. 어서요."

하태오가 나, 서준, 주원익을 각자의 방에 손수 밀어 넣었다. 하태오는 서준과 주원익을 방에 밀어 넣을 때 작게 뭐라 말했고, 마지막으로 내게도 말했다.

"문단속 철저히 하고."

그랬다. 김철우가 정말 타살당한 거라면, 우리 중에 범인이 있다면, 그 범인은 바로 옆방 또는 그 건넌방의 누군가일 수도 있다.

'문단속을 철저히 하는 건 정말 오랜만이군.'

외딴곳에 사내놈들밖에 없는 데다가 열쇠 관리가 귀찮아서, 우리는 평소에 개인실 문을 잠그지 않았다.

달칵, 달칵, 달칵. 각 방에서 문단속을 하는 소리가 들려왔다. 저 달칵거리는 소리가 심장을 쿵쿵 뛰게 했다.

…달칵. 나 또한 문단속을 철저히 했다.

6

다음 날 아침 6시. 눈을 떴다.

지난밤에는 도저히 잠이 오지 않아서, 인터넷으로 잠이 올 만한 영상을 찾아서 봤다. 이리저리 검색하던 중, 마침 유튜브 추천 영상에 프라모델 제작 ASMR 채널 추천이 떠서 봤는데, 공교롭게도 주원익의 채널이었다. 개인실의 책상 위를 카메라로 비춘 채, 아무 말 없이 목각 인형, 프라모델, 금속 공예 조립품 등을 달칵달칵 조립하는 모습을 보다 보니 곧 눈꺼풀이 무거워졌다.

주원익의 영상 덕분에 새벽에 잠들 수 있었고, 막상 눈을 뜨니까 피로는 별로 느껴지지 않았다.

조심스레 일어나서 2층의 공용 화장실 겸 세면실로 갔다.

"우웨에에엑!"

누군가 변기 칸에서 토하고 있었다. 뒷모습을 보니 주원익이었다. 원래 몸이 약한 녀석인데 어제 일로 정신적 충격을 받은 모양이다.

"야, 괜찮냐? 등 두드려줘?"

내가 묻자, 주원익은 변기를 붙잡지 않은 다른 손으로 가라는 듯이 손짓했다. 토하는 소리가 심상치 않아서, 나는 화장실 문가에 선 채 머뭇거렸다.

"그냥 가라니깐…."

한참 토하고 한숨 돌린 주원익이 중얼거렸다.

"뭐 잘못 먹었냐? 체했어?"

"스트레스성 위염 같은데, 괜찮아… 괜찮을 거야."

얼굴이 창백하고 기운이 하나도 없어 보였다.

"좀 뜬금없이 들릴 수 있는데, 그, 어제 네 유튜브 영상 봤다."

주원익이 피식 웃었다.

"구독 눌렀냐?"

"당연하지!"

"후원도 좀 쏘고 그래."

"음? 커뮤니티 탭 보니까 후원은 따로 안 받는다고 공지 올라와 있던데."

"후후. 진짜로 내 채널 구독자 맞는가 보네."

녀석은 변기를 끌어안은 채 실실 웃었고, 나도 웃었다. 속이 좀 진정됐나 보다.

"가장 최근 영상은 어제 독학 시간에 만든 거지? 잠이 안 올 것 같았는데, 네 영상 다시 보기 덕분에 잘 수 있었다."

"응… 다행이네. 어제 자율 독학 때 실시간으로… 이것저것 만들었… 우웁."

주원익은 다시 토했고, 대화는 끊겼다. 심하게 토하는 녀석을 위해 내가 해줄 수 있는 건 없었다. 변기를 끌어안고 파르르 몸을 떨면서 토하는 녀석을 그냥 두고 나왔다.

건물 뒤편에 나가보니, 서준 혼자 축구공을 벽에 차고 있었다.

"여어."

녀석이 내게 공을 보냈다. 바닥 경사가 기울어져서 똑바로 오진 않았다. 나는 서준에게 공을 돌려보내며 물었다.

"안 피곤해?"

"응. 어젠 푹 잤어."

"주원익은 화장실에서 토하고 있더라."

"의외네. 나는 주원익이 내심 기뻐할 줄 알았는데."

"무슨 소리야?"

"김철우 그 자식이 평소에 주원익을 꼬붕처럼 부리던 거 기억 안 나냐?"

"…."

김철우가 주원익을 그렇게 심하게 괴롭혔나? 하는 생각이 들었다. 그것이 친구끼리 할 수 있는 장난인지 괴롭힘이었는지는, 당사자인 주원익만이 답할 수 있으리라.

"이제, 우린 어떻게 되는 걸까."

내가 푸념했고, 서준은 대답했다.

"글쎄. 원장이 돌아와서 무슨 말을 하겠지? 환급해줄 테니 나가달라거나, 아니면 더 열심히 공부하자고 하거나."

"젠장. 이게 다 무슨 일인지."

"난 알 것 같은데. 사건의 진상."

서준의 말에 나는 흠칫 놀랐다.

"알 것 같다니?"

"이 사건, 사고사야."

"어? 타살이 아니고?"

"타살이면 우리 중에 범인이 있다는 건데, 현실적으로 어렵지."

"왜?"

"생각해봐. 김철우는 우리 중에서 가장 키가 크고 체격이 좋은 놈이었어. 그런데 머리 윗부분에 큰 상처가 있고 목이 부러졌다고 했지?"

"아! 그러네. 그런 녀석의 머리에 상처를 입히고 목을 부러뜨려 죽이려면, 김철우와 비슷한 체격이거나 키가 더 커야만 가능하겠네."

"그래. 그나마 김철우와 체격이 비슷한 사람은 우리 원장 선생님뿐이지. 하지만 원장 선생님도 범인일 수는 없지."

"하태오 형님이랑 오래 대화했다고 했었지."

어제 원장이 말하길, 자신은 하태오와 19시부터 22시 50분까지 쭉 함께 있었다고 했다. 무슨 이야기를 그리 오래했는지는 모르겠지만, 그 말이 사실이라면 원장과 하태오는 범인일 수가 없다. 10분의 빈틈이 있지 않느냐고 할 수도 있지만, 원장실에서 옥상까지 이동해서 모종의 방법으로 김철우를 죽이고, 다시 내려와 점호를 시작하는 것을 10분 안에 한다는 것은 현실적으로 불가능하다. 단, 이 부분은 김철우의 사망 추정 시각이 부검을 통해 확실히 나와야 알 수 있는 부분이기는 하다.

"하여간 현실적으로 살인이 가능한 사람은 없어."

서준이 말했고, 나는 이의를 제기했다.

"그렇다 쳐도 말이지, 서준. 그게 곧 사고사로 연결되는 건 아니잖아?"

"아니. 우스꽝스러운 슬랩스틱에 가깝지만, 오히려 말이 돼."

"구체적으로?"

"우리 예상대로, 김철우는 밤중에 혼자 옥상에 올라가 술을 마신 거야. 그리고 술을 다 마시고 빈 병을 아무렇게나 내려놓았겠지?"

"설마…!"

"그래. 술 취한 김철우가 그 빈 병을 밟고, 공중에 붕 떠서 머리부터 바닥에 떨어진 거야. 그리고 목이 부러진 거고. 머리 위쪽에 난 상처와 부러진 목이 그걸 설명해주고 있지 않아? 즉 사고사야."

확실히 김철우에 대한 살인이 현실적으로 어렵고, 흉기가 발견되지 않았다는 걸 감안하면 설득력이 있다.

'그래도 여전히 문제가 세 가지 정도 있지.'

첫째, 김철우가 겨우 술 한 병에 취해 쓰러지는 놈이 아니라는 점. 그놈의 주량은 소주 다섯 병이 넘는다고 한다. 딘 한 병에 취해서 죽을 정도로 크게 쓰러지는 게 가능할까?

둘째, 넘어져서 머리가 찢어지고 목이 부러질 정도가 되려면 제자리에서 넘어지는 정도가 아니라, 더 강한 힘이 필요할 터. 다리가 하늘을 향하도록 허공에 높이 떴다가 떨어지는 수준의 강한 힘이 필요할 텐데. 빈 병을 밟았다고 그렇게까지 될 것 같지는 않다.

셋째, 내가 어젯밤 21시 10분경 휴식 중에 들었던 수상한 끼긱 소리를 설명 못한다는 점.

'아! 그러고 보니 어제 형사한테 수상한 끼긱 소리를 들었다는 말을 안 했네.'

보통 형사 드라마 보면, '사소한 거라도 좋으니 마음에 걸리는 게 있으면 말해달라'고 하던데, 어제 형사들은 그걸 안 물어봤다. 나는 속으로 형사 탓을 했다.

"왜 그래?"

서준이 의아하게 바라봤다. 나는 아무것도 아니라고 했다.

잠시 뒤 주원익과 하태오가 건물 뒤편으로 내려왔다. 하태오가 주원익에게 위장약을 줬고, 주원익은 속이 좀 진정되었다고 했다. 마침 원장의 자동차 소리도 들려왔다.

"음. 다들 여기 모였구나."

원장의 턱수염은 꺼칠했고, 눈은 붉게 충혈되어 있었다.

"어제 무슨 일이 있었는지는 다들 알 거다. 참, 슬프고 부끄러운 일이다."

고개를 숙인 채 말하는 원장의 어깨가 평소보다 좁아 보였다.

"이런 불미스러운 일이 일어나서 죽은 김철우에게도, 너희들에게도 참 면목이 없다. 다들… 알겠지만, 내가 이 학원을 설립한 건 돈을 벌려고 한 게 아니다. 재수생이라고 기죽지 말고, 자연 속에서 전우끼리 똘똘 뭉쳐서, 외부 영향 없이 자립심을 가지고 당당히 원하는 대학에 들어갔으면 하는 뜻에서 독립형 기숙 학원을 만들었던 건데."

감정이 북받치는지 원장은 하늘을 보며 눈물을 글썽였다. 한참 하늘을 노려보던 그는 고개를 푹 숙이며 말했다.

"여기까지다. 오늘부로 학원을 닫는다. 되도록 오늘, 늦어도 내일까지는 다들 퇴소해라."

사실 당연하다면 당연한 소리다. 학생이 기이한 방식으로 살해당했으니, 사실 어젯밤 늦게라도 전원 퇴소했어야 한다는 게 내 생각이다.

"식당도 문을 안 열 거니까, 오늘 식사는… 학원 건물 준비실에서 햇반이나 컵라면을 먹도록 해라."

무더운 여름 바람이 우리의 몸을 훑고 지나갔다.

"해산."

원장이 말했다. 우리의 학원 생활은 그게 다였다.

7

방에서 짐을 싸는데, 누군가 노크했다. 들어오라고 했더니, 어제 수첩을 쥐고 있던 그 형사가 들어왔다.

"잠깐 뭐 좀 물어도 될까?"

어제와는 달리 그는 반말로 물었다. 나는 주춤거리며 네, 하고 대답했다. 그는 어제처럼 수첩을 꺼냈다.

"사건과 관련해서 몇 가지만 물어볼게. 학생을 의심하거나 학생한테만 묻는 건 아니니까 안심하고."

대부분은 어제 했던 질문의 반복이었다. 다만 새로운 질문이 두어 가지 추가됐다.

"어제 20시 30분쯤, 어디서 뭘 했지?"

"그때가 김철우의 사망 추정 시각입니까?"

"그렇다 치고, 묻는 말에나 대답해."

"어제도 말씀드렸는데, 저는 19시부터 23시까지 제 개인실에서 인터넷 강의를 연속으로 들었습니다."

"중간에 쉬지도 않고?"

"아, 쉬긴 했죠. 하지만 개인실 밖으로는 안 나갔습니다."

형사는 내 얼굴을 물끄러미 바라보다가 고개를 끄덕였다.

"다음 질문. 평소에도 옥상에는 자주 올라가나?"

"네."

"김철우만? 아니면 모두 다?"

"모두 다 자주 올라갑니다."

"다들 올라가서 뭐 해? 담배 피우면서 노가리라도 까나?"

"아뇨. 일단 김철우 말고 흡연자는 없고요, 저희는 축구하면서 노는데요."

"위험하게 왜 옥상에서 해?"

"이 근방에 평지가 없거든요."

다행히 형사는 한 번에 알아들었다. 건물도 좁은 오르막길에 있었고, 주변 부지도 죄다 경사져 있다. 건물 뒤편이 그나마 넓은 땅이지만 그곳도 경사진 곳이다. 그래서 유일하게 평평한 곳인 건물 옥상에서 자주 논다.

"그밖에 달리 하고 싶은 말은 없나?"

"저어, 뭐 좀 여쭤봐도 돼요?"

"뭘?"

"실은 서준이라는 친구가 알려준 건데요."

나는 서준의 '사고사 가설'을 읊어줬다. 형사는 고개를 저었다.

"자세한 건 말해줄 수 없지만, 사고사라고 단정 지을 순 없어."

"어째서요?"

"자세한 건 말해줄 수 없다고 이미 말했는데."

"젠장, 그래도 친구가 죽었는데 좀 물어봐도 되잖아요?"

"별로 슬퍼하는 것 같지도 않은데. 솔직히 그냥 호기심으로 묻는 거지?"

"…."

"흥, 이 정도는 말해줘도 되겠지. 사고사라고 보기에는 석연찮은 점이 많아. 부검 전 검시 과정에서 등허리 쪽에 뭔가에 쓸린 자국과 허리에 깊이 생긴 벨트 자국이 발견됐다."

처음 듣는 이야기였다. 그리고 이어지는 형사의 말에 나는 눈을 크게 떴다.

"혹시, 피해자가 사건 당일에 뒤로 넘어진 적 있나? 아니면 벨트를 아플 정도로 조이는 습관이 있다던가."

"제가 알기론 둘 다 없습니다."

"그래? 그런 흔적들이 사건과 관련이 없는 것일 수도 있지만, 이런 의구심이 풀리지 않는 이상 사고사라고 할 수는 없어. 무엇보다 결정적으로 부검 결과 피해자 김철우의 몸에서 수면 유도제가 검출됐다."

"수면 유도세요?"

"그래. 수거한 술병에서도 검출된 것으로 보아, 누군가가 술에 수면 유도제를 넣었고, 피해자는 그걸 마신 모양이야. 즉 이 사건은 범인이 작정하고 김철우를 잠들게 한 뒤 벌인 살인 사건이라고 봐야지. 절대 사고사는 아니다."

형사의 입에서 확언을 들으니 기분이 더욱 심란해졌다. 그것도 수면 유도제까지 먹이면서 죽이다니.

"앗."

수면 유도제 하니 무언가가 떠올랐다.

"저, 형사님. 혹시 그 수면 유도제의 원래 주인은…!"

"맞아. 서준 학생이 평소에 먹는 그 수면 유도제였어. 불면증 때문에 약을 많이 갖고 있다고 여기 원장이 알려줬지. 그래서 서준 학생을 찾아가 약에 대해 추궁했더니, 그제야 며칠 전에 두 알이 사라졌다고 인정하더군. 의심받을까 봐 걱정되어서 숨겼던 모양이야."

"그, 그럼 범인은 설마…!"

"서준 학생일 가능성은 낮아. 사건이 벌어질 때 자고 있었다지?"

"그게 거짓말일 수도 있죠."

"입은 거짓말해도 바이털 사인은 아니지."

"뭔 사인이요?"

"요즘 젊은 애들이 손목에 차고 다니는 거 있잖아. 스마트 워치니, 바이털 헬퍼니 뭐니 별별 게 다 있더군? 개중에는 수면 데이터를 기록하는 기능도 있어. 서준 학생은 잠들면 자동으로 바이털 데이터를 클라우드에 올려서 분석을 받는, 어떤 영어로 된 애플리케이션까지 연동시켜놨더군. 확인해보니 실제로 자고 있었어."

"그렇군요."

그럼 서준이 범인일 가능성은 매우 낮다. 서준이 잠에서 깬 시각은 22시다. 사망 추정 시각이 20시 30분이면 서준에게도 알리바이가 있다.

"추리소설에 보면 '혼자 자고 있었습니다' 하는 주장은 알리바이로 인정이 안 되던데, 스마트 워치와 바이털 앱 덕분에 알리바이로 인정되는군요."

"흥, 그런 셈이지. 다만 수면 측정 애플리케이션이 100퍼센트 정확한 건 아니라더군. 그래서 좀 더 살펴볼 예정이야."

"그렇군요. 그럼 서준은 알리바이가 있는 거고. 주원익은요?"

"어. 그 몸 안 좋은 친구도 알리바이는 있던데. 뭔가를 조립하는 인터넷 방송을 진행 중이었다지?"

"네. 저는 어젯밤 잠이 안 와서 다시 보기로 그걸 봤는데, 그 작은 손 모양을 보면 주원익이 확실합니다. 절대 대역은 아닙니다."

"애초에 그런 방향으로는 의심도 안 했다. 굳이 의심하자면…."

대답하던 형사는 퍼뜩, '왜 내가 이놈한테 이런 걸 말해줘야 하나?'라는 표정으로 날 노려봤다.

"네가 안 물어본 걸 말해주자면, 가장 알리바이 증명이 애매한 녀석은 바로 너다."

청천벽력이 따로 없다. 아까 방에 들어올 때는 나를 의심하는 게 아니라더니, 이제 와서 이런 식으로 말하는구나! 나에 대한 의심을 풀고 싶다는 충동이 마구 솟아난다. 형사는 내 생각을 꿰뚫어본 것처럼 씩 웃었다.

"막 협조하고 싶어진 모양이군. 사건과 관련해서 뭐 떠오르는 것 있나? 사소한 거라도."

"으음."

뭔가 떠오를 듯 말 듯하는데. 내가 뭘 잊고 있었지? 형사에게 뭔가를 말해야 한다고 생각했던 것까지는 기억이 나는데, 하필 지금은 그게 뭐였는지 안 떠오른다. 내가 머리를 쥐어뜯으며 끙끙대자, 형사는 수첩을 탁 소리 나게 덮었다.

"너희들, 내일 아침에 떠난다고 했던가?"

"어? 어떻게 아셨어요?"

"다른 학생들도 다 그렇게 말하던데?"

보아하니 나를 마지막으로 조사하러 온 모양이다. 역시 내가 가장 의심되는 놈이라서 일부러 마지막에 온 걸까?

"저어, 그럼 이 가능성도 없을까요?"

"이제야 떠올랐나? 사소한 거라도 좋으니 말해봐."

"아뇨, 이건 지금 막 생각한 건데, 일종의 공범설인데요."

원장과 하태오는 알리바이가 확실하다. 서로가 알리바이를 증명해주니까. '하지만 그 둘이 사실은 공범 관계였다면?'

이 가설이 틀림없다면 그들은 덩치 큰 김철우를 제압해 죽일 수 있다. 하태오가 김철우의 시선을 끄는 동안, 뒤에서 원장이 기습하는 식으로. 내가 몸짓을 섞어가며 공범 가설을 설명하자, 형사는 어이없다는 표정을 지었다.

"굳이 둘이 힘을 합쳐 죽일 거면 수면 유도제 넣은 술을 먹일 이유가 있나? 수면 유도제를 넣은 이유가 애초에 피해자를 무력화하기 위함이었을 텐데? 둘이 힘을 합치면 쉽게 피해자를 무력화할 수 있었다는 게 네 가설의 핵심 아냐?"

"아, 그러네요. 어어, 하지만 더 안전한 방식으로 죽이기 위해 재웠을지도?"

"그렇다 치고, 동기는?"

"음….."

그렇다. 동기가 없다. 우리 중에 가장 성격 좋은 형님인 하태오야 말할 것도 없고, 이곳 원장은 학원을 운영하는 사람이다. 김철우가 마음에 안 들면 내쫓으면 될 일이지, 굳이 공범까지 만들어가며 죽일 이유가 없다.

"혹시나 해서 여쭙는 겁니다만…."

"원장의 알리바이는 확실해. 원장과 하태오, 두 사람에게 따로, 또 대질해서도 확인했다."

"어제 보니까 하태오 형님 눈에 눈물 자국이 좀 있던데…."

"별걸 다 궁금해하네."

형사는 귀찮아하면서도 설명해줬다. 하태오는 사업을 완만히 정리하고 돈이 많다고 했지만, 사실은 이런저런 계약상의 이유로 손해를 보고, 사업체를 후배에게 통째로 넘기게 된 것이라 한다. 그런 탓에 정작 손에 쥔 돈은 그리 많지 않았다. 우리에게는 사업을 정리해 돈을 많이 줄 수 있었던 척했지만,

그거야 한참 어린 친구들에게 속사정을 드러내기가 부끄러웠던 탓에 둘러
댄 거짓말이었다.

'우린 그것도 모르고 부럽다면서 시시덕거렸구나.'

하태오는 속이 탔다고 한다. 하루하루 지날수록 공부도 잘 안 되고, 더는
젊지도 않은 자신 때문에 속이 탄 것이다. 그런 맘고생이 쌓이고 쌓였던 어
제, 유난히 마음이 힘들어서 원장실에 가서 인생 상담을 받은 모양이다. 원
장은 또 그걸 일일이 받아줬고. 원장 자신은 술을 안 마시고, 하태오에게만
소주와 오징어를 권하며 시간을 보냈다고 한다.

"거의 네 시간 내내 함께 있었다더군. 게다가 원장실은 누구나 찾아올 수
있는 곳이라며? 만약 원장과 하태오가 범인이라면, 누구나 찾아올 수 있는
원장실에서 함께 있었다고 증언했을까? 아니겠지? 즉 이래저래 둘은 범인
일 가능성이 가장 낮은 사람들이야."

"아, 그러네요. 당연한 소린데 이렇게 듣고 나서야 깨닫게 되다니."

"흥, 그런 당연한 사실을 뒤늦게 깨달으니까 네가 재수나 하는 건지도 모
르지."

형사 놈이 막말을 했다. 머리 위로 열이 치밀어 올랐다. 에어컨 리모컨을
움켜쥔 채 버튼을 콱콱 눌러서 희망 온도를 18도에 맞췄다.

"그나저나 냉기가 뭐 이렇게 텁텁하게 고였냐? 에어컨만 틀지 말고 환기
도 좀 해."

형사는 멋대로 창문을 열어 환기를 시켰다. 그걸 본 순간 퍼뜩 기억이 되
살아났다.

"앗! 떠올랐다!"

"깜짝이야. 뭔데?"

"소리요. 소리!"

어젯밤 21시 10분쯤에 들었던 끼긱 소리에 대해 말해줬다.

"네 창틀에서 난 소리 아냐?"

"아닙니다. 분명 위에서, 옥상에서 난 소리였어요."

"…같이 올라가지."

8

학원 옥상 입구에는 노란색 폴리스 라인이 쳐져 있었다. 함부로 가면 안 되지만, 형사의 동행으로 그 너머로 같이 갈 수 있었다.

"어디쯤이야?"

"그게⋯."

내 개인실에서 들은 거라, 대략적으로만 유추할 수 있었다.

"일단 205호실 창문이 요 아래거든요. 그러니까 이 난간에서 난 소리 같은데요."

난간 건너편에는 1층짜리 식당의 옥상이 보였다. 학원 건물은 2층이므로, 그 차이가 겨우 1층 높이지만, 학원이 오르막길에 있고 식당이 아래에 있다 보니, 실제 거리는 얼마 되지 않아도 가파르게 느껴진다.

"음? 난간이랑 펜스가 왜 이리 허술해?"

형사가 장갑 낀 손으로 펜스를 움켜쥔 채 투덜거렸다. 그는 살짝 흔들었는데, 덜컹거리는 소리가 유난히 컸다.

"어? 이상하다. 난간이 어제 아침에 비해 너무 심하게 흔들리는데요?"

"확실해?"

"네. 어제 아침 옥상에서 애들하고 축구할 때는 이 정도로 흔들리진 않았습니다. 근데 지금은 눈에 보일 정도로 난간이 덜걱거리는데요?"

형사는 뭔가를 느꼈는지, 갑자기 바닥에 납작 엎드려서 난간의 고정부를 살폈다. 이 난간과 펜스는 원장이 직접 설치한 것이다. 앵커 타입의 조립형 난간대로, '앙카식' 난간대라고 부르기도 한다. 난간대의 기둥 부분을 박고, 앵커 볼트로 옥상 하단부에 고정한다. 그리고 난간대와 난간대 사이에 펜스를 설치하고 연결 부속품으로 고정하면 펜스형 난간이 설치된다. 난간대 자체의 무게는 2킬로그램 정도이고 펜스의 무게는 펜스의 너비에 따라 상이하지만, 그물망 형태이므로 크게 무서울 것 같지는 않았다.

"…볼트가 하나 풀려 있군."

앵커 볼트가 딱 하나 풀려 있었다.

"이상하네요."

"무슨 충격을 받아서 뽑힌 걸까?"

형사가 중얼거렸고, 나는 한 기억을 떠올렸다.

"앗! 그러고 보니 제가 축구에서 졌을 때 화가 나서 걷어차긴 했는데."

"아냐. 그런 식으로 측면에서 가한 충격으로 손상이 갈 정도면, 시멘트가 깨지거나 볼트가 여러 개 떨어져나갔을 거야. 하지만 볼트가 딱 하나만 풀린 걸 보면 충격 때문은 아닐 거야."

"그럼요?"

"공구로 푼 거야. 누가 일부러 풀었던 거겠지."

가만히 난간을 노려보던 형사는 난간 너머의 식당 건물을 가리켰다.

"저 단층 건물, 평소에도 열려 있나?"

"식당 건물요? 사모님이 관리하시는데요. 오늘은 잠가둔다고 하셨어요."

"못 들어가나?"

"뒷문 열고 들어가는 꼼수가 있긴 한데."

"가자. 저 건물 옥상에 가봐야겠다."

나는 탐정의 조수가 된 기분으로 형사를 식당 옥상으로 안내했다. 어느새 한 팀이 된 기분마저 들었다. 하지만 이는 나만의 착각이었는지, 형사는 내게 옥상 올라오는 입구 쪽에서 꼼짝 말고 서 있으라고 했다. 모처럼 쉽게 안내해줬건만 대우가 영 좋지 않다.

형사는 식당 옥상의 바닥을 살피며 조심스럽게 이동하더니, 학원 옥상의 흔들리던 난간이 가깝게 보이는 곳에 자리 잡았다.

"찾았다…!"

바닥에서 무슨 흔적을 찾은 모양이다.

"거기 뭐 있어요?"

나는 별 기대 없이 물었다. 역시나 형사는 나를 무시하고 어디론가 전화를 걸었다. 증거 채증을 위한 도움을 요청하는 전화였다.

"예. 찾았습니다. 현장 바로 옆 단층 건물 옥상. …네. 핏자국과 머리카락이요."

그 말을 들은 나는 전율했다. 그렇다면 김철우는 이곳 식당 옥상 바닥에 머리를 부딪혔다는 뜻인가? 그 말대로라면, 왜 시체는 여기가 아니라 학원 옥상에서 발견되었단 말인가?

[독자에의 도전]

이 사건의 피해자 김철우는 틀림없이 누군가에게 살해당했다. 자살이나 사고사, 또는 기타 초자연적 현상에 의한 죽음이 아니었다.

범인은 단 한 명이며, 용의자는 원장, 서준, 주원익, 하태오, 그리고 화자인 오영규 중 한 명이다.

범인은 누구이고, 어떻게 살해했을까?

[진실]

1년이 지났다. 재수는 실패했고, 의욕을 잃은 나는 아예 대학이고 재수고 다 때려치웠다. 그리고 그날 있었던 일을 연습장에 끄적거린 뒤, 추리소설 형태로 다시 정리했다. 이것이 바로 그 소설이다.

그날 내가 형사를 식당 옥상에 안내한 직후, 형사는 순식간에 진상을 파악하고 범인을 특정했다. 그리고 아직 개인실에 머물러 있던 범인의 방으로 뛰어들었고, 탈진한 채 의식이 흐린 상태인 범인을 발견하고 119에 신고했다.

그는 순순히 범행을 인정했는데, 범인은 바로 주원익이었다.

주원익이 어떻게 범행을 저질렀는지를 시간 순으로 설명하자면 다음과 같다.

평소에 김철우는 주원익을 괴롭혔고, 그 때문에 원한을 품은 주원익은 김철우를 죽이기로 결심했다. 힘으로는 김철우를 죽일 수 없으므로, 교묘한 방식으로 살해하기로 한다. 그래서 서준의 수면 유도제와 식당의 술을, 각각

서준의 개인실과 식당에서 미리 훔쳤다.

지금 돌이켜보면, 술과 수면 유도제를 훔치는 것은 간단한 일이다. 낮에는 식당이 개방되어 있어 술 한 병 훔치는 건 식은 죽 먹기였다. 학원 건물에는 CCTV가 없었고, 평소에는 다들 개인실 문을 잠그지 않으므로 수면 유도제를 훔치는 것 또한 간단한 일이다.

주원익은 훔친 수면 유도제를 술에 미리 섞어둔 뒤, 김철우에게 옥상에서 만나자는 약속을 했다. 중요한 할 말이 있다면서 술을 미끼로 유인하자 김철우는 당연히 그 제안을 받아들였다.

여기서 주원익은 옥상에 올라가기 전, 알리바이를 위해 한 가지 트릭을 쓴다. 평소에 그는 프라모델이나 각종 공예품을 제작하는 모습을 카메라에 담아 인터넷 라이브 스트리밍을 해왔다. 범행 당일 밤에도 라이브 스트리밍이 있었음을 확인했기에, 경찰은 알리바이가 있다고 판단했다.

그 부분이 바로 트릭이었다. 실제로는 라이브 스트리밍을 하지 않았으면서 한 것처럼 속인 것이다. 알고 보면 너무나 간단한 방법이다. 사전 녹화 영상을 미리 준비한 뒤, 라이브 스트리밍 때 그 녹화 영상을 재생한 것이다. 비유하자면 방송국에서 생방송인 척하면서 녹화본을 방영하는 것에 가깝다. 이런 기능은 유튜브 라이브 스트리밍을 포함한 여러 스트리밍 플랫폼에서 지원한다.

아무리 그래도 실시간 방송과 녹화 방송은 다르고, 보다 보면 시청자가 눈치챌 수 있지 않나, 라고 생각할 수도 있다. 하지만 주원익의 채널이 지닌 특수성 덕분에 이 트릭을 쓸 수 있었다. 평소에도 주원익은 라이브 방송 중 시청자의 후원 창을 잠가두고, 완전히 침묵한 상태에서 제작하는 손 모양만 보여주는 것을 주요 콘셉트로 삼았기 때문이다. 오로지 제작 장면만 보여주는 콘셉트 덕분에, 시청자가 도중에 채팅으로 말을 걸 때 반응하지 않더라도 이상하지 않았다.

그렇게 알리바이 조작을 위한 영상을 미리 세팅한 주원익은 드라이버를 주머니에 숨긴 채 옥상에 올라갔다.

주원익은 기다리고 있던 김철우에게 바로 술을 건네고, 김철우는 평소처럼 단숨에 술을 마시고 곧 잠이 든다.

주원익은 챙겨온 드라이버를 들고 식당 건물 방향의 난간 볼트를 푼다. 난간은 전문 업자가 시공한 것이 아니라 원장이 주먹구구식으로 설치한 조립형 앵커식 난간이었기에 허술했다. 평소에도 공구를 다루거나 무언가를 조립하는 능력이 뛰어났던 주원익은 쉽게 난간 펜스를 해체했다.

그리고 그 난간 펜스를 통째로 들어서 맞은편 식당 건물의 옥상에 걸쳐놓는다. 위에서 내려다보면, 그것은 일종의 미끄럼틀처럼 보일 것이다.

그다음 주원익은 김철우의 벨트에 공예용 노끈 따위를 이용해서 걸어둔 뒤, 그의 몸을 펜스 위에 누운 자세로, 머리가 식당 옥상에 충돌할 수 있도록 얹어둔다.

그리고 주원익은 힘껏, 학원 건물 옥상 쪽에 걸쳐진 펜스를 들어 올린다. 이미 미끄럼틀처럼 기울기가 있던 펜스의 한쪽 끝이 위로 올라가는 순간, 매끄러운 펜스 미끄럼틀 위에 얹혀 있던 김철우의 몸은 빠른 속도로 식당 옥상에 머리부터 충돌한다.

2층 학원 건물 옥상과 1층 식당 건물 옥상 사이의 거리는 얼마 안 되지만, 가파른 경사 때문에 그 충격은 제법 위협적이었다. 그래서 머리만 옥상에 충돌하는 게 아니라 목뼈마저 부러져 사망에 이르게 된 것이다.

이때의 시각이 20시 30분.

이것이 김철우의 시체에서 발견된 머리의 좌열창과 목뼈의 부러짐 현상의 진상이다. 그 증거는 식당 옥상에, 김철우의 머리카락과 미세한 핏자국 형태로 남았다.

살인에 성공한 주원익은 김철우의 시체를 회수하기 위해, 벨트에 미리 묶어둔 노끈을 당긴다. 굳이 벨트를 사용한 이유는, 손목이나 발목에 노끈을 묶어두면 경찰 눈에 너무 띌 것 같아서였다.

하지만 나중에 밝혀졌듯, 노끈을 벨트에 묶은 것도 경찰의 눈을 속일 수는 없었다. 경찰은 허리에 난 깊은 벨트 자국을 발견했으므로. 특히 다시 시체를 끌어당길 때 옷이 약간 밀려나면서 맨살이 드러났고, 그래서 상체가 펜스에 쓸린 자국마저 남았다. 옷을 입은 상태에서 펜스 미끄럼틀로 내려 보내 죽이는 것과, 시체를 다시 당기는 것은 단순히 정반대의 과정이지만, 막상 해보면 시체에 남는 흔적이 크게 다르다는 것을 주원익은 미처 몰랐던 것이다.

그렇게 힘겹게 김철우의 시체를 옥상 위로 회수한 주원익은 우선 김철우가 확실히 죽었는지를 확인했을 것이다. 만약 김철우가 살아 있는 것으로 확인되었다면, 위의 살인 시도를 두 번이건 세 번이건 더 반복하지 않았을까 예상한다.

한 번의 시도로 살인에 성공하고 시체를 끌어올린 주원익은 노끈을 풀어 회수하고, 시체를 학원 옥상 바닥에 내려놓았다. 그런 뒤 서둘러서 펜스를 재설치했다. 문제는, 재설치가 생각처럼 쉽지 않았다는 점이다. 옥상의 조명은 흐릿했고, 주원익은 방금 사람을 죽이고 그 시체를 다시 끌어당기느라 양팔에 경련이 일어날 만큼 힘든 상태였을 것이다. 그래서 난간을 해체할 때보다 재설치하는 데 훨씬 오랜 시간이 들었다. 그런데 마무리 직전, 하필 아래에서 창문 열리는 소리가 났다.

그 창문 여는 소리는 나, 오영규가 낸 소리다. 21시 10분경 창문을 열고 휴식을 취하던 그 시각의 소리인 것이다. 바꿔 말하자면, 그때 내가 창가에서 들었던, '위에서 난 끼긱 소리'의 정체는 주원익이 펜스 재조립을 마무리하던 소리였다.

나중에 안 사실이지만, 내가 조금 의아해하고 말았던 것과 달리, 옥상에 있던 주원익은 거의 기절할 정도로 놀랐다고 한다. 그래서 난간의 마지막 볼트 하나를 완전히 조이지도 못하고, 어중간하게 조인 채 황급히 옥상에서 내려와 자신의 개인실로 도망쳐야 했다.

개인실로 돌아온 주원익은 두려움을 억누른 채 시계를 보다가, 타이밍에 맞춰 알리바이 트릭용 영상을 끄고, 범행에 사용한 도구를 방 안에 나누어 숨긴다. 그 범행 도구들은 전부 공예 영상 제작 관련 물품이므로 나누어 숨기면 의심을 얼마간 피할 수 있었다.

이것이 살인사건의 전말이다.

그렇다면 남는 의문이 한 가지 있다. 도대체 주원익은 왜 김철우를 죽이려 했나? 그것도 그렇게 기이한 방식으로. 용의자로 지목될 수밖에 없다는 걸 알면서도 왜 그랬을까?

얼마 전 교도소에 편지로 물어봤고, 주원익은 대답해줬다.

사실 김철우의 괴롭힘은 겉으로 보이는 것 이상으로 집요했다고 한다. 왜인지는 모르지만, 예전에 김철우가 술 먹다 원장에게 걸린 이유가, 주원익이 일러바쳤기 때문이라고 믿는 모양이었다고 한다. 그 후 김철우의 괴롭힘은 주원익을 툭툭 치는 수준을 넘었다. 주원익이 만든 공예품이나 프라모델을 일부러 망가뜨리거나 숨겨놓고는 시치미를 떼는 등, 유치한 방식이었지만 당하는 처지에서는 정말 괴로웠다고 한다.

참다못한 주원익은 원장에게 호소했다. 하지만 원장은 오히려 주원익을 이해 못하겠다는 식으로 나왔다.

'전우끼리 왜 이해를 못하는가. 그리고 나는 처음부터 그런 장난감들을 반입하는 거에 반대했었다. 자기 물건 관리 못하는 걸 가지고 어떻게 해달라는 건가. 정 못 견디겠으면 퇴소해라. 환불해줄 테니까.'

원장은 이런 태도로 일관했다. 나중에 아버지를 통해 알게 된 사실인데, 원장은 자신과 김철우를 약간 동일시하고 있었다고 한다. 자신도 어릴 때부터 술 담배를 배웠고, 군대 갔다 와서 정신 차리고 재수를 준비해서 대학에 가고, 나중에는 학원 강사가 되었다고 한다. 그리고 자신의 교육 철학을 담은 학원을 세웠던 것이다.

그 학원에 어릴 적 방황하던 자신을 닮은 김철우가 나타났으니, 팔이 안으로 굽듯이 자기도 모르게 김철우 편을 들게 된 것이다.

물론 주원익은 이런 사실을 몰랐고, 알았어도 납득할 수 없었으리라. 그래서 주원익은 내심 자포자기의 심정으로, 다 같이 망하자는 심정으로 살인을 저질렀다. 용의자가 한정되어 있어 결국 들킬 수밖에 없는 살인을 저지를 정도로, 주원익은 정신적으로 궁지에 몰린 상태였다.

아마 세상 사람들은 이렇게 말하겠지. '그렇게 힘들면 학원을 그만두면 되잖아? 딴 학원으로 옮기던가. 아무리 그래도 그렇지, 살인까지 저지를 건 아니잖아?'라고. 하지만 재수를 겪어본 나는 차마 그렇게 말할 수가 없다. 경험해본 사람은 아는 사실이지만, 재수 생활은 단순히 수능을 다시 준비하는 것 이상의 체험이다. 남들이 다 앞서나갈 때, 피 말리는 시간을 1년간 반복하는 생활이다. 주원익이 공예 제작과 유튜브 활동에 목을 맨 것도, 단순히 취미와 학업의 균형을 맞추기 위한 행위로 말할 수 있는 문제가 아닌지도 모른다. 그거라도 하지 않으면 견딜 수 없을 정도로 정신적으로 괴로운 상태였기에 그렇게 한 것이다.

주원익의 입장에서는 그 괴로운 학원을 떠나거나 옮기는 것보다, 괴로움의 원천을 죽이고 다 들통나버리는 게 오히려 합리적이고 유일한 길로 느껴졌을 것이다.

결국 주원익은 김철우를 죽였을 뿐만 아니라, 괴로움의 장소인 학원 자체를 죽여버린 셈이다.

학원 자체를 죽여버렸다…. 정말 지독하게도 맞는 말이다. 학원의 구성원이었던 우리 모두에게 특히 그렇다.

그날 이후, 서준은 모든 걸 내려놓고 태국으로 이민 가서 연락이 끊겼다. 하태오는 자신이 넘긴 업체에 말단 직원으로 들어갔다고 한다. 원장은 어떻게 되었는지 알 수 없지만, 교육자로서의 삶이 순탄치는 않을 것이다. 나는 뭐… 집에서 놀면서 소설을 쓰고 있다. 곧 군대에 끌려가겠지.

이야기는 이게 끝이다. 이 사건에서 내가 얻은 교훈을 적으며 마무리할까 한다.

사람이 살면서 겪은 모든 시련과 경험은, 당장은 값어치가 없는 것처럼 느껴져도 훗날 자산이 된다는 말이 있다. 그런 말이 늘 옳은 것만은 아니라는 것이 이 이야기에 담긴 유일하게 값어치 있는 교훈이라고 생각한다. 나는 그러한 교훈을, 시골 재수 학원에서 발생한 기이한 살인사건을 겪으며 남들보다 일찍 깨달았다.

김범석

《계간 미스터리》 2012년 여름호에 실린 〈찰리 채플린 죽이기〉로 신인상을 수상했다. 단편 추리소설 위주로 창작해왔으며, 발표한 작품으로는 〈역할분담살인의 진실〉, 〈일각관의 악몽〉, 〈오스트랄로의 가을〉, 〈휴릴라 사태〉, 〈고한읍에서의 일박이일〉, 〈범인은 한 명이다〉 등이 있다. 최근에는 웹소설 집필을 병행하고 있다.

아버지는 죽는다

김창현

1

무릎이 뻐근했다. 연식이 오래된 다리가 더는 버틸 재간이 없는 모양이다.

아들을 앞세운 아버지이니 이만한 고통쯤 달게 받아야 한다는 생각에 두 다리를 다그쳐보지만 결국 휘청이고 만다.

"아버님, 괜찮으세요?"

며느리가 비틀거리는 날 부축한다.

"인사 그만하시고 좀 쉬세요…."

몸을 추스르고 주변을 살폈다. 육개장을 먹고 있던 몇 안 되는 이들이 힐

끔거리며 내 눈치를 보고 있었다. 북적거려야 할 장례식장은 썰렁했다. 그나마 찾아온 이들은 아들의 경찰대학교 동기 몇 놈뿐이었다. 아들이 경찰로서 명예로운 죽음을 맞이했다면 어땠을까? 제복을 입은 경찰들로 가득했을까? 의미 없는 상상에 헛웃음이 나왔다.

어쨌든, 녀석은 부패한 경찰이었다. 건달들 뒤를 봐주고 돈을 챙겼다. 성매매부터 마약 판매까지 다양한 사업을 벌이는 건달들에게 경찰 내부 정보를 흘렸다. 내게 사망 경위를 설명한 경찰에 따르면 녀석은 한동안 승승장구했다고 한다.

정보를 넘겨 조직으로부터 금전적 이득을 취함과 동시에 놈들로부터 주기적으로 똘마니 몇 놈을 넘겨받아 검거율을 올렸다고 한다. 훌륭한 비즈니스 모델이었다. 하지만 대부분 동업 관계가 그렇듯이 아들 역시 그 끝이 좋지 못했다.

"조사에 따르면 김 경감은 아, 아니 아드님께서는… 성매매 사업을 직접 하려 했던 모양입니다. 그런데 아시다시피 견제가 워낙 심한 일이다 보니 스트레스를 받아서…."

"…스스로 목숨을 끊었다?"

아들의 죽음을 설명하던 경찰에게 대꾸해보지만 아무런 대답도 돌아오지 않는다.

"증거는 있나?"

"네?"

"내 아들이 포주 짓을 하려다 자살했다는 증거가 있나 말이야?"

나도 모르게 언성이 높아졌다.

"그게 아니라면 함부로 허튼소리 말게!"

"선, 선배님…!"

일면식도 없는 남자가 날 선배라 불렀다. 내가 은퇴한 형사라는 사실을 알고 있다.

"저희가 현장에서 일하셨던 선배님을 속이겠습니까?"

"그렇다면 확실히 말해주게. 증거가 뭔가?"

"거래하던 조직에서 아드님과 친하게 지냈던 조직원이 증언했습니다. 그놈 말로는 성매매 사업에 자신을 스카우트하려고 했답니다. 아드님께서 무척 신뢰했던 인물인 듯합니다. 그 자식 말로는 사업을 준비하면서 아드님이 스트레스를 많이 받았다고 합니다."

"증언자가 간부급인가?"

"그게…."

남자의 표정이 구겨진다.

"말단입니다."

"그런 시답지 않은 놈 증언이 의미가 있다고 생각하나?"

나의 물음에 남자는 납득하기 어려운 변명을 늘어놓았다. 아들과 거래했던 조직원의 증언일지라도 조직 내 위치에 따라 그 무게가 달라진다. 간부급 조직원의 증언이라면 모를까, 말단 조직원의 증언이라면 사건을 수습하려는 연막일 수도 있었다.

"증언한 건달 놈 소속 조직과 이름을 내놓게."

상황을 수습하려던 남자의 얼굴에서 미소가 스쳐 지나간다. 내게 정보를 넘기고 이 정도 선에서 마무리를 지어 다행이다 싶은 모양이었다.

안주머니에서 경찰에게 건네받은 쪽지를 꺼냈다. 거기에는 '사성파 정무진'이라고 적혀 있었다.

"아버님…."

며느리 목소리에 나도 모르게 쪽지를 움켜쥔다.

"그만 쉬세요…."

고갤 돌리자 지친 며느리의 얼굴이 보인다. 며칠 새 몸이 야위어 딱해 보였다.

"너야말로 쉬어라. 지쳐 보인다."

"아버님…."

며느리가 울먹인다.

"그이가… 정, 정말로 그런 범죄를 저질렀을까요?"

"네 남편이 그런 사람이냐?"

"아, 아뇨. 하지만 경찰이…."

"경찰이 어쨌다는 거냐?"

나도 모르게 언성이 높아졌다.

"그놈들 말을 곧이곧대로 믿기라도 한다는 말이냐?"

"아버님…."

곁눈질하는 며느리의 시선을 따라 나 역시 주변을 살폈다. 모두 내 눈치를 보고 있었다. 내 말에 아무런 대답을 하지 않는 그들에게 화가 났다.

"이봐! 방금 내 말 못 들었어? 너희들은 경찰이 하는 말을 믿는 거야?"

삿대질하며 소리쳤지만 저마다 곤란한 표정을 짓고 있을 뿐이다.

"어째서…! 어째서 말이 없는 거야!"

소리치고 보니 머리가 지끈거린다. 주변이 흐릿해지고 시야가 아늑해졌다. 목덜미가 시큰했다. 자리에 앉아 있던 이들이 모두 나를 향해 달려들었다. 축 늘어진 팔을 들어 올려 손에 있는 쪽지를 살펴봤다. 종이에 적힌 글을 입에 담아본다.

"사성파 정무진."

2

눈을 떴을 땐 휴게실이었다. 자리에서 일어나 몸을 추스르는데 며느리가 하얀 가운을 입은 남자와 함께 들어왔다.

"아버님!"

며느리가 놀란 표정으로 내게 소리쳤다.

"일어나시면 큰일 나세요! 어서 자리에….‶

"됐다."

풀어헤쳐진 넥타이를 단정히 조이며 말했다.

"이런 일로 의사까지 부른 거냐?"

"네….‶

"죄송합니다."

며느리의 대답은 무시하고 엉거주춤하게 서 있는 남자를 향해 고개를 숙였다.

"괜한 걸음 하게 만들었네요. 저는 괜찮으니 돌아가셔도 됩니다."

"그러신가요."

남자는 곤란한 듯 뒤통수를 긁적인다.

"그래도 간단한 진찰이라도 받아보지 않겠습니까? 안색이 창백하십니다."

"배려는 감사하나 괜찮습니다."

다시 한번 고개를 숙이며 거절하자 남자는 물러났다. 휴게실을 빠져나가는 그의 뒷모습을 확인하고 나서 며느리에게 말했다.

"너는 네 남편을 어떻게 생각하는지는 모르겠으나 나는 확실히 말해야겠다. 내 아들은 아니다."

"네?"

"내 아들은 그런 경찰이 아니란 말이다."

"아버님, 저 역시도 그이가 그럴 사람이…."

"빈말은 됐다. 난 이만 가보마."

"저도 본 게 있어서 그래요!"

밖으로 나서려는 발걸음을 멈춰 세웠다. 며느리를 바라보니 내 눈을 피하며 입을 움직인다.

"근래 들어 이상했어요. 부쩍 말도 없어지고 씀씀이도 헤퍼졌어요. 이상하다 싶어 그이 몰래 옷을 뒤져본 적이 있는데 휴대폰이 두 개였어요. 그중 처음 보는 휴대폰을 뒤져봤는데…."

"뭐가 있더냐?"

"…여자를 팔고 있었어요."

"포주 짓을 하던 휴대폰이란 말이냐? 경찰은 그런 말이 없던데?"

"네, 저한테도 묻지 않았어요. 발견했다면 무슨 말이라도 했을 텐데…."

"경찰도 모른다?"

불가능한 일은 아니다. 경찰이 확실한 물증을 잡았다면 내게 어설프게 똘마니의 증언 운운하며 저자세로 나오지는 않았을 것이다.

"휴대폰 어디 있는지 아느냐?"

"아뇨. 찾아봤지만 어디에도 없었어요."

녀석이다. 아들을 살해한 녀석이 그 휴대폰을 가져갔다.

"알겠다."

나는 그대로 휴게실을 빠져나왔다.

3

며칠째 이어진 장마에 집에서 꼼짝하지 않았다. 창밖을 바라보며 전화벨이 울리기만을 기다릴 뿐이었다. 지루한 기다림에 지쳐 냉장고에서 맥주병을 꺼내자 벨이 울렸다.

"알아봤나?"

"물론."

서성진의 낮고 갈라진 목소리가 수화기 건너에서 들려온다.

"현역에서 은퇴한 지 오래라 애 좀 먹었지만."

"은퇴보단 퇴출에 가깝지 않나?"

"어이! 그런 식으로 말할 거야?"

서성진은 어이없다는 듯 헛웃음을 내뱉는다.

"은퇴는 경찰에게나 명예롭겠지. 우리 세계에서는 초라해질 뿐이야. 그러니 콤플렉스 좀 그만 긁어대라고."

"알았어. 정보나 넘겨."

"급하긴. 어디 보자. 그래. 사성파 정무진. 이 자식 조직 내에서도 천덕꾸러기라더군."

"어떤 녀석인데?"

"엘리트 복싱 선수 출신이라 주먹질은 좀 하는데 조직에 입단하고 1년쯤 지나 약쟁이가 돼버렸다더군. 최근에는 조직에서 판매하는 약을 빼돌려 제 팔뚝에 꽂다가 걸렸고."

"설마 그 일로…?"

"아마도 그에 대한 벌로 네 아들…."

서성진은 당황한 듯 얼버무린다.

"경찰에게 조직이 이 사건과 관련 없다고 증언하는 잘린 꼬리 역할을 하는 것으로 조직에 빚을 갚은 게 아닌가 싶어. 물론 내 생각일 뿐이야."

"지금 어디 있지?"

"워낙 사고 치는 녀석이라 조직에서도 따로 일을 맡기지는 않나 봐. 대신 녀석이 자주 출몰하는 곳을 알아봤지."

"어디지?"

"성격은 여전히 급하군."

서성진이 말끝을 흐린다.

"아들 일은 안됐지만, 무료 서비스는 여기까지야."

"얼마면 되겠나?"

맥주병을 쥔 손에 힘이 들어간다.

"현역 때만큼은 챙겨줘."

"알겠네."

전화를 끊고 녀석의 계좌로 돈을 보냈다. 그러자 곧 문자 한 통이 들어온다. 강남에 있는 클럽 상호와 함께 젊은 남자의 사진이 보였다. 작은 두상에 날카로운 눈매가 인상적인 얼굴이었다. 맥주병을 집어 던졌다.

4

빗소리에 취해 나도 모르게 잠들었나 보다. 눈을 비비며 시간을 확인했다. 10시였다. 평소라면 이미 잠이 든 시간이었겠지만 자동차 운전석에 앉아 놈이 나타나기를 기다려야만 하는 오늘은 사정이 달랐다. 폭우에도 클럽 입구에서부터 길게 늘어져 있는 줄을 바라봤다.

보조석에 있는 모자를 쓰고 문밖으로 나섰다. 입구부터 길게 늘어진 줄을 따라 천천히 걸으며 하나씩 얼굴을 살폈다. 우산에 가려진 얼굴이 잘 보이지 않을 땐 대뜸 그들 사이로 파고들었다. 그럴 때마다 발끈하는 젊은 녀석들이 더러 있었지만 내 얼굴을 보면 민망한 듯 헛기침을 했다. 모자를 눌러쓴 채 비를 맞고 클럽 앞을 서성이는 노인을 동정하는 눈빛도 있었다. 물론 이를 거슬려 하는 놈들도 있었다.

"어이, 영감."

자동차로 돌아가려는 내게 누군가 말을 걸었다. 몸을 돌리자 나를 내려다보고 있는 거대한 떡대가 보였다. 큰 얼굴에 여드름투성이인 남자는 날 위협이라도 하듯 한 발짝 다가와 바짝 붙는다.

"왜 아까부터 여기서 얼쩡거려? 다 늙어서 발정이라도 났어?"

"밤일은 아직 자네보단 쓸 만하니 걱정하지 말게."

"뭐? 영감, 치매라도 왔어?"

"자네가 사람이 아닌 돼지로 보이는 걸 보니 확실히 치매는 아닌 것 같네만?"

떡대에게 대답하며 녀석의 어깨 너머를 살폈다. 근방에 사람은 없었지만, 클럽 입구 쪽에 나와 떡대를 주시하고 있는 말끔한 양복 차림의 남자가 보였다. 어떤 상황인지 대략 짐작이 갔다.

"영감, 진짜 뒈지고 싶어?"

떡대가 내 가슴을 밀치며 위협한다.

"자식새끼 제사상 받고 싶어 환장한 거야?"

녀석이 연달아 밀치자 주체 없이 뒤로 밀려난다. 버텨보려 했지만 고장 난 다리가 말을 듣지 않는다. 볼품없이 쩔뚝일 뿐이다. 그 꼴이 우스웠는지 떡대가 실실 웃는다.

"뭐야? 영감 다리는 왜 그 모양이래? 자식새끼가 지팡이 하나 안 사줘? 그 아비에 그 자식이라더니 존나 불효자 새끼를 데리고 사시는구먼? 어엉?"

떡대가 기합을 넣으며 힘껏 밀치자 넘어질 듯 뒤로 밀려났다. 다리에 힘이 풀려 자빠지려던 그때 등 뒤로 강한 충격이 전달된다. 뒤를 살피자 내 자동차가 보였다. 그대로 등을 기댄 채 숨을 몰아쉬자 떡대가 비웃기 시작한다.

"영감, 보아하니 오늘내일하는 모양인데. 좋게 말할 때 어서 집으로 꺼져. 물 흐리지 말고."

녀석이 바닥에 침을 뱉고 등을 보였다. 나는 곧장 자동차 문을 열어 운전석 아래에 숨겨둔 삼단봉을 꺼내 펼쳤다.

"이봐 떡대, 내 지팡이 한번 봐주겠나?"

"뭐?"

의아한 표정으로 고갤 돌린 녀석의 얼굴에 곧장 삼단봉을 내리쳤다. 다리에 힘이 없어 빗나가진 않을까 걱정했는데 다행히도 손에서 묵직함이 느껴졌다.

"흐으윽…!"

손으로 얼굴을 감싸며 괴상한 신음을 내뱉는 녀석을 향해 연달아 삼단봉을 휘둘렀다. 떡대는 방어하려 몸부림쳤지만 큰 손을 휘두를수록 빈틈만 보여줄 뿐이었다. 부질없는 저항 끝에 결국 무릎을 꺾은 녀석의 면상을 마지막으로 후려갈기려는데 어디선가 웃음소리가 들려왔다. 고갤 들자 조금 전 떡대의 어깨 너머로 나를 감시하던 양복쟁이가 보였다. 남자는 손뼉을 치며 내게 다가온다.

"하하하! 늙은 양반이 좀 치네! 뭐요? 빠따 휘두른 솜씨가 한두 번이 아닌데?"

"이건 너희들이 휘두르는 빠따가 아니야. 삼단봉이지."

떡대의 가슴을 발로 후려 차 쓰러트린다.

"왜 내가 경찰이라도 될까 겁나나?"

"노친네한테 픽이나."

"본래 죄 많은 것들이 겁은 많은 법이지."

"거! 말꼬리 잡지 말고!"

양복쟁이가 고성을 내지른다.

"확실히 말해. 할아범 짭새야?"

"한때는."

"뭐? 퇴직하신 거요?"

녀석을 향해 고개를 끄덕인다.

"아니, 은퇴한 양반이 연금이나 따박따박 타 잡수시며 편안히 계시지, 남 영업장에서 무슨 행패요?"

"사람을 찾아."

"사람?"

양복쟁이는 미간을 찌푸리며 주변을 살피다 내게 바짝 다가온다.

"뭐야? 찾는 사람이 누구길래 오밤중에 이 난리를 쳐가며 들쑤시는데?"

나는 안주머니에서 휴대폰을 꺼내 사진 하나를 띄웠다.

"사성파 정무진. 알고 있지?"

"하아… 씨발…."

사진 속 얼굴을 확인한 양복쟁이는 욕지거리를 내뱉는다.

"이 새끼 이거 끝까지 골치구먼."

"무슨 뜻이지?"

"말 그대로요. 이 짐승 새끼를 왜 찾는지는 모르겠지만 그만두쇼."

"무슨 일 있었나?"

"우리 클럽 블랙리스트."

"블랙리스트?"

"아… 그게…."

양복쟁이가 눈알을 굴린다.

"…진상? 뭐 그런 거지."

"이곳에 나타나지 않는다는 말인가?"

"맞아. 그러니까 이만 꺼지쇼."

"이봐. 마약상."

돌아서려는 양복쟁이에게 말하자 날 잡아먹을 듯 노려본다. 그러나 나는 아랑곳하지 않았다. 정무진에게 향하는 통로는 오직 여기뿐이다. 반드시 여기서 정무진의 꼬리를 붙잡아야만 했다.

"약쟁이 아니랄까. 거짓말이 아주 자연스럽게 쏟아져 나오는군?"

"이 미친 노인네가 지금 무슨 소리를…."

"이봐. 젊은 양반, 거래를 하지."

거친 태도로 나오려는 양복쟁이 말을 끊는다.

"이 도시에서 누구보다도 사업가적인 태도를 지닌 게 자네들 아닌가?"

"뭐? 하하핫!"

양복쟁이가 웃음을 터트린다.

"제법 그럴싸한 말이지만 정작 중요한 한 가지를 빠트리는군."

"내가 뭘 빠트렸나?"

"고리타분한 짭새 같으니. 이래서야 거래가 되겠어?"

"사설이 길군. 본론만 말하게."

"당신이 내게 줄 수 있는 게 뭐지? 아무리 생각해도 다 늙은 전직 경찰이 해줄 수 있는 게 없어 보여서 말이야."

녀석의 말이 맞았다. 그게 무엇이든 녀석이 원하는 걸 채워줄 수 없다. 하지만 결핍을 줄 수는 있었다.

"자네들이 마약 장사한다는 거, 경찰에 찌르지 않을게."

"뭐? 지금 장난하쇼?"

양복쟁이가 실소를 머금는다.

"뭘 모르는 모양인데 이 근방 경찰들은 죄다 내 돈을 받아. 당신이 신고한들 아무런 타격이 없어."

"자네와 거래 중인 경찰에게 신고할 일은 없어."

"그건 또 무슨 노망난 소리요?"

"수십 년의 경찰 생활 끝에 명예퇴직했어. 이게 뭘 의미하는지 알고 있나? 그건 말이야, 내가 경찰을 한 시간만큼 내게 빚을 진 경찰들이 있다는 거야. 더러는 아직 현역에 있고 꽤 높은 의자까지 올라간 녀석도 많아."

"…."

"정무진 내놓지 않으면 자네 업장은 내일부로 문 닫는 거야."

"허, 헛소리 마…!"

양복쟁이가 당황한 듯 말을 더듬거린다.

"아까 말했잖아! 정무진은 우리 클럽 블랙리스트야! 여기에 없다고!"

"그래, 그건 경찰이 털어보면 알겠지. 하지만 한 번으로 끝날 거란 생각 마. 남은 목숨 동안 자네만 따라다니며 실컷 괴롭혀줄 생각이니까."

"정신 나간 노인네 같으니!"

놈이 내 얼굴에 삿대질하며 소리쳤다.

"젠장…! 이봐, 내 입장도 생각해달라고! 당신도 알겠지만 녀석은 사성파야. 그런 녀석을 당신에게 팔면 난 어떻게 되겠어?"

"내 알 바 아니지만 꽤 곤란하겠군."

"악마 같은 노인네!"

내 멱살을 향해 달려드는 손을 낚아채 슬며시 비틀었다. 비명과 함께 고통스러운 표정을 짓는 양복쟁이 얼굴을 바라보며 천천히 입을 움직인다.

"정무진 어디 있지?"

"알겠어! 알겠다고…! 손 좀 놔!"

"두 번 말하지는 않겠네."

"망할 노친네!"

양복쟁이는 분한 듯 소리치며 팔을 빼내려 발악했다. 거센 힘에 끌려가지 않으려 버티려던 나는 곧 한계를 인정하고 되레 놈이 끌어당기는 방향으로 몇 걸음 앞서 나갔다. 쉽사리 빠져나오지 못하자 양복쟁이는 내 정강이에 발길질하기 시작했다. 그렇지 않아도 좋지 않은 다리가 비틀거렸지만 이를 악물고 버텨냈다. 당하고만 있을 수 없다는 생각에 삼단봉을 양복쟁이의 멋진 넥타이를 향해 내질렀다. 놈의 표정에서 고통이 드러났다. 기세를 꺾으려 손을 힘껏 비틀자 욕설이 쏟아져 나온다.

"개 같은 새끼!"

"어서 말해!"

"VVIP룸! 그 룸에 있어! 어서 이거 놔!"

"저 클럽 안에 있는 건가?"

"아, 아니! 클럽 내부에는 VIP룸이 최고등급이야. VVIP 룸은 외부에 있어!"

"친해질 사이도 아닌데…." 손을 조금 더 비틀어본다. "길게 말할 필요가 있을까?"

"아아! 알, 알겠어! 저기 사거리 신호 건너서 편의점이 있는 오피스텔 건물 310호에 있어! 현관 비, 비밀번호는 4321!"

손을 놓자 양복쟁이는 당장이라도 내게 달려들 자세를 취한다. 그러나 내 손에 들린 삼단봉과 바닥에 쓰러진 떡대를 번갈아 바라보다 혀끝을 찬다.

"망할! 노인 하나 죽이자고 목숨까지 걸 필요는 없겠지."

"역시 훌륭한 사업가답게 계산이 빠르군."

"어찌 됐든 거래 조건은 지켜. 내 영업장에 피해가 오는 일은 절대 없어야 해!"

"아무렴."

"그리고 또…!"

양복쟁이는 구겨진 재킷을 매만진다.

"정무진에게 비밀로 해줘! 놈이 있는 곳을 알려준 게 나라는 걸 몰라야 한다는 말이야! 노친네 무슨 말인지 알겠어? 치매는 없겠지? 확실히 기억하라고!"

"놈과 만나면 나눌 대화는 몇 마디 없을 거야. 그러니 걱정하지 말게."

"젠장! 할 말도 없으면서 사람까지 패가며 왜 찾는 건데? 잠깐… 설마?"

녀석은 내 삼단봉을 바라보며 소리친다.

"당신 진짜 치매라도 걸린 거야? 다 늙은 마당에 젊은 녀석이랑 주먹질까지 하려는 이유가 뭐야?"

"해야 할 일이니까."

"꼰대 같으니. 약속이나 지키라고."

대답 대신 고개를 끄덕이며 몸을 돌렸다.

5

양복쟁이가 말한 건물 앞에서 담배를 태우던 그때 누군가 나왔다. 낯익은 얼굴에 혹시나 하는 마음에 휴대폰을 꺼내 사진을 살폈다. 정무진이었다. 비틀거리며 걷는 한심한 자태를 보자 가슴속에서 분노가 치솟았다. 곧장 삼단봉을 펼쳐 놈을 향해 빠르게 다가갔다. 자신을 향해 다가오는 인기척을 느꼈는지 정무진이 비틀거리는 걸음을 멈추고 몸을 돌렸다. 나는 최대한 속도를 붙여 녀석의 얼굴을 향해 삼단봉을 휘둘렀다. 그대로 놈의 얼굴에 닿나 싶었으나 정무진이 한발 더 빨랐다.

예상치 못한 반사신경에 적잖이 당황했다. 수십 년을 복싱으로 단련했다지만 마약에 찌든 몸이라 생각하고 만만하게 봤던 게 패착이었다. 정무진은 곧장 내게 왼손을 가볍게 던졌다. 나는 앞으로 쏠린 중심을 간신히 뒷발로 옮기면서 삼단봉을 들어 올려 주먹을 막아냈다. 삼단봉이 묵직한 소리를 내뱉었다.

연달아 이어질 공격에 대비해 나는 몇 걸음 뒤로 물러섰다. 그러나 정무진은 코를 쿵쿵거리며 넋이 나간 눈으로 날 바라보고 있을 뿐이었다.

"정무진?" 내가 먼저 입을 뗐다. "약 했나?"

"뭐어야?"

정무진이 어눌한 발음으로 대답했다. 대화가 불가능한 수준은 아닌 듯 보여 곧장 본론을 꺼냈다.

"경찰 자살 사건에 대해 아는 사항을 모두 말해주게."

"뭐야 당신…?"

녀석의 어눌한 말투가 날카롭게 돌변한다.

"그걸 왜 물어?"

"질문은 내가 했네."

"이봐. 할아범. 당신이 한 질문의 무게를 알고나 하는 소리야?"

"그렇게 무겁나?"

"어떨 것 같은데?"

"아들을 앞세운 아버지에겐 버겁지는 않을 것 같은데."

"설마 당신….

정무진이 혀끝을 찬다.

"그 새끼 아비야?"

"다시 묻지. 경찰 자살 사건에 대해 알고 있는 사실이 있나?"

"이봐. 그렇게 무게 잡고 말한다고 내가 다 늙은 할아범에게 겁먹겠어?"

"그렇군."

삼단봉을 치켜들고 정무진을 향해 달려들었다. 머리를 향해 재빨리 휘둘렀지만 놈은 가벼운 몸놀림으로 쉽게 빠져나갔다. 다시 한번 시도했으나 마찬가지였다. 연달아 공격에 실패해 반격에 대비하려 했지만 정무진은 뒤로 물러나기만 했다. 결국 나는 물러서는 녀석을 쫓으며 삼단봉을 연신 휘둘렀다. 그러나 어디에도 맞지 않았다.

실력의 격차에 좌절할 때쯤 눈에서 불꽃이 튀었다. 비틀대며 뒤로 자빠지려던 순간 정무진이 내 멱살을 붙잡았다.

"어이쿠! 할배 조심해야지! 다 늙은 송장 같은 노인네 길바닥에 쓰러져 죽기라도 하면 내 입장이 어찌 되겠습니까? 네?"

거친 말투가 귀를 어지럽히더니 이어 복부에 찌릿한 통증이 느껴졌다. 숨이 가빠졌다. 입술이 저절로 들썩이며 다리에 힘이 풀린다. 본능적으로 삼단봉을 휘둘러보지만 허공을 가르는 소리만 들려올 뿐이다. 정신을 차리려 고갤 흔들자 흐릿했던 시야가 점차 또렷해진다. 날 내려다보며 담배를 태우고 있는 정무진이 보였다.

"할배. 브레이크 댄스가 취미야? 어째 바닥에 누워서 허우적거리는 꼴은 보기 좀 추하네?"

담배 연기를 내뿜으며 이어 말한다.

"할배 그깟 막대기로 날 어떻게 할 수 있을 거로 생각했어?"

분한 마음에 삼단봉을 휘둘러보지만 정무진은 되레 내 가슴팍에 발길질을 날렸다.

"흐윽…!"

통증이 불처럼 빠르게 번지며 온몸을 집어삼켰다. 걷잡을 수 없는 불길은 육신뿐 아니라 정신까지 태워버린다. 결연했던 의지마저 무기력하게 변질

되기 시작했다. 눈앞에 있는 사냥감에 되레 조롱당하고 있는 처지였다.

"할배, 내가 있는 곳까지 찾아온 거 보면 한때 꽤 놀았나 본데 여기까지야. 나 밟고 위로 올라갈 생각은 꿈도 꾸지 마!"

자리에 앉은 정무진이 내 손에 있는 삼단봉을 매만진다. 빼앗기지 않으려 버텨보지만 의미 없는 짓이었다.

"니미! 어차피 뺏길 거 괜히 힘 빼게 하지 말라고!"

자리에서 일어난 정무진은 삼단봉을 살펴봤다. 한참 살펴보던 그는 허공에 휘두르며 소리친다.

"오! 이거 생각보다 괜찮네? 할배, 이걸로 내 대가리 박살내고 싶었어?"

"대, 대가리만 박살내고 싶었을까?"

간신히 몸을 일으키며 대답하자 녀석이 박장대소한다.

"할배 꿈은 참 야무지네."

"남자라면 꿈이 커야지."

"뭘 모르시네. 할아범 꿈이 크면 시련도 큰 법이야."

"시련이 실패는 아니잖아?"

휘청이는 다리에 힘을 주며 옷에 묻은 먼지를 털어낸다.

"시련 없는 삶은 실패로 가고 있음을 말해주지."

"뭔 개똥철학이야? 지금 당신 꼴을 보고도 그런 말이 나와?"

"무슨 꼴을 말하나? 옷에 묻은 먼지? 이런 건 손으로 털어내면 그만이야. 하지만 실패는 절대 털어지지 않아. 네 표정에 낙인된 놈처럼."

"뭐?"

정무진의 눈빛이 돌변한다.

"내 얼굴에 실패라도 묻어 있다는 거야?"

"아닌가?"

"어이 할아범. 곱게 늙고 싶으면 선 넘지 마."

"학창 시절에 복싱을 했다 들었네. 나도 한때 꽤 했거든."

"아가리 닥쳐."

"선출이었네. 국가대표 상비군까지도 갔었어. 올림픽 출전은 못했지만, 프로로는 어렵게나마 데뷔했어. 그러나 전적은 형편없었지. 성실하긴 했으나 도무지 가망이 보이지 않았어. 그래서 형사가 되었지."

"궁금하지 않으니까, 입 다물라고."

"가정을 이뤘고 아들도 하나 낳았네. 아들은 날 존경한다는 말을 자주 했어. 그래서 내 뒤를 이어 경찰이 되었지. 사실 경찰대학교까지 갔으니 경찰로서는 시작부터 날 넘어선 거야. 한때나마 그런 자랑스러운 아들을 뒀으니, 내 인생은 실패라 볼 수 없어. 그런데… 자네는 어떤가?"

"닥치라고!"

정무진이 내게 달려들며 삼단봉을 휘둘렀다. 흥분했는지 동작이 컸다. 덕분에 가벼운 스텝만으로 쉽게 달아날 수 있었다.

"자네는 도망자야. 복싱으로 실패했다는 먼지 자국 하나 털어내는 일에도 겁을 먹는 부류지. 결국 겁이 나서 도망친 거야. 실패자들로 바글거리는 지하세계로."

"닥쳐! 네가 뭘 알아!"

어처구니없을 만큼 큰 동작이었다. 이번에는 슬쩍 몸만 틀었다. 삼단봉이 허공을 가르는 순간 왼손을 날려 녀석의 입술을 가격했다. 비틀거리는 틈을 놓치지 않고 이어 오른손을 내질렀다. 정무진은 뒤늦게나마 고갤 내빼며 피해보려 했지만 내 주먹이 먼저 놈의 턱에 도착했다.

"크허흑!"

괴상한 소리를 내뱉으며 추하게 비틀거린다. 반격이라도 해볼 생각인지 정무진은 삼단봉을 내던지고 재빠르게 자세를 다잡는다. 그러나 나는 틈을 주지 않고 거세게 몰아붙였다. 녀석이 미처 손을 올리기도 전에 달려들어 어깨로 가슴팍을 밀쳤다. 녀석의 자세가 다시 흐트러졌다. 뒤로 나자빠질 듯 비틀거리는 그를 따라 전진하며 연달아 왼손을 내질렀다. 기분 좋은 소리가 왼손에 들러붙었다. 끝내볼 요량으로 오른손을 뒤로 내빼던 그때, 정무진의 오른손이 내 옆구리를 향해 달려든다. 급히 몸을 비틀어 팔꿈치로 막아냈지만 늙은 몸으로는 무리였는지 왼손이 얼얼했다.

일단 녀석을 떨어트려야겠단 생각에 오른손을 날렸다. 예상대로 놈은 스텝을 밟으며 뒤로 물러섰다. 세월이 야속했다. 전력을 다해 덤볐으나 녹슨 주먹만으로는 정무진을 굴복시킬 수 없었다.

"후우… 할배? 생각보다 제법 치네?"

놈이 거칠게 숨을 몰아쉰다.

"근데 세월 앞에는 장사 없다더니. 기술은 좋은데 힘이 없네?"

"자넨 힘은 넘치지만, 경험이 미천해."

괜한 허세를 부려봤다.

"할배, 나라고 그냥 도망 다닌 인생만 살았던 건 아니야. 뒷세계에서 전쟁을 겪으며 나름 배운 것들이 있어."

"네가 배운 건 패배뿐이야."

"뭐?"

"세계에서 도망친 자들의 싸움에서 뭘 얻을 수 있을 거라 생각했지? 지금 자네를 보게. 그곳에서 염증을 느낀 자넨 결국 또 마약으로 도망쳤어."

"네 아들은 어떻고?"

정무진이 빈정거린다.

"경찰 주제에 우리 세계에 들어와 우쭐대다 큰코다친 인간이잖아?"

"내 아들은 그런 사람이 아니야."

"뭐? 네가 뭘 안다고 떠들어!"

"난 내 아들을 믿어. 설령 그 아이가 자네 말처럼 경찰로서 옳지 못한 선택을 했었더라도 나는 그 아이를 믿고 기다렸을 거야."

"어, 어째서?"

정무진이 목소리를 높인다.

"패배자 속으로 기어들어온 인간이야! 나랑 똑같다고!"

"한때였을 거야. 언제라도 다시 내 뒤를 따라 걸었을 거네."

주먹을 가볍게 쥐고 정무진을 향해 달려들었다. 녀석도 두 주먹을 바짝 치켜든다. 좌우로 슬쩍 몸을 흔들며 다가가 왼손을 던졌다. 정무진은 슬쩍 물러서며 나와 거리를 벌렸다. 나보다 팔이 기니 거리를 벌려 싸우려는 듯했다. 어쨌든 나로서는 두 주먹을 놈에게 맞추기 위해서라도 바짝 다가서는 방법밖에 없었다.

그러나 정무진은 요령 있게 뒤로 피했다. 되레 적극적으로 쫓는 내게 주먹 몇 방을 먹이기도 했다. 그 주먹을 뚫고 들어가야만 녀석의 잘난 면상을 구경이라도 할 수 있었다. 조금 더 힘차게 뚫고 들어가려 시도해보지만 다리가 휘청인다. 얼마 남지도 않은 다리에 들러붙은 근육들이 비명을 내지른다.

당장 멈춰도 이상하지 않지만 그럴 수 없다. 놈을 쫓지 못하는 순간 정무진은 기다렸다는 듯 반격을 시작할 거다. 녀석은 자신의 사냥감이 제풀에 지쳐 쓰러지기만을 기다리고 있다.

"할배! 어째 점점 느려져?"

놈이 슬슬 나를 압박해 들어왔다.

"부지런히 움직여봐! 이러면 내가 할 일이 많아지잖아!"

이어 주먹이 쏟아졌다. 재빨리 뒤로 물러서며 버텨보지만, 곧 한계에 부딪힌다. 두 다리가 엉키며 자빠지고 만다. 정무진이 벌러덩 쓰러진 내 위로 올라타려기에 다리를 내질러 녀석의 왼쪽 무릎을 찼다. 잠시나마 녀석의 얼굴에 고통이 스쳐 지나간다. 두 주먹질에도 끄떡없던 녀석이 발길질 한 번에 세계 종말을 앞둔 사람 같은 표정을 짓는 게 이해가 되지 않았다. 혹시 놈도 나처럼 다리가 좋지 않은 상태일까?

재빨리 일어나 녀석을 향해 달려들었다. 자신을 향해 달려드는 나를 보고 정무진은 두 주먹을 치켜들었다. 그러나 나는 더 이상 녀석과 주먹을 부딪치지 않았다.

사정거리 안에 들어서도 내 주먹이 나오지 않자 녀석은 또다시 뒤로 물러서며 가볍게 왼손을 던졌다. 나는 타이밍에 맞춰 몸을 숙였다. 정무진의 왼손이 내 머리 위를 스쳐 지나갔다. 당황한 남자의 목소리가 들려온다. 서둘러 양손을 펼쳐 녀석의 오른쪽 무릎을 감싸 안고 황소처럼 앞으로 치고 나갔다. 정무진은 늙어 노쇠한 황소에 맞서 로데오를 하는 카우보이처럼 쓰러지지 않으려 버틴다.

앞으로 돌진하며 몸을 좌우로 흔들어봤다. 좋지 않은 왼발로 중심을 잡기 쉽지 않은지 놈이 크게 휘청인다. 그와 함께 등에서 극렬한 통증이 느껴졌다. 녀석이 팔꿈치로 내 등을 내려치고 있었다. 망할 놈이라 욕지거리를 내뱉으며 입술을 깨물었다. 여기서 먼저 몸을 멈추는 녀석이 죽음을 맞이할 거란 생각이 들었다. 다시 한번 있는 힘껏 놈을 밀쳤다.

"멈춰!"

정무진이 다급한 목소리로 말한다. 크게 몸을 비틀자 예상대로 정무진이 바닥에 쓰러졌다. 나는 쓰러진 녀석의 왼쪽 무릎을 거칠게 밟았다. 놈은 고통스러운 신음을 내질렀다. 조심스레 녀석의 왼쪽 무릎에 올린 발에 무게를 실었다.

"이 미친 노친네가!"

"이제야 대화할 자세가 갖춰진 것 같군."

"알겠으니 발부터 치워!"

정무진이 으르렁거린다.

"그건 사네 대답에 달렸지. 알고 있는 모든 걸 말해."

망설이는 녀석에게 다시 한번 고통을 줬다. 이후로는 모든 게 일사천리였다.

6

아파트 단지로 들어서자 빗방울이 떨어졌다. 며칠간 무더운 날씨가 이어지더니 또다시 장마가 시작되는 모양이다. 일기 예보를 꼼꼼히 챙겨보지는 않아 우산은 없었다. 그저 빗방울이 더 굵어지지 않기만을 바랄 뿐이다.

비가 오니 그렇지 않아도 좋지 않던 무릎이 더욱 시큰거린다. 왼쪽 다리는 복날 개처럼 질질 끌려오고 있었다. 다리뿐 아니라 온몸이 쑤셨다. 오랜만에 참전한 격렬한 전투에서 살아남기 위해 온갖 짓을 다 했다. 승리는 했으나 패자나 다름없었다.

"흐윽…."

옆구리에서 느껴지는 통증에 나도 모르게 신음을 내뱉으며 비틀거렸다. 간신히 중심을 잡아 버텨 서며 한숨을 돌렸다. 빗방울이 굵어지고 있었다. 일기 예보를 잘 챙겨봐야겠다고 다짐한다.

다시 앞으로 나아가며 정무진 입에서 쏟아진 진실을 떠올려본다. 말단인 녀석이었지만 상황을 죄다 파악하고 있었다. 그 정도면 충분했다.

아파트 입구로 들어서 승강기 버튼을 눌렀다. 문이 열리고 안으로 들어섰다. 로또를 할 때처럼 숫자 하나를 신중히 고르자 승강기가 움직였다. 곧 승강기가 멈추고 문이 열렸다. 밖으로 나와 익숙한 현관문 앞에 섰다. 문을 두드렸다. 문이 열리고 며느리 얼굴이 보인다.

"오셨어요."

기다린 사람처럼 내게 말한다.

"들어오세요."

며느리를 따라 들어섰다. 말끔하게 정리된 집을 둘러봤다. 아들의 흔적은 보이지 않았다.

"빨리 잊고 싶어서요."

집 안을 살피는 내게 며느리가 말한다.

"이제 이곳에 그이가 없다는 생각이 들면 견디기가 힘들어서…."

"그래. 그렇겠지."

"…마실 것 좀 드릴까요? 커피 아니면 주스?"

"술은 없느냐? 맥주 같은 거."

거실 소파에 앉아 기다리자 곧 캔맥주와 간단한 안줏거리가 테이블에 놓였다.

"좀 앉으렴."

나의 말에 며느리는 정면에 있는 소파에 마주 앉았다.

"너도 좀 마시겠느냐?"

맥주캔을 따며 묻자 며느리가 고개를 저었다. 나 역시 그에 대한 대답으로 고개를 끄덕이며 맥주를 한 모금 들이켰다. 쌉쌀한 맛이 입안에 감기며 알코올 향을 퍼트린다. 저절로 눈살을 찌푸리는데 며느리의 목소리가 들려온다.

"똑같네요."

"뭐가 말이냐?"

"맥주 마시고 눈살을 찌푸리는 거요. 그이도 그랬거든요."

"아… 그랬지."

함께 처음으로 맥주를 마셨던 날이 떠올랐다. 잔을 부딪치고 맥주를 넘기고 나서 녀석의 얼굴을 바라보는데 거울을 보는 듯해 나도 모르게 웃음이 터졌었다. 녀석도 나와 같은 생각을 했는지 웃기 시작했다.

"그런데 아버님이 무슨 일로 여기까지."

"너와 정리할 게 있어서."

"정리요?"

"쓸데없이 거짓말하며 시간 낭비할 필요 없다."

맥주를 한 모금 들이켰다.

"아들이 선택한 일이니 널 원망하지 않는다."

"원망하지 않으신다면 제게 듣고 싶은 말이 뭐죠?"

"정무진 말이 사실이냐?"

"이미 알고 오신 것 같네요."

잠시 뜸을 들이던 며느리는 고개를 돌리며 이어 말한다.

"맞아요. 그 오빠 뭐라고 하던가요? 전도유망한 경찰이 고작 술집 여자에게 빠져 인생을 망쳤다고 조롱하던가요? 아니면 술이나 따르던 년이 남자 하나 꼬셔 팔자 고치더니 꼴 좋다던가요?"

정무진은 아들과 며느리가 술집에서 만난 사이라 했다. 젊은 남녀가 술집에서 만나 연애를 시작한 게 무슨 문제가 되나 싶었다. 그러나 그게 아니었다. 며느리는 술집에서 일하는 여자였다. 그것도 가게에서 상당히 잘나가는 에이스였다. 가게 규모도 상당히 큰 곳으로 고위 공직자들도 많이 방문하는 곳이었다. 공을 세운 아들이 표창장을 받고 상급자들과 함께 그 가게를 방문한 게 시작이었다.

"어색하고 서툰 그 모습이 좋았어요."

며느리는 쓸쓸한 미소를 보였다.

"다 늙은 아저씨들은 뭐든지 능숙하거든요. 곧 오빠에게 프러포즈를 받았고요. 문제는 제 앞으로 빚이 있다는 거였죠. 저는 부모님 사채 때문에 그곳에 팔려간 거였거든요. 그런데 그게 아무리 갚아도 끝이 보이지 않았어요. 그래서 결혼하고 나서도 그곳에서 일해야만 했죠. 하지만 오빠는 직업이 경찰이잖아요? 그런데 아내가 술집 여자면 어떻겠어요? 그것도 경찰 고위직들을 접대하는… 아버님이 생각해도 말이 안 되죠?"

"그래서 네 앞으로 있는 빚을 해결하려고…."

"맞아요."

며느리는 고개를 들고 내 눈을 똑바로 바라봤다.

"오빠도 돈이 많지는 않았으니까요. 그래서 업소 주인인 사성과 두목과 거래했어요. 조직 뒷배를 봐주는 대신 저를 놓아주기로요. 제 앞에서 내색하지는 않았지만 많이 힘들었을 테죠. 경찰이라는 자부심이 대단한 사람이었으니까요. 무엇보다 형사로 평생을 살아오신 아버님을 존경했죠. 그런데 그런 더러운 짓을 자기 손으로 했으니 얼마나 힘들었겠어요? 그래서… 자살하지 않았을까 싶어요. 하지만 아버님! 아무리 생각해도 오빠는 절대 성매매 사업 같은 범죄를 할 사람이 아니에요! 분명 사성파 놈들이 경찰에게 자신들과 오빠 관계를 들키지 않으려 오빠를 자살시키고 부패 경찰로 만든 거예요! 그 휴대폰도 분명 놈들이…!"

"사랑했니?"

"네?"

"내 아들을 말이야."

맥주를 한 모금 삼켰다.

"진심으로 사랑했냐 말이다."

"네, 사랑했어요. 제 인생에서 가장 행복한 순간들이었어요."

고민이 느껴지지 않는 대답이었다.

"그래, 알았다."

자리에서 일어나 곧장 집 밖으로 나왔다. 뒤에서 무어라 말하는 며느리의 얼굴을 바라보지 않았다. 아들을 진심으로 사랑했다니 그걸로 됐다. 녀석은 마음을 거짓으로 주는 남자가 아니다. 부부를 둘러싼 세계는 거짓이었지만 두 사람만은 진실했다. 그거면 됐다. 다만 며느리는 한 가지 사실은 모르고 있었다.

사성파는 아들을 더러운 놈으로 만들지 않았다. 경찰 말이 맞았다. 녀석은 직접 성매매 사업을 운영하려 했다. 정무진에게 스카우트 제의를 한 것도 사실이었다. 정무진도 제의를 수락했다. 독립하려는 아들과 사성파 사이에 벌어진 트러블 역시 큰 문제는 아니었다고 한다. 모든 게 순조로웠다. 하지만 어느 날 녀석은 스스로 목숨을 끊었다.

'피 맛을 본 짐승의 눈이더니.'

정무진이 말했다. 무슨 말이냐는 물음에 정무진은 빈정거리며 대답했다.

'당신 아들, 처음에는 억지로 사성과 뒤처리를 하는 것 같더니 나중에는 더 적극적이었지. 좋은 수까지 먼저 제시하더군. 그러더니 직접 성매매 사업까지 하겠다고 그 난리를 친 거야. 나한테는 관리직으로 스카우트 제의까지 하고 아주 적극적이었어. 경찰일 때는 썩은 동태눈깔이더니 그제야 살아 있는 짐승 같은 눈빛을 내보였어. 그런데 어느 날 그냥 자살해버린 거야. 스카우트 제의받은 나만 낙동강오리 신세가 되어버린 거야! 그 덕에 조직에 다시 복귀하려고 경찰에게 당신 아들이 최근 스트레스가 심했다는 거짓 증언하는 꼬리 자르기 역할을 떠맡았지. 난 아직도 모르겠어. 도대체 왜 스스로 목숨을 끊었을까? 분명 당신 아들은 죽기 전까지 진정으로 살아 있었어! 피가 들끓는 짐승의 눈으로!'

나 역시 아들이 무엇 때문에 자살했는지 모르겠다. 뒤늦게야 짐승이 되어버린 자기 얼굴을 보고 절망에 빠졌던 걸까? 그렇다면 나 때문일지도 모르겠다. 평생 아버지의 등을 따르던 아들이 어느 날 아버지의 삶을 부정하는 자신을 발견했을 때 무슨 생각을 할 수 있었을까? 아들에게 나의 등을 보고 걷지 말라 했었어야 했다. 나의 등을 보고 걷느니 차라리 자신의 발끝이나 보고 걸으라고. 적어도 자신을 파멸시키지는 않도록. 어쨌든 아들은 아버지를 밟고 일어서야만 하는 존재니까.

김창현

추리소설을 좋아해서 추리소설을 쓰기 시작한 추리소설 덕후. 2021년 《계간 미스터리》 여름호에 〈주리〉로 신인상을 받으며 등단했다. 2016년 《괴물의 그림자》, 《젠가 게임》을 전자책으로 출간했고 네이버 오디오클럽에서 '추리소설 읽는 남자'를 기획하고 진행한다. 좋은 추리소설을 쓰고 싶어 매일 단련 중이다.

인터뷰

소설《재수사》의 장강명 작가

"범죄 소설의 클리셰에서 벗어나고 싶었다"

인터뷰 진행 김소망

평생 영화와 책 사이를 오가고 있다. 대학에서 영화 연출을 전공했고 현재 직업은 출판 마케터. 마케터란 한 우물을 깊게 파는 것보다 100개의 물웅덩이를 돌아다니며 노는 사람과 비슷하다는 생각을 한다. 운 좋게 코로나 전에 다녀온 세계 여행 그 후의 삶을 기록한 여행 에세이 외전,《세계 여행은 끝났다》를 썼다.

지난 8월, 한국 미스터리 소설로는 드물게 두 권으로 구성된 소설이 출간됐다. 800쪽이 조금 넘는 방대한 분량으로, 시작부터 도스토옙스키의 《백치》를 인용하는 것이 책의 심상찮은 성격을 짐작케 한다. 이 책은 6년 만에 장편소설을 출간한 장강명 작가의 《재수사》다.

출간된 지 약 4개월이 지난 다소 늦은 시점에 장강명 작가와 온라인 화상 인터뷰를 통해 만났다. 그동안 많은 미스터리 독자들이 이 책을 읽었으리라는 가정하에 범인의 캐릭터에 대한 궁금증 등을 포함해 자유롭게 질문했으니 스포일러가 염려되는 독자는 《재수사》를 먼저 읽고 인터뷰 글을 읽는 것이 좋겠다. 인터뷰의 마지막에는 《계간 미스터리》 독자들을 위한 미스터리 책 추천과 작가의 범죄 소설에 대한 애정, 방대한 독서력을 엿볼 수 있는 책들을 소개했다. 한국 미스터리 소설이 해외 소설에 비해 매력이 덜하다고 느꼈다면 이 글을 통해 다시 한번 국내 작품에 도전할 수 있는 계기가 되길 바라본다.

안녕하세요, 작가님. 《재수사》에 대해 소개 부탁드려요.

안녕하세요. 반갑습니다. 《재수사》는 장편소설이고요. 서울 신촌에서 한 대학생이 살해되었던 장기 미제 사건을 서울경찰청 강력범죄수사대가 22년 만에 재수사하는 내용입니다. 소설 전체는 100개의 장으로 되어 있습니다. 주로 짝수 장에서 수사 과정의 스토리가 이어지고 홀수 장에서는 범인의 고백이 이어집니다. 범인이 자신의 정체에 대한 힌트를 조금씩 드러내고 살인 동기나 범죄를 합리화하는 내용이 이어지죠. 그러면서 한국 사회에 대한 이야기를 하고 현대 사회의 계몽사상에 대한 자신의 생각을 밝히는 그런 소설이에요.

이 소설은 범죄 소설, 혹은 사변 소설이라고도 얘기할 수 있을 텐데요. 이 장르를 선택하신 이유나 계기가 있었나요?

어떤 소재가 떠올라서 범죄 소설을 쓴 건 아니고, 범죄 소설을 쓰고 싶다는 생각이 먼저 들었습니다. 제가 범죄 소설의 오랜 독자이자 팬이기도 하고요. 범죄 소설을 제대로 써보고 싶다는 생각을 했습니다.

소설에 서울이라든지 신촌, 연세대학교 같은 실제 지명과 가상의 공간이 섞여 있어 마치 모든 곳이 실재하는 것처럼 느껴졌습니다. 그런 부분을 노리신 것인지, 실제 지명들을 적극적으로 사용하신 이유가 궁금합니다.

한국이 배경인 소설을 읽을 때 '장미은행', '최고대학' 같은 부분을 읽으면 갑자기 몰입감이 확 사라지잖아요. 한국 작가들이 'S전자'처럼 이니셜을 써서 돌파하는 방법도 있지만 꼭 그렇게 써야 할까 싶었습니다. 영미소설에서도 고유명사들을 그냥 가져다 쓰더라고요. 소설의 주요 무대인 신촌이나 연세대 이런 것이 실제 이름으로 들어가면 안 될 이유를 못 찾았기에 넣어봤습니다. 한국 소설가들이 조금 더 용기 내고 욕심을 부려도 된다고 생각해요. 어찌 되었든 우리는 독자를 사로잡자고 나선 사람들이니까요.

《재수사》는 약 800쪽 분량의 호흡이 긴 소설입니다. "트렌드에 어긋나는 소설을 출간했다"라는 작가님의 인터뷰 내용이 재미있고 인상적이었어요. 원래는 훨씬 길었는데 퇴고하면서 줄여나가셨을 수도 있겠다고 생각했고요. 퇴고 과정에서 삭제하신 장면이나 등장인물이 있나요?

다 쓰고 나서 없앤 건 아니고 중간쯤에 캐릭터 하나를 없애면서 처음부터 다시 쓰게 됐어요. 가슴이 조금 아팠지만 처음 구상한 대로 썼다면 분량이 훨씬 길어졌을 것 같아요. 원래 원고에서는 지금처럼 연지혜 형사의 룸메이트가 중간에 집을 나가는 게 아니라 계속 같이 살며 아웅다웅하는 콤비 설정이었어요. 룸메이트는 형사 업무보단 경무 업무를 맡는 홍보계 쪽 형사였고요. 연지혜 형사가 일을 하고 돌아오면 같이 맥주를 마시거나 얘기를 나누며 형사가 아닌 경찰이 오히려 안락의자 탐정처럼 힌트를 준다는 설정을 생각했죠.

'재수사'라는 소설 제목은 어떻게 탄생하게 된 건지 궁금합니다.

제목 자체가 무언가를 상징한다든가 함축하지는 않습니다. '재수사'는 원고를 쓸 당시 제가 가제로 붙인 제목이었고 출판사에서도 출간 전까지 '다른 제목은 없을까' 많이 회의했다고 합니다. 저도 더 좋은 제목이 나온다면 얼마든지 바꿀 생각이 있었고요. 그래도 '재수사'가 가장 나아서 제목으로 결정됐어요. 참고로 출판사에서 검토했던 제목 중 하나는 '공허와 불안'이었습니다.

책을 많이 읽지 않는 사람이라면 소설의 시작점부터 꽤 무게가 있는 문장들이 나옵니다. 도스토옙스키의 《백치》와 《지하로부터의 수기》 인용구 말이죠. 소설에서 주요하게 다루는 도스토옙스키의 소설들을 먼저 읽고 이 책을 읽으면 훨씬 더 깊이 있는 독서가 될까, 라는 생각이 들었습니다.

그건 아닙니다. 책을 많이 읽은 분이라면 소설에서 더 흥미롭게 받아들일 요소가 분명히 있기야 하겠지만요. 저야 도스토옙스키의 애독자니까 도스토옙스키의 책을 읽는 분이 많으면 좋죠. 하지만 굳이 《재수사》를 위해 일부러 읽을 필요는 없습니다.

그렇게 말씀하시니 마음이 약간 편해지네요. 작가님은 평소 도스토옙스키 소설을 굉장히 좋아하신다고 들었어요. 소설의 많은 부분, 특히 범인의 캐릭터를 설명하는 데 있어 도스토옙스키 소설이 중요한 역할을

하는데요. 내가 정말 좋아하는 작가와 소설을 작품에 녹이는 경험이란 작가의 일생에서 몇 번밖에 찾아오지 않을 것 같습니다. 작가로서 어떤 경험이었을지 궁금합니다.

즐거웠습니다. 도스토옙스키는 소설가이자 어떤 면에선 독자적인 사상가로 보이기도 하는데, 제가 그의 사상을 알맞게 소화했는지 자신이 없긴 하죠. 저의 해석도 아주 일반적이진 않고 독자적인 해석이라 조금 부담됐지만 그래도 즐거운 면이 많았어요. 《재수사》에서 제일 많이 언급되는 책은 《백치》이지만 줄거리 자체는 《죄와 벌》에 가깝습니다. 그 소설 역시 살인자가 계속 자기 합리화를 하는 내용이니까요.

《재수사》의 범인과 소설의 하이라이트 장면에 관해 이야기를 나눠볼까 하는데요. 범인은 굉장히 지적이면서 끊임없이 사유하고 시스템에 의문을 던지는 사람입니다. 소설도 범인의 행동을 서술하기보단 그의 두뇌 속을 탐험하는 쪽에 가깝고요. 그런 면에 비춰봤을 때 소설의 절정 부분이 다소 의아하고 신선합니다. 지금까지 독자가 범인과 두뇌 싸움을 벌여왔는데 막상 소설의 절정은 물리적인 충돌과 그로 인한 에너지 폭발이었어요. 이렇게 풀어나가신 의도가 궁금합니다.

밸런스를 맞추고 싶었습니다. 액션이 전혀 나오지 않는 소설을 쓰고 싶지 않았고 저 역시 인물이 계속 말만 하다가 끝나는 소설을 독자로서 별로 좋아하지 않아요. 그리고 범인에게는 '어떤 일이 발생하더라도 나는 살아남는다'라는 목적이 있잖아요. 그런 걸 드러내고 싶었어요. 마지막 결말에는 여태까지와 다른 톤으로, 독자들이 흥분할 정도의 액션 장면을 넣고 싶었습니다.
지적이고 사유하는 범인의 캐릭터 설정에 대해 좀 더 말씀드리자면 범죄 소설의 클리셰를 피하고 싶었던 면도 있었어요. 우선 범인이 바보가 아니었으면 좋겠다는 마음이 있었습니다. 그런데 그걸 표현하는 방법 중 한 20년 된 방식이, 천재 사이코패스 범죄자로 그리는 것이거든요. 한니발 렉터 박사 같은 범인은 이제 그만 보고 싶었어요. 그러면서도 똑똑했으면 좋겠고요. 그래서 사이코패스가 아니면서도 굉장히 지능적이고 철학자 같은 유형의 범인을 만들게 되었습니다.

범인은 22년 전에 살인을 저지르기 전부터 이 세상에 대해 질문을 던지고 사유하는 사람이었던 걸까요? 아니면 살인을 합리화하기 위해 더더욱 이런 세계에 빠져들게 된 자일까요? 어느 쪽이냐에 따라 독자의 캐릭터 판단이 달라지지 않을까 싶습니다.

저도 잘 모르겠고 소설 중간에 범인 역시 그 점을 궁금해합니다. 범인이 다중인격자는 아니지만 자신 안에 많은 인간이 들어 있다고 스스로 얘기해요. 그러다가 마지막에 어떤 상황에 처하면서 인격들이 모두 통합되고 많은 인물 중에 한 명만이 남았다는 것을 스스로 발견하죠. 다른 모든 욕망은 사라지는 것 같다고 말하면서. 이자의 시작이 무엇인지는 모르지만 범인이 말하는 '최후에 남은 나의 본질'은 철학자, 살인자였다는 대답을 드리고 싶습니다.

스릴러, 범죄 소설 등 평소에도 미스터리 소설을 좋아하신다고 들었습니다. 《계간 미스터리》 독자들에게 추천하고 싶은 작품이 있으면 소개해주세요.

내 인생의 책을 꼽는다면 《경향신문》의 '내 인생의 책' 연재 칼럼에서 소개했던 다섯 편이 있는데요. 그중 세 편이 범죄 소설입니다. 도스토옙스키의 《악령》, 제임스 엘로이의 《블랙 달리아》, 제임스 M. 케인의 《포스트맨은 벨을 두 번 울린다》이죠. 딱 한 권만 꼽는다면 《블랙 달리아》이지만 이 책은 이곳저곳에서 너무

많이 추천해서,《계간 미스터리》독자들을 위해 한국에서 저평
가된 다른 작가를 추천하고 싶습니다. 할런 코벤입니다.
이 소설가의 책이 정말 재미있고 깊이도 있고, 외국 서점에 가면
할런 코벤의 책이 참 많거든요. 그런데 이상하게 한국에는 애독
자가 많지 않은 것 같아요. 제 생각에 이 작가는 마스터로 불려
도 될 것 같거든요. 할런 코벤의《단 한번의 시선》을 강력 추천
합니다.

**이제 마지막 질문을 드리겠습니다. 작가님이 10년, 20년 뒤에 쓰고 있
을 소설은 어떤 소설일까요. 그때쯤 작가님께서 이루고 싶으신 작가로
서의 행보, 쓰고 싶은 작품의 성격 혹은 스타일 같은 게 있을 것 같아요.**

제가 쓰고 싶은 소설 목록이 있어요.《블랙 달리아》같은 소설도
써보고 싶고《분노의 포도》같은 소설도 써보고 싶습니다.《분노
의 포도》는 대작이기도 하고 대공황기를 다룬 소설인데 당시 미
국 독자들은 대공황이 진행 중이었음에도 대공황에 대해 잘 몰
랐다고 해요. 존 스타인벡이 그것을 먼저 깨닫고 소설로 써서 당
시에는 항의를 엄청나게 받았다고 합니다. 이런 가족이 실제로
있느냐면서요.
이런 소설 말고도《1984》나 에리히 마리아 레마르크의《개선
문》, 무라카미 하루키의《노르웨이의 숲》같은 소설도 써보고 싶
습니다. 지금은 역량이 안 되지만 계속 꾸준히 쓰다 보면 언젠가
쓸 수 있지 않을까 생각합니다. 어떤 작가들은 처음부터 체급이
큰 작품으로 시작하지만 어떤 작가들은 계속 작품을 쌓아가다
가 나중에 좋은 작품을 쓰기도 하더라고요.《오르부아르》로 공
쿠르상을 받은 피에르 르메트르도 그렇죠. 이 작품을 시작으로
이제 프랑스 역사를 훑는 연대기를 쓰겠다는 말을 작가가 했는
데 '아, 이렇게 성장할 수도 있구나'라는 걸 느꼈어요. 그전의 추
리소설들이 별로였다는 게 아니라, 르메트르는 나이가 많이 들

어서 데뷔한 작가이거든요. 그런데도 가능하다는 걸 보면서 저도 노력하면 성장할 수 있지 않을까, 라고 생각합니다.

＊인터뷰 전체 영상은 나비클럽 유튜브 채널에 곧 공개될 예정이다.
(https://www.youtube.com/@nabiclub4556)

미스터리란 무엇인가

한국적 장르 서사와 미스터리 ②
—《흑뢰성》을 통해 본 역사 미스터리라는 장르

박인성

문학평론가. 2011년 《경향신문》 신춘문예로 등단하여 활동 중. 현재 부산가톨릭대학교 인성교
양학부 조교수로 재직 중이다.

역사 미스터리라는 장르 결합

이번 연재에서는 역사와 미스터리의 결합에 대해 살펴보고자한다. 흔히 '역사 미스터리'라고 불리는 이러한 장르적 결합에 대한 다양한 시도가 이루어지고 있다. 시대적 배경도 다양하다. 조선시대를 배경으로 하는 경우가 많은데, 1990년대에 이인화의 소설《영원한 제국》이 나온 이후 드라마 〈한성별곡〉을 포함하여 정조의 죽음을 미스터리로 다루는 시도 등이 있었다. 2000년대에 들어서는 조선 말기를 배경으로 한 〈별순검〉 시리즈 등이 제작되었으며, 이제 역사 미스터리는 하나의 유행이 되었다.

수사 체제가 어느 정도 갖춰지고 탐정에 비견되는 인물의 등장이 가능한 시기뿐만 아니라, 고려시대 또는 삼국시대까지 거슬러 올라가는 역사 미스터리도 왕왕 존재한다. 그러나 역사 기록이 모호하고 소설적 재현에 있어서 미스터리 장르적 구체성이 떨어지는 시도에는 경계해야 할 점이 있다. 역사가 미스터리를 위한 수단이나 방편 정도로 활용되는 역사 미스터리 소설은 손쉬운 미스터리일 수밖에 없다는 사실이다. 이는 소설의 배경을 과거의 역사로 채택함으로써, 현대 미스터리가 해결해야 하는 복잡한 상황 설정을 제거하거나 본격 미스터리를 어렵게 만드는 각종 현대적 장치들을 피해가기 위한 시도일 수밖에 없기 때문이다. 미스터리의 구성을 위해 역사를 손쉬운 서브장르로 취급하는 정도로는 본격적인 역사 미스터리라고 말하기 어렵다.

우선 역사 미스터리 장르를 좀 더 명확하게 정의할 필요가 있다. 앞선 연재에서도 여러 차례 언급했으며 많은 사람이 이미 알고 있듯이 미스터리란 근대적 사유와 이성적인 추리를 바탕으로 사회적 질서를 구축하고자 하는 장르다. 이처럼 철저한 근대적 산물인 미스터리 장르가 과거를 향하는 것은 그 자체로 흥미로운 점이다. 역사 미스터리는 과거라는 해석적 혼돈으로부터 나름대로 질서 있는 해석적 진실을 추구하는 과정을 포함하기 때문이다. 역사는 그 자체로 해석의 대상이므로, 진지한 해석적 고민이 수반되지 않는다면 역사 미스터리는 역사+미스터리의 기계적인 결합에 지나지 않게 된다.

따라서 다시 한번 강조하자면 역사 미스터리는 역사적 배경을 지닌 미스터리에 그치는 것이 아니라 역사를 미스터리의 대상으로 삼고, 그 미스터리를 해결하기 위해 미스터리 장르의 이성적 추리 과정을 도입해 사건을 재구성하는 것이다. 이처럼 겹겹의 장르적 목표와 함께 상위의 주제적 목표를 달성해야 한다는 점에서 이러한 시도는 상당히 어려운 일일 수밖에 없다. 예를 들어 최근에 시대극의 양상을 띠는 경성 미스터리가 많은 작가에 의해 시도되고 있으나, 식민지 시대의 풍경을 단순한 배경으로만 활용하거나, 과거의 친숙한 인물들을 다소 파격적으로 재해석하는 것 이상의 신선함을 보여주지 못하고 있는 것도 사실이다.

이처럼 역사와 미스터리 장르의 결합은 다소 어려운 목표처럼 보이는 만큼, 최근 상당히 높은 성취를 보여준 해외의 사례를 살펴보는 것도 의미가 있으리라 생각한다. 대표적인 작품이 요네자와 호노부米澤穂信의《흑뢰성黑牢城》이다. 요네자와 호노부는 이 역사 미스터리 작품으로 2021년 하반기 나오키상과 야마다 후타로상, 2022년 본격 미스터리 대상 등을 수상했다. 중간문학으로서 최고의 성취를 거두었다고도 말할 수 있는 이 작품을 통해서 역사 미스터리가 도달할 수 있는 높은 목표를 톺아보는 것은 의미가 있을 것이며, 한국의 역사 미스터리에도 좋은 참고가 될 것으로 생각한다.

역사라는 미스터리와 그 해석

우선《흑뢰성》은 승자가 아닌 패자의 미스터리를 다루고 있다는 점에서 흥미롭다.《흑뢰성》의 주인공 아라키 무라시게荒木村重는 일본 전국시대의 대중적인 이야기에서는 거의 다뤄지지 않는 군소 다이묘다. 그는 자신이 모시던 다이묘를 가신으로 삼는 하극상을 통해서 셋쓰摂津 지역을 지배했을 뿐 아니라, 오다 노부나가에 대한 반란을 일으켰다가 식솔과 가신, 백성을 버리고 도주한 다이묘였다. 그런 만큼 전국시대의 수많은 효웅梟雄들 중에서도 평가가 좋지 않은 역사적 인물이기도 하다.

우선 공식적인 역사의 수수께끼는 이렇다. 무라시게는 오다 노부나가의 휘하에 들어가 그에게 중용되었다. 그러나 1578년 10월에 돌연 노부나가에게 반기를 들고 이타미伊丹의 아리오카有岡 성으로 들어가 농성을 시작한다. 당시 노부나가의 관서 정벌에 가장 큰 적대 세력이었던 혼간지本願寺와 모리毛利 가문과의 동맹을 믿고 원군이 올 때까지만 잘 버티면 이길 수 있다고 기대했던 것이다. 그러나 이 모반이 성공해 오다를 제거할 것이라는 역사적 가정은 거의 희박한 가능성에 불과하다. 또한 무라시게는 그를 회유하러 파견된 사신 구로다 간베에黒田官兵衛마저 토굴에 가둬버린다. 이처럼 역사적 사실에 근거하여 이야기가 전개되지만 무라시게와 당시 아리오카 성 내부에서 벌어진 상황은 여전히 역사적 해석의 공백으로 남아 있다.

하지만《흑뢰성》에서는 정작 무라시게가 반란을 일으킨 동기는 그다지 중요하지 않다. 즉 미스터리의 대상이 아니라는 점이 중요하다. 소설은 무라시게의 관점에서 농성만 유지한다면 지지 않는 싸움이라는 확신에 가득 차 있으며, 그 부하들 역시 전의가 팽배해 있음을 자연스럽게 묘사하고 있다. 오히려 구로다 간베에가 보기에 무라시게의 반란보다도 의문스러운 것은 그가 모반을 일으켰음에도 불구하고 자신을 포함한 오다 쪽 인질들을 죽이지 않고 살려두었다는 점이다. 역사적 미스터리는 결코 거대한 하나의 의문으로 이뤄져 있지 않으며, 먼저 개인의 심리적 미스터리부터 차근차근 접근해야 함을 암시한다.

　　무라시게의 패배는 역사적 사실임에도 불구하고 이 소설은 무라시게의 농성 자체가 지니는 역사적 해석의 가능성과 그의 삶의 급진적인 변화의 의미를 진지하게 탐문한다. 무라시게의 패배 자체가 중요한 것이 아니라, 그러한 패배에도 불구하고 무라시게가 성을 버리고 도주하기로 선택한 것, 그리고 그 이후에 살아남아 '리큐십철利休十哲'이라 불리는 다도의 명인이 된 삶의 궤적은 무라시게라는 사람의 성격과 비밀에 싸여 단순히 해명되지 않는다. 또한 무라시게의 도주를 단순히 개인의 실패로 환원하여 설명하지 않는다. 그가 일으킨 반란과 그 실패만을 승자의 기록에 근거해 역사라는 이름으로 의미화하는 것은 소설의 역할이 아니기 때문이다.

　　따라서 《흑뢰성》에서는 구로다 간베에라는 인물의 역할이 중요하다. 그는 전쟁이 끝나기까지 1년 동안 토굴에 갇힌 신세로, 소설에서도 몇 장면 등장할 일이 없는 캐릭터에 불과하다. 그러나 그가 토굴 감옥에 갇혀 있음으로써, 긴장과 해석적인 역동성이 발생한다. 간베에는 우선 무라시게가 자신을 살려둔 이유, 즉 난세의 효웅으로서 악명을 떨치는 오다 노부나가와 반대되는 행동을 함으로써 자신의 명성을 드높이고자 하는 의도를 간파한다. 그는 거기에 그치지 않는다. 반半고립 상태가 된 아리오카 성 내부에서 기이한 살인사건들이 벌어지자 간베에의 지혜를 빌리고자 하는 무라시게를 돕는 방식으로 그의 몰락을 부추기고 역사에 오명을 남기게끔 모략을 꾸미는 것이다. 미스터리를 풀어냄으로써 전쟁이 끝날 때까지 아리오카 성 내부의 절대적인 지배력을 유지하려는 무라시게, 그리고 농성을 도움으로써 적절한 시기에 오다와 화해하려던 무라시게의 계획을 놓치게 만드는 간베에의 의도는 소설의 전체 플롯을 전개하는 기묘한 상호 충돌이자 상호 보완의 힘을 보여준다.

　　간베에는 이미 무라시게에 대한 역사적 해석을 수행하며 그가 역사에 남기고자 하는 모든 성취를 무너뜨리는 역할을 한다. 이 소설은 간베에와 무라시게가 협력하여 아리오카 성 내부의 미스터리를 풀어나가는 과정에서 역사의 빈틈 채우기를 효과적으로 병행하고 있다. 인물들이 미스터리를 풀어나가면서 역사적 상황을 구체화하고, 또한 그렇게 구체화된 역사에 대한 새로운 이해를 바탕으로 한 역사 미스터리를 독자들에게 제시하는 셈이다. 마치 소설 속에서 무라시게와 간베에가 서로 다른 목적을 가지고도 공동의 지혜를 교차하여 사건들을 풀어나가듯, 역사와 미스터리 장르가 서로 다른 방향성에도 불구하고 효과적으로 결합하며 새로운 의미를 구성하는 것이다.

미스터리 해결의 아이러니와 갇힌 사람들

《흑뢰성》의 또 다른 흥미로운 관점은 사회적 장르로서의 전통적인 미스터리의 효과에 대한 갱신이다. 소설은 크게 네 건의 살인사건과 그 추리 과정을 제시한다. 무라시게를 배신한 아베 가문의 인질인 아베 지넨의 죽음, 노부나가의 부하인 오쓰 덴주로의 부대를 야습할 때 대장 오쓰를 죽인 공을 세운 자가 누구인가라는 수수께끼, 전쟁의 장기화로 압박을 느낀 무라시게로부터 오다와의 화해를 주선하는 밀명을 받은 승려 무헨의 죽음, 그리고 그 무헨을 죽인 범인이자 번개를 맞아 죽은 가와라바야시 노토에게 총을 쏘려 했던 범인의 정체까지. 연속되는 미스터리들을 풀어가는 과정은 단순한 반복적인 해결의 플롯이 될 수도 있었다. 탐정이 각각의 사건을 풀어나가는 과정에서 최종적인 사건을 해결하며 의기양양하게 승리를 선언하는, 우리에게 익숙한 이야기 말이다. 그러나 소설에서 미스터리의 연쇄적인 해결 과정은 오히려 아이러니한 효과를 발생시킨다. 무라시게가 미스터리를 해결할수록 아리오카 성 내부에서 그의 입지가 흔들리며 전쟁의 향방마저 위기에 처하는 것이다.

고전 미스터리의 규범 안에서 탐정의 추리에 대한 기대는 이성의 힘을 빌린 혼란의 규명이자 질서의 회복이다. 미스터리 장르 자체가 범죄라는 사회적 혼란을 규명하고, 범인의 정체를 명명백백히 드러냄으로써 위기에 처한 사회 질서를 회복하는 기능으로부터 출발했기 때문이다. 탐정은 법적 논리와 연결된 근대적 이성의 화신으로, 근대적 인간에게 무한한 시간과 탐색의 노력만 제공한다면 이 세상에서 풀지 못할 수수께끼는 없다는 사실을 압축적으로 구현하는 존재다. 달리 말하자면 탐정은 근대성modernity이 구성하는 자기 자신에 대한 의기양양한 환상과 다름이 없다.

오다 노부나가는 흔히 일본 전국시대의 파천황破天荒이자 중세 일본의 선구적인 근대인으로 평가된다. 근대적 인간은 이 세상이 모두 개척 가능하다고 믿고 사용 가능한 도구로서의 가치를 발견한다. 오다 노부나가도 세계와 주변인들을 중세적 세계의 명예보다는 그런 실용 가치로 판단한다. 무라시게는 이 마키아벨리즘적 군주에게 대립하는 인물이다. 오다가 할 법한 행동을 미리 예상하고 그와 정반대되는 행위를 수행하고자 하는 것 또한 근대적 인간의 모습이다. 오다 노부나가가 자신의 개별성을 주장하듯, 무라시게 역시 오다에 비추어 자신의 개별성을 주장하기 때문이다. 근대적 인간은 결국 자기 자신을 발명하는 사람, 자기 정체성을 통해서 넓은 세상을 자신의 시선으로 의미화하는 사람이다. 그러나 오랜 세월 근대성의 세계를 경험하고 이제 포스트모던과 그 이후의 세계까지 경험하고 있는 우리에게, 근대인이란 결국 스스로 만든 감옥 안의 존재라는 사실을 안다. 역사적 사실에 의해 오다 노부나가가 역시 혼노지라는 자신만의 감옥에서 생을 마감하지 않았던가.

그러나 이 소설에서 그려내고 있는 인물들은 근대적 인간이 도달할 수밖에 없는 막다른 길을 이미 구현하고 있다. 아라키 무라시게와 구로다 간베에는 미망과 야심에 사로잡혀 자신이 상상한 세계 안에 자신을 가둔 근대인의 이미지를 대변한다. 특히 무라시게는 모리만 도착하면 전쟁에서 이길 수 있다고 생각해 아리오카 성을 나가지도 내주지도 못하는 상황에 직면했다. 그는 간베에를 죽일 수도 살려 보낼 수도 없기에 토굴에 가두었지만, 실상 갇힌 것은 그 역시 마찬가지였던 셈이다. 따라서《흑뢰성》의 전체 이야기 구도에서 간베에는 무라시게 자신을 비추는 거울 같은 인물이다. 결과적으로 간베에는 무라시게의 바람대로 미스터리의 해결을 도와주지만 동시에 그를 더더욱 성 안에서 고립시키게 된다.

즉《흑뢰성》은 근대적 미스터리의 흔한 도식을 정반대로 구현한다. 미스터리의 해결에도 불구하고 이야기는 무라시게가 원하는 결말을 향해 가지 않는다. 아베 지넨을 죽인 진범을 밝혀내고, 오쓰 덴주로를 죽인 전공을 둘러싼 분쟁을 해결했으며, 무헨을 죽인 범인을 찾아서 처벌했음에도 아리오카 성내의 분위기는 무라시게가 감당할 수 없는 것이 되어버린다. 그의 가신들 또한 소수의 충복을 제외하고는 이미 전쟁의 승리를 믿고 있지 않을 뿐 아니라, 무라시게의 지도력을 받아들이지 못하는 냉랭한 분위기가 이어진다. 무라시게는 외부의 적과 맞서 싸우기 위해서는 내부의 혼란을 안정시켜야 하므로 미스터리의 해결에 적극적으로 나섰고 간베에의 지혜까지 빌려가며 미스터리를 해결했지만, 정반대의 결과에 이른 것이다. 농성이 장기화되면서 무라시게가 적절한 시기에 오다와 화평을 맺고자 했던 출구전략마저 좌절되고 만다.

소설의 제목인 '흑뢰성'은 직역하자면 '검은 감옥'이다. 제목을 직관적으로 받아들이지 못한 독자들조차 소설을 읽어나가다 보면 흑뢰성이 간베에가 갇힌 토굴이라고 생각할 수밖에 없다. 그러나 시간이 지날수록 정작 감옥에 갇혀 있는 것은 무라시게라는 사실이 드러난다. 그에게는 아리오카 성이 바로 감옥인 것이다. 마찬가지로 두 사람 사이의 대화와 서로를 비춰보는 일종의 전이轉移 과정이 있었기에 결과적으로 무라시게는 아리오카 성을 버리고 도주하는, 일반적인 전국시대 다이묘로서는 허락되지 않는 결단을 내리게 된다.

무라시게에게 이런 결말은 패배가 아니라 자기 구원에 가까운 것이다. 그는 모든 것을 버리고 자기 한 몸을 의탁하기 위한 교섭의 도구로 도라사루라는 도자기만을 챙긴다. 물론 도라사루는 실제 교섭의 도구라기보다는 무라시게가 끝내 버리지 못하는 세속적 미망의 상징이다. 그러나 그것은 자신의 역할과 자격을 내려놓고 일개 다도인으로 변모하게 될 새로운 삶을 대변하는 것이기도 하다. 아리오카 성을 떠나는 순간부터 무라시게가 규정했던 세계와 자기 정체성이 철저하게 무너지자 그의 앞에는 전혀 예상할 수 없는 삶이 펼쳐진다. 왜 그가 그러한 변신을 겪게 되었는지는 역사적 기록만으로는 더더욱 불가해한 무라시게의 후반부 인생의 수수께끼이기도 하다. 소설은 여기에 대해서는 응답하지 않는다. 그러나 이미 독자들은 그가 단순히 역사의 실패자가 아니라 전혀 다른 삶을 선택함으로써 자신의 감옥에서 벗어난 탈근대적 자유인이었음을 추측해볼 수 있다.

현대 일본 사회를 위한 동시대적 주제

여기까지 살펴본 것만으로도 《흑뢰성》이 잘 구성된 역사적 해석을 수행하는 미스터리 장르라는 것을 어느 정도 알 수 있다. 그러나 앞서 서론에서 강조했던 역사 미스터리 장르로서 높은 성취를 보여주는 것은 이 소설의 심층적인 주제의식이다. 역사 미스터리가 과거 역사 해석을 수행하는 데만 미스터리를 활용한다면 결국 그 주제의식 또한 과거에 갇히기 쉽다. 그러나 이 소설이 아라키 무라시게라는 역사의 실패자를 선택함으로써 오히려 끌어올릴 수 있었던 해석적 주제의식은 어디까지나 일본의 동시대적 현실에 대한 것으로 읽혔다. 무엇보다도 공동체를 하나로 묶어주는 상징적인 우두머리가 존재해야 한다고 믿는 일본의 강박적 공동체주의에 대한 균열과 거부의식을 드러내고 있기 때문이다.

이 소설은 무라시게가 아리오카 성을 버리고 떠나는 결말과 그 이후의 삶을 건조하게 서술한다. 일본은 지금도 천황제라는 상징적 체제를 유지하고 있을 뿐만 아니라, 중세 다이묘의 잔재인 지역적 세습 정치가 여전하고, 개인보다 공동체를 우선시하는 태도인 소위 메이와쿠迷惑라는 사회적 태도에 강박적으로 집착한다. 무엇보다도 그러한 사회 질서를 따르지 않을 경우 지역 공동체로부터 배척당하거나 부라쿠민部落民으로 전락할 수 있다는 공포가 사회 구성원들에게 순종적인 태도를 유지하게 하고 정치적 사안에 대해 국민의 반발을 무력화하는 역사적 맥락을 환기한다.

무엇보다도 이 소설은 단순히 역사와 미스터리를 결합하는 데 그치지 않고, 오늘날의 일본 사회에 상당히 유효한 정치적·사회적 메시지를 던지고 있다.《흑뢰성》이 일본 서브컬처에서 엄청난 성공을 거둔《귀멸의 칼날》과 주제적으로 충돌하는 지점이 바로 이러한 개인주의와 공동체주의 사이의 불안과 긴장에 대한 상반된 입장이다.《귀멸의 칼날》에서 주인공 일행의 적인 오니鬼의 수장 키무츠지 무잔은 근대의 불빛 아래에 숨어든 부정적인 중세 그 자체이며, 전능한 초월적 존재처럼 보이지만 실제로는 정체를 감춘 채 숨어 지내며 평범한 가족에 의존해야 하는 존재에 불과하다. 근대와 공존하기 위해서는 타인에 의태하고, 치명적인 약점 때문에 밤의 어둠 속에서만 활동할 수 있다. 드라큘라의 일본식 버전이지만 훨씬 더 명확하게 다이쇼 데모크라시 시대의 개인주의-자유주의-자본주의를 상징하는 의인화된 인물인 셈이다. 그는 자본의 확장처럼 오니 동족을 늘리기는 하지만 동족 의식이나 동료애는 찾아볼 수 없으며, 생존에 대한 본능적인 집착과 의미를 찾지 못하고 영원히 지속되는 삶 자체에 잠식되어 있다.

무잔은 근대에 이르러 청산되어야 하는 중세의 야만과 폭력성, 통제되지 않는 종류의 개인화된 이기심을 상징한다. 하지만 거꾸로 묻는다면 무잔이야말로 다이쇼 데모크라시 시대 자유주의의 가장 극단화된 개인이기도 하다. 메이와쿠 문화 따위는 고려하지 않고 집단주의에 종속되지 않는 개인주의가《귀멸의 칼날》에서는 공동체를 무너뜨리는 가장 큰 공포로 그려진다. 무잔은 중세의 어둠만이 아니라, 근대화된 개인의 어둠이기도 하다. 중요한 것은 이러한 부정적 중세와 개인화된 이기심을 정화함으로써 어떠한 중세적 삶을 근대의 일본 사회 안에 존속시킬 것인가이다.

정반대로 헤이안 시대 때 조직되어 다이쇼 시대까지 유지되어 온 귀살대는 군국주의화되어가는 일본의 국가적 통제 이전에 성립되는 중세적인 군사 조직이다. 귀살대를 이끄는 당주 우부야시키는 중세의 다이묘와 크게 다르지 않으며, 귀살대 역시 다이묘에 대한 사무라이의 충성을 고스란히 유지하고 있는 시대착오적인 조직에 가깝다. 이러한 자경단은 공공선의 가치보다 사적인 복수를 대의로 여긴다는 점에서 역시 중세적이다. 귀살대의 이 같은 면모는 중세의 이중성을 고스란히 대변한다. 일본의 중세는 공동체주의라기보다는 다이묘의 의지에 따르는 충성 우선주의와 정서적 유대주의다. 하지만 이러한 중세적 모습보다 더 나쁜 것이 존재한다면? 그것이 심지어 근대의 새로운 개인주의와 만나 존속하고자 한다면? 중세는 자기 자신을 정화하기 위해 내부의 적(무잔)을 제거할 필요가 있다. 이러한 계승되는 의지야말로 근대의 관점에서 유지되는 중세의 긍정적 판타지의 한 양상이다.

　　《귀멸의 칼날》이 도호쿠 대지진 이후 위기에 처한 공동체주의의 회복이라는 보수적인 판타지를 그려낸다면, 이와 정반대로《흑뢰성》은 지배 권력을 포기하고 더 나아가 공동체주의의 감옥에서 벗어나고자 하는 개인의 선택을 옹호하는 소설이다. 다이묘가 제공해야만 하는 공동체 내부의 소속감과 전체 구성원을 하나의 상상적인 유대로 묶을 수 있다는 환상을 극복하기 위해서는 우선 다이묘 스스로가 자신의 상징적 지위를 내려놓을 필요가 있다. 정신분석학적으로 말하자면 무라시게는 스스로 권위와 상징을 벗어던지고 상징계 질서의 환상을 가로지르는 대타자와 같다.[1]

　　게다가 무라시게와 간베에의 깨달음 너머에서 주제의식을 제공한 인물, 그리고 이 소설에서 가장 탈근대적인 인간이 있다면 그것은 바로 무라시게의 아내이자 아리오카 성에서 펼쳐진 모든 미스터리를 배후에서 조종한 지요호다. 그녀는 단순히 악심을 품은 음모의 배후자가 아

1　라캉 정신분석에서 상징계는 우리의 현실(reality)이면서 현실을 구성하는 상징적인 논리들, 그리고 언어와 기표로 이루어진 세계를 의미한다. 근대적인 주체는 끊임없이 자신이 살아가는 현실을 그럴듯한 현실, 삶을 유지하고 살아갈 만한 세상이라는 논리를 짜맞추면서 그 안에서 안정감을 찾아가는 존재다. 따라서 그러한 현실의 논리를 제공해주는 사람, 즉 대타자에게 의존한다. 라캉에 의하면 대타자란 '(답을) 안다고 가정된 주체'로 표현된다. 일본의 사회는 대타자가 강력하게 존재하며 사회 구성원들은 상징적인 대타자의 존재를 통해서 자신이 살아가는 사회공동체의 논리에 적응하고 소속감을 획득한다. 무라시게는 바로 그러한 의미에서 일본사회의 전통적인 대타자의 역할을 스스로 벗어던진 존재이기에 비난의 대상이 된다. 하지만 바로 그러한 의미에서 라캉 정신분석의 윤리는 주체가 상징계라는 환상을 가로지르는 존재가 되기를 요구하고 있다.

니라 간베에의 의도와는 정반대로 전쟁을 단기 결전으로 빨리 끝내는 것이 성안의 모든 사람을 위한 길임을 이해하고 있다. 지요호만은 저마다의 감옥에 갇혀 자신만을 생각하는 인물들과 달리, 백성의 얼굴을 마주 보고 그들을 구원하기 위해 번민하는 인물로서 무라시게와 간베에가 생각지 못한 곳에서 이 모든 미스터리의 의미를 재구성한다. 마지막 결말에서 강조되듯 가장 두려워해야 하는 것은 신벌도 아니고 주군이 내리는 벌도 아닌, 신하와 백성이 내리는 벌이라는 간베에의 깨달음은 중세 봉건사회는 물론이고 여전히 그 연속적인 정치적 분위기 속에서 살아가는 일본 사회에 강렬한 울림을 준다. 무라시게의 도주 역시 높다란 성안 혼마루의 시선에서는 결코 들여다볼 수 없는 백성들의 삶으로 들어가기 위한 횡단임을 강조해야 할 것이다.

여기까지 《흑뢰성》의 역사 미스터리 장르로서의 성취와 그 면밀한 구성에서 발생하는 의미에 대해 살펴보았다. 역사 미스터리가 가지는 잠재력은 거듭 말할 필요가 없을 것이다. 문제는 그러한 잠재력을 발휘하는 데 필요한 각각의 장르에 대한 치밀한 이해는 물론, 이야기 전체를 지배하는 주제와 형식의 긴밀한 결합을 구성해내는 집요함이 요구된다는 것이다. 최근 들어 당연해지고 있는 장르 간의 결합과 새로운 장르 다변화 속에서도 이야기의 동시대적 설득력과 서사적 개연성을 최대한 담보하려는 노력이 중요한 이유다.

추리소설가가 된 철학자

히가시노 게이고 추리소설에 관한 시론試論
-가가 교이치로 형사의 수사 방식과 검도의 극의極意

백휴

추리소설가 겸 추리문학평론가. 서강대 철학과와 연세대 철학과 대학원을 졸업했다. 《낙원의 저쪽》으로 '한국추리문학상' 신예상, 《사이버 킹》으로 '한국추리문학상' 대상을 수상했다. 추리소설 평론서 《김성종 읽기》와 《추리소설은 무엇이었나?》, 〈곱진성 최인훈 브라운 신부〉, 〈레이먼드 챈들러, 검은 미니멀리스트〉 등 다수의 추리 에세이를 발표했다. 2020년 철학 에세이 《가마우지 도서관 옆 카페 의자》를 펴냈다.

0

'재밌으니 읽어라!'

히가시노 게이고의 소설에 다른 말을 얹는 게 필요할까? 사족이고 방해가 될 것이다. 그런데도 비평 글이 필요한 것은 작품 개개의 제한된 수용에 머무르지 않고 작품 상당수를 아우르는 주제를 통해 작가가 표현하고자 했던 세계관을 전체적으로 조망하고자 하는 욕구 때문일 것이다.

히가시노 게이고의 자서전격인《그 시절 우리는 바보였습니다》를 읽었지만, 추리소설의 해명에 아무런 도움이 되지 않았다. 트릭이야 독자가 읽고 나서 판단할 영역이지 제3자가 나서서 일일이 체크해서 설명할 일은 아니다. 사정이 이렇다 보니 거의 절망에 빠져드는 기분이었다. 그때, 든든한 구원투수로 정치사상가 마루야마 마사오丸山眞男가 생각났다. 그의 이론적 입장에서 히가시노 게이고를 들여다보고자 했다. 시험 삼아 해보는 논의란 의미로 '시론試論'을 제목에 붙였다.

마루야마 마사오에 따르면 합리성(일본의 공직 사회와 기업의 문화 윤리)과 비합리성(저변의 촌락공동체의 정실 관계에 압도되어 합리성이 먹혀들지 않는 세계) 사이의 왕복운동이 일본인의 정신적·사회적 문화의 기저를 이룬다는 것이다.

이것이 가가 교이치로 형사의 얼굴 표정에도 여실히 나타나 있다. 사태를 꿰뚫어보는 이성을 상징하는 예리한 눈빛과 인간적으로 상대를 배려하는 따뜻한 미소. 그뿐만 아니라 '본격파(전후 요코미조 세이시) → 사회파(1960년대 마쓰모토 세이초) → 신본격파(아야츠지 유키토로 대표되는 1987년 이후)'의 변증법적 과정으로 이해되는 일본 추리소설의 역사도 와이던잇Why done it과 하우던잇How done it의 교체 속에서, 이 왕복운동의 변형태들로 이해될 수 있는 것은 아닌가.

마루야마의 사상은 우리 사회에도 화두를 던진다. 일본은 근대화에 걸맞게 오규 소라이라는 사상가를 배출했다. '자연is의 세계/ 당연ought의 사회윤리의 세계'의 분리 감각 없이 정신적 근대화[1]를 성취할순 없다. 이 작업을 진행한 이가 오규 소라이다.

이 분리의 관념적 수용이 일본인의 생활 감각과 맞닥뜨려 개화함과 동시에 그 한계를 드러낸 것이 전후부터 계속 이어져왔다. 다소 무리일지도 모르나 이 거대 담론 속에서 히가시노 게이고를 파악한 것은 '왜 덴카이치 다이고로란 탐정을 창조했을까?' 하는 의문 때문이었다.

가가 형사와 유가와 마나부(탐정 갈릴레오)는 독자의 호불호에 상관없이 별로 낯설지 않은 캐릭터다. 그에 반해 덴카이치가 등장하는 소설을 읽고 나서는 독서의 즐거움과 함께 캐릭터를 기억하기보다는 '왜 이런 유의 추리소설을 썼을까' 하는 엉뚱한 생각만 머릿속을 둥둥 떠다니는 느낌이었다.

일본에서 (본격) 추리소설이 워낙 많이 발간되다 보니 장난스럽게 진부해진 작풍이나 클리셰에 시비를 걸어본 것일 뿐일까? 뭔가 이 부분이 이해되지 않으면 '히가시노 게이고를 읽었다'라고 자신 있게 말할 수 없겠다는 생각이 들었다.

이것은 새삼스럽게 누군가의 독법에 시비를 걸자는 게 아니다. 아니, 오히려 그 반대다. 히가시노 게이고에 대한 일본 비평가의 멋진 글을 읽지 못해 아쉬울 뿐이다. 내 경우는 역량 부족 탓이겠지만 아무리 애를 써도 거리를 좁히지 못한 채 가까스로 위성의 자격을 부여받아 행성의 궤도를 빙빙 도는 느낌이다. 그 거리 사이로 행성의 움직임이 발산하는 해맑은 소리가 들려온다.

---

1   북한에서 내세우는 백두혈통이란 이 분리가 전혀 이루어지지 않았다는 것을 반증한다. 이 분리 없이 민주주의도 공산주의도 성취될 수 없다. 한데, 일본은 정치인의 세습에 관해서 만큼은 볼썽사납게 눈을 감음으로써 정치적 후진성을 벗어나지 못하고 있다.

―닥치고, 그냥 읽으세요. 아주 재미있습니다.

1

애독자조차 읽은 내용을 차곡차곡 정리해 머릿속에 간직하기 어려울 만큼, 다양한 소재의 수많은 작품을 발표하고 연이은 대중적 인기에 힘입어 숱한 멀티유즈multi-use(연극, 영화, 드라마)로까지 세를 확장한 작가를 통합적으로 이해하는 것이 가능하기는 할까?

이러한 우려가 히가시노 게이고를 읽는 내내 나의 뇌리를 떠나지 않았다. 뭔가 해석의 방법을 찾으려 애썼으나, 기존에 히가시노 게이고의 작품을 분석한 한글 논문에 의탁하려는 꼼수조차 통하지 않았다. 그 평자들 몇몇은 나와 같은 당혹감에 사로잡혔는지《나미야 잡화점의 기적》이나《편지》같은 작품[2]을 선택·집중해서 분석하는 전략을 펼쳐보였다.

유일한 통합적 접근법은 일본 추리문학 통사通史를 내재적으로 이해하는 가운데 히가시노 게이고의 좌표를 상대적으로 파악해보는 것일 텐데, 이는 내 능력 밖의 일이다. 통합적 접근법을 일본 추리문학 역사에 정통한 비평가에게 맡겨둘 일이고 보면, 나만의 접근법을 찾아낸다는 것이 더욱 비참한 작업인 것처럼 느껴져 결국 포기해야 하는 것은 아닌가, 하는 회의 또한 없지 않았다. 끝까지 포기하지 않고 쓰려면, 그리고 스스로 납득할 수 있는 글이 되려면 발상의 전환이 필요했다.

한두 작품을 집중적으로 분석하기를 거부하고 100년 통사의 이해에 기반을 둔 통합적 접근이 무능력으로 인해 불가능하다면, 내 글의 편향성―과연, 편향성이 없는 글이 있을까마는―을 노골적으로 드러내어 그 한계를 명확히 인식하는 가운데 접근해보는 것이다. 이 글이

---

2   내 관심은 언제나 그랬듯이 작가론이다. 한두 작품을 언급하는 것으론 만족스럽지 않다.

시론에 머물 수밖에 없는 이유다.

　구사나기 형사는 수사가 장애에 부닥칠 때면 물리학 교수 유가와 마나부(일명 천재 탐정 갈릴레오)의 연구실을 찾아가 조언을 구하면서도 그가 논리성에만 매달리는 모습은 만족스럽지 않았던 모양이다.

　　─그 녀석(유가와[3])은 아이를 싫어합니다. 행동이 논리적이 아니라서 스트레스를 받는다나 뭐, 그런 요상한 이유로 말이죠.[4]

　이때 '아이를 좋아하지 않는 것'을 유가와 마나부의 개인적·인간적 특질로 보지 않고 '논리의 예리한 창끝이 뚫고 들어가지 못해 자신의 보편적 행정력을 행사할 수 없는 지대'나 '비논리적인 세계', 이를테면 '정실적情實的 인간관계의 현실 세계'의 반발에 대한 좌절감의 표현으로 이해해보는 것이다. 이 반발의 핵심은 끝 간 데를 모르고 밀어붙이는 논리적인 세계에 '비인간적'이라는 딱지를 붙이는 전통사회의 사회·문화적 조건반사다.

　이 생각을 머릿속에 떠올렸을 때 나는 이미 마루야마 마사오 사상 안에 깊이 들어와 있음을 알게 되었다. 마루야마에 따르면, 외부 세력(미국)에 의해 천황제가 강제로 폐지되고 일본 근대국가가 닻을 올린 이후 그 발전의 원동력은 위로부터 아래로 하강하는 힘으로서의 합리성(정부 관료와 기업 구성원들의 정신을 지배한 조직원리)과 끝내 이 이식된 합리성이 그 기세를 잃고 도달하지 못한 곳, 무라(村)나 향당사회를 모델로 하는 인간관계의 저변으로부터 위로 치솟아 국가 기구나 사회 조직의 내부로 전위해가는 과정, 이 두 방향의 무한한 왕복운동[5]이 일본 사회의 본질이라는 것이다.

───────

3　과학 저널리스트 도이 나오미는 유가와를 쏙 빼닮은 여성이다. "저는 논리적 사고를 하지 않는 사람과는 대화하지 않는다는 신념을 갖고 있어요." 히가시노 게이고, 이혁재 옮김, 《명탐정의 저주》, 재인, 241~242쪽.

4　히가시노 게이고, 김난주 옮김, 《성녀의 구제》, 재인, 279쪽.

5　마루야마 마사오, 김석근 옮김, 《일본의 사상》, 한길사, 106쪽.

덧붙이기를, '정실의 인간관계'가 역사적으로 누적된 공동체적 습속에 뿌리를 내리고 있는 한 그것은 본래 합리화 = 추상화 일반과 서로 용납될 수 없으며, 따라서 어떠한 근대적 제도도 본래 '실정'에 들어맞는 것은 불가능[6]하다.

이것을 압축해 길항관계의 표현으로 나타내면 다음과 같다.

논리성(합리성) vs (정실의) 인간관계

어느 쪽도 상대를 완전히 제압하지 못한 채 상대의 힘을 버티어 냄으로써 살아남은 두 힘의 '왕복운동'이란 일본 사회가 양자를 종합(매개)할 방법(사상)을 찾지 못했다는 것을 뜻한다. 마루야마(1914~1996)는 히가시노 게이고(1958~)보다 한 세대를 훌쩍 뛰어넘는 과거의 인물이지만, 마루야마가 역사적으로 이해한 '일본 사상의 프레임'의 그림자가 형사 가가 교이치로의 얼굴에도 찍어낸 기계틀을 빼닮은 붕어빵처럼 드러나 있다.

—예리한 관찰의 눈빛과 상대를 배려하는 따뜻한 미소

눈빛은 관찰 능력을 넘어 이성을, 논리를, 냉정한 합리성을 우회적으로 상징하고, 따뜻한 미소는 논리성이 가 닿지 않는 또는 소외시키는 인간의 애틋한 정서를 위로한다.

그래서일까. 가가 교이치로는 '설명이 되는 것'과 '이해가 된다는 것'이 서로 다르다고—혹은 상호 보완적이어야 한다고—생각한다. 따라서 형사의 임무와 역할은 사건 수사(논리적이고 합리적인 이성의 세계)에 그쳐서는 안 되고 직·간접으로 사건과 연루되어 불가피하게 상처 입은 사람들의 마음을 치유할 방법을 찾는 것까지라고 말한다. 다른 형사

---

6   《일본의 사상》, 109쪽.

에게까지 강요할 생각은 없지만, 자신만은 스스로 다짐한 내면의 원리로서 '경찰관으로서의 세계관'을 이어나가고 싶어 한다.

일본이 처한 실제 '현실'과 '판타지 세계'라는 간극에도 불구하고, 인간 본성을 더 깊이 이해하려는 노력과 위로의 세계를 집약적으로 보여준 작품이《편지》와《나미야 잡화점의 기적》이다. 이것은 '가가 교이치로 형사 시리즈'에 초점을 맞춘 렌즈를 통해 보면,《기도의 막이 내릴 때》에서 끝내 가출한 가가의 어머니가 모든 가족의 외면 속에서도 유일하게 외할머니로부터 위로받았던 상황을 확대·연장한 작품이라 볼 수도 있을 것이다.

특정 국면이나 상황에서 서로 한 치도 물러설 수 없는 '논리(이성) vs (정실)관계'의 대립은 가가 교이치로의 얼굴 표정과 수사 방법에 그치지 않고 연애관(사랑), 직업 선택(교사냐, 경찰관이냐), 피의자의 호칭 문제, 경찰관 아버지와의 관계, 심지어는 살해 동기(혹은 역사)의 메타레벨에까지 연결되어 있다.

히가시노 게이고가 창조한 소설 속 등장인물 중에서 가가 교이치로와 가장 대립적인 인물은 뜻밖에도[7]《용의자 X의 헌신》의 범죄자 이시가미다. 그는 논리성을 맹신한 나머지 그 귀결에 속한다면 그 어떤 잔혹한 짓도 마다하지 않는 인물로 묘사된다.

—이시가미는 논리적이기만 하다면, 어떤 잔혹한 일도 해낼 수 있는 인물이야.[8]

노숙자를 일말의 죄의식도 없이 자기 계획의 희생양으로 삼을 수 있는 이시가미의 정신에는 자신과 무관한 타인의 억울함에 대한 정서 반응이 없다. 그 무엇보다 논리성(관념)을 앞세우는 그에게 감정은

---

7   그런 의미에서《용의자 X의 헌신》에 유가와 마나부가 아니라 가가 교이치로가 등장했으면 어땠을까, 하고 상상해본다.

8   히가시노 게이고, 양억관 옮김,《용의자 X의 헌신》, 현대문학, 264쪽.

이차적인 문제^{9}일 뿐이다.

　유가와 마나부는 자신과 이시가미의 차이를, 수학과 출신의 이시가미가 '관념'이나 '시뮬레이션'에 집착하는 반면 물리학을 전공한 자신은 경험주의자로서의 '관찰'과 '실험'을 중시하는 것이라고 주장하지만, 유가와의 친구이기도 한 구사나기 형사의 눈에는 그저 오십보백보일 뿐이다.

　—도무지 상식으로 이해할 수 있는 이야기가 아니었다. 그런 일을 대학 강의라도 하는 듯한 어투로 이야기하는 유가와도 구사나기의 눈에는 비정상적으로 보였다.^{10}

　상상컨대, 가가 교이치로가 유가와 마나부를 소설 속 어디에선가 만났더라면 구사나기 형사와 크게 다르지 않은 첫인상을 느꼈을 것이다. 물론 가가와 유가와는 저 유명한 〈네 개의 서명〉에 나오는 셜록 홈스의 소거법消去法^{11}을 공유한다.

　—불가능한 것들을 제외하고 남은 것은, 그 무엇이든지, 아무리 사실 같지 않다 하더라도 진실임에 틀림없다(When you have eliminated the impossible, whatever remains, HOWEVER IMPOSSIBLE, must be truth).

　그뿐만 아니라 가가 교이치로도 단편집《거짓말, 딱 한 개만 더》에서는 짧은 글의 제약 때문인지 감정의 영역을 되도록 배제하고 논리

9　그런데도 사랑에 빠진 이시가미는 평소의 그답지 않게 옷차림에 신경을 쓴다.

10　《용의자X의 헌신》, 372쪽.

11　가가 형사가 등장하는《졸업》,《잠자는 숲》,《내가 그를 죽였다》, 그리고 유가와가 나오는 《성녀의 구제》등에는 소거법에 대한 명시적인 표현이 있다.《용의자X의 헌신》의 유가와도 마찬가지이지만, 가가 형사가 '가능하다는 것'을 증명하는 것보다 '불가능하다는 것'을 증명하는 게 더 어렵다고 생각하는 것은 바로 이 소거법의 연장선상에서 한 말이다.

적 해명에만 몰두하는 듯이 보인다. 당연하게도 '하우던잇How done it'이라는 범행 수법을 논리적으로 해명하는 것이 추리소설에서, 또 경찰관의 입장에서 빠질 수는 없다. 제대로 구색을 갖춘 추리소설이라면 '와이던잇Why done it?'과 '후던잇Who done it?' 그리고 하우던잇의 요소를 골고루 드러내 보여주어야 할 것이다.

한데 범행의 수수께끼(how)를 풀었다고 해서 범인(who)이 특정되는 것은 아니다.

—범인이 누군지 모르는 한 추리는 미완성[12]일 뿐이야.

마찬가지로 A라는 인물을 죽일 동기를 가진 사람이 여럿이라면 (B, C, D…), 각각의 살해 동기를 알아내는 것만으로 범인을 솎아낼 수 있는 것도 아니다. 'how, who, why' 이 셋은 서로 밀접하게 관계하면서 때로는 독립적이다.

2

여기서 견고한 논리는 아니지만 시론의 장점을 받아들여 다음과 같은 상상을 해보자.

—히가시노 게이고의 추리소설에서 '어떻게?'를 그 극단의 지점으로까지 몰고 간 탐정은 덴카이치 다이고로다. 아니, 덴카이치는 동일한 논리의 극단의 지점에 선 유가와 마나부다. '유가와 마나부 → 덴카이치 다이고로'의 라인은 '어떻게?'가 심화하는 과정과 깊이를 표현한다(A).

———
12   히가시노 게이고, 구혜영 옮김, 《방과 후》, 창해, 222쪽.

(A)는 진심 가당키나 한 주장일까?

내가 느끼는 해석에 대한 유혹—유가와 마나부와 덴카이치 다이고로의 연속성을 확인하려는—은 충분한 소구력을 갖고 있는 것일까?

비록 가가 교이치로가 거짓말로(때로는 조작된 상황 설정으로) 피의자의 다음 행동을 유도하기도 하지만, 앞서 언급한 것처럼 《거짓말, 딱 한 개만 더》는 하우던잇에 충실한 작품이다. 그럼에도 가가 형사가 등장하는 작품 전체를 염두에 두고 보면 가가의 탐구[13]는 늘 how에 그치지 않고 why(동기나 범인이 처한 사회적 환경)를 집요하게 파고들고자 한다.

—사람을 죽이는 몹쓸 짓을 한 이상 범인을 잡는 건 당연하지만, 왜 그런 일이 일어났는지도 철저히 파헤쳐볼 필요[14]가 있다고 말입니다.

—이렇게 어중간한 상태로 사건이 종결되면 누구도 그 사건에서 벗어날 수 없어. 어떻게든 밝혀내야 해… 지금 이대로 사건이 종결된다면 그 누구도 납득할 수 없고 그 누구도 사건에서 벗어날 수 없을 것이다.[15]

—모든 수수께끼를 풀어낸 뒤, 가가의 얼굴은 검도 시합에서 분패했을 때의 표정 그대로였다.[16]

히가시노 게이고는, 가가 교이치로가 등장하는 작품에서는 사건과 무관한 제3자의 입장인 형사의 수사보다 직·간접적인 당사자로 연루된 사건을 선호하는 듯하다. 대표적으로 《기도의 막이 내릴 때》에

---

13   다른 작품에서도 가가 형사와 유사한 태도를 읽어낼 수 있다. "살인사건은 해결되었지만 유사쿠는 아직 아무것도 해결하지 못했다." 히가시노 게이고, 구혜영 옮김, 《숙명》, 창해, 410쪽.
14   히가시노 게이고, 김난주 옮김, 《신참자》, 재인, 426쪽.
15   히가시노 게이고, 김난주 옮김, 《기린의 날개》, 재인, 191~194쪽.
16   히가시노 게이고, 양윤옥 옮김, 《졸업》, 현대문학, 370쪽.

서 자신의 어머니와 깊이 연관된 사건이 그랬고, 대학 졸업반 친구로서 연쇄살인을 나름(형사가 되기 전 오랜 우정을 나눈 친구들을 의심해야 하는 심리적 위기에 처한다) 해결해야 하는 《졸업》에서 가가의 입장이 그랬다.

그뿐만 아니라 《악의》에서는 옛 중학교 동료 교사가 범인으로 설정돼 있고, 결정적으로 《잠자는 숲》에서는 사랑하는 여자 미오를 자기 손으로 체포해야 하는 절망적인 상황에 놓이기까지 한다.

'가가가 연루된 사건'이란 콘셉트는 수사가 how에 머물지 않고 why(동기와 환경)의 세계로 진군[17]해 들어가도록, 히가시노 게이고가 의도를 숨기고 교묘하게 마련해놓은 장치로 볼 수 있다. 물론 이것은 절대적인 세계관의 표출이라기보다는 상대적인 방향성[18]을 말한 것이다.

그렇다면 수사 대상인 인물들과 비교적 냉정한 거리를 두고 사건을 해결하는 유가와 마나부와 덴카이치 다이고로를 한 조로 묶어 가가 교이치로로부터 떼어놓을 수 있을 것 같다. 이제 남은 문제는 '유가와 → 덴카이치' 연속성의 근거를 어디서 찾을 것인가 하는 점인데, 이에 대한 힌트는 히가시노 게이고가 왜 탐정 덴카이치 다이고로가 등장하는 메타-추리소설(등장인물인 명탐정 덴카이치 다이고로와 지방경찰 수사 1과 경감 오가와라 반조가 자신들이 추리소설이라는 세계에 들어와 있음을 의식하는 추리소설)을 썼을까 하는 물음으로부터 시작하지 않으면 안 된다.

《명탐정의 규칙》과 《명탐정의 저주》는 이상한 소설이다. 그도 그럴 것이 다른 추리소설들은 상규에 맞게 소설 속에 난제의 수수께끼

---

17 "경찰로서는 백로장의 출입을 비롯한 물리적인 면, 그리고 범행 동기 같은 인간관계적인 면, 양쪽에서 공략할 거야." 《졸업》, 125쪽.

18 《용의자 X의 헌신》에서 유가와는 이시가미와 대학 동창이다. 또 《성녀의 구제》에서 구사나기는 피의자인 아야네에게 사랑을 느낀 나머지 꽃에 물을 줌으로써 스스로 수사에 방해가 되고 만다. 하지만 가가 교이치로처럼 잠재적으로 아버지와 불편한 관계를 유지하다가 끝내 자기 삶의 고백(《기도의 막이 내릴 때》)에 이르는 깊은 순간은 없다. 독자는 '가가 시리즈'에서 사건을 명민하게 해결하는 가가 형사를 만나는 동시에 가가의 애틋한 삶을 확인하게 된다. 사건 수사로서의 '설명의 세계'와 삶에 대한 '이해의 세계'가 공존하는 것이다. 반면 대표적으로 《백야행》처럼 '이해의 세계'에만 몰입한 작품도 있다. 이때 사사가키 형사의 수사는 공생관계(대포새우와 문절망둑이)인 팜파탈 유키호와 기리하라의 악행으로 이루어진 삶의 행로를 따라가는 보조 역할을 할 뿐이다.

를 제시하고 탐정(역할)을 등장시켜 독자의 참여라는 전제하에 차근차근 해법을 제시해나가는 구성이거나 더 극단적으로는 탐정을 뒤로 빠지게 하고 결정적인 단서와 추리의 계기들만을 제시한 채 최종 답안을 독자의 고유한 몫으로 남겨두는 플롯(《둘 중 누군가 그녀를 죽였다》,《내가 그를 죽였다》)을 취하는 데 반해, 위 두 작품에서는 오가와라와 덴카이치의 대화를 통해 끊임없이 작가 히가시노 게이고를 소환해 창작 능력과 집필 철학 그리고 작가가 놓인 추리소설계의 상황 따위를 상기시키고 있기 때문이다.

이 두 소설에서는 '작가가 작품을 낳는다'[19]라는, 작품에 '선행된 시간의 점유자'로서의 작가의 초월지위meta-position가 부정된다. 덴카이치와 오가와라는 무대의 배역으로서만 설정된 존재의 한계를 절감하면서 소설 세계의 안팎을 드나드는 인물들이다.

—여기서 나는 다시 소설의 세계를 벗어났다.[20]

—나(오가와라)와 덴카이치는 곧바로 소설의 세계로 돌아왔다.[21]

독자가 소설을 읽긴 읽지만 참여(탐정 못지않은 자기만의 수수께끼 해법을 추리해 완성하는 것)를 방해받는 듯한 인상을 지울 길 없는 이 소설들이 궁극적으로 겨냥하는 것은 무엇인가? 소설 속 등장인물들이 작가의 초월적 지위를 박탈해 창조자와 대등한 위치에서 비난[22](비판)하면서 소설을 블랙유머의 세계로 끌고 가는 저의는 무엇일까?

결국 이것은 기억에 연관된 '시간의 선후'—《명탐정의 저주》는

---

19   "작가에게 작품은 분신과도 같은 것입니다. 좀 더 알기 쉽게 말하자면, 자식이나 마찬가지입니다." 히가시노 게이고, 양윤옥 옮김,《악의》, 현대문학, 214쪽.

20   히가시노 게이고, 이혁재 옮김,《명탐정의 규칙》, 재인, 159쪽.

21   《명탐정의 규칙》, 50쪽.

22   심지어 징징대면서.

역사(기억)가 없는 마을을 배경으로 하고 있다―를 문제 삼음으로써, 사상적으로는 '인식'과 '행위'의 관계 설정[23]을 탐구하는 것이다. 그렇지 만 히가시노 게이고가 표 나게 드러내놓고 논의하고 있다는 뜻은 아니 다. 아마도 그의 마음속 깊은 곳을 지배하고 있는 무의식의 작용 탓일 것이다. 문학성조차 진지하게 고민해본 적이 없다[24]는, 이공계 출신의 그가 이 문제를 의식의 수면 위에서 얼마나 고민해왔는지는 솔직히 알 수 없다.

그러나 적어도 《악의》에서 히가시노 게이고는 이 문제를 명확히 거론하고 있다. 우선 아동문학 작가 노노구치의 입을 빌려 '작가에게 작품은 자식이나 마찬가지'라는 말을 내뱉음으로써 '인식이 행위에 선 행한다'는 생각을 비유적[25]으로 암시한다. 한편 살인자로서 노노구치는 행위(살인)를 먼저 저지르고 인식(동기)을 만들어내는 기상천외한 발상 을 하고 있다.

노노구치가 히다카를 죽인 동기로 알려진 것은 나중에 다 근거 없이 꾸며진 가상으로 밝혀진다. 고스트라이터(대필 작가)로서의 수모와 고충 그리고 불륜 상대인 히다카의 아내를 히다카의 손아귀로부터 해 방하는 것.

한데 인식과 실천의 관계 설정이나 두 사상의 파워게임으로까지 발전한 갈등이 추리소설의 하우던잇과 도대체 무슨 상관이란 말인가?

살인에는 다양한 동기가 있기 마련이다. 돈 문제로 질투를 느껴

---

23 대상과 거리를 둔 이론적 인식으로서의 해석(고대 그리스 이후 서구 사상을 관통해온 오 래된 전통)과 '이제 해석은 그만하고 실천하자!'라는 사상을 대표하는 역사유물론(마르 크스).

24 "데뷔하고 17년 동안 문학성을 의식한 적은 거의 없다. 그럴싸한 말을 입에 담은 적은 있 지만, 진정한 의미에서 문학성이 뭔지 실은 잘 모른다." 히가시노 게이고, 김은모 옮김, 《사이언스?》, 현대문학, 21쪽.

25 작가가 집필 계획을 세워 자료를 수집하고 스토리를 구성한 뒤 작품을 써나가 최종적으 로 완성에 이른다는 생각은, 인식(계획, 판단)이 행위(쓰는 작업)에 앞선다는 사상의 한 예에 해당한다. '부부가 자식을 낳는다'라는 평범한 진술도 "'결혼과 출산 계획' 후에 출 산에 이른다"라는 '인식' 우위의 사상을 은연중에 내포할 수 있다.

서, 모욕을 참지 못하고 무시를 당하는 바람에, 경쟁 상대라서, 유산을 물려받기 위해, 불륜을 저질렀기에….

와이던잇에 초점을 맞춰 당사자의 살인 욕구뿐만 아니라 사회 환경과의 인과관계의 맥락에서 동기를 탐구하는 추리소설을 일본에서는 흔히 '사회파'라 부른다.《제로의 초점》을 쓴 마쓰모토 세이초松本淸張[26]가 대표적인 작가일 것이다.

과연《백야행》이나《환야》같은 작품을 일본에서 사회파로 분류하는지는 알 수 없지만, 적어도 가가 형사 시리즈를 사회파로 분류하지는 않을 것이다.

사실 사회파란 일반문학[27]이 제기하는 문학성(여러 가지 의미가 있겠지만 여기서는 사회 탐구 없는 개인 탐구는 팥소가 빠진 찐빵일 수 있다는 의미로)을 '동기의 천착'을 통해 당대 사회의 구조적 왜곡을 예리하게 파악하는 작가 의식으로까지 고양해, 오락거리로 치부되는 추리소설의 위상을 다시 생각해보자는 취지로 탄생한 개념으로 보인다. 따라서 사회파 작가는 강력한 리얼리티를 요구할 수밖에 없다. 내 기억에도 마쓰모토 세이초의 촌철살인 같은 명구가 남아 있다.

　　―리얼리티가 없는 소설만큼 병신스러운 것도 없다.

그런데 '리얼리티'라는 표현은 은연중에(때로는 노골적으로) 사회 구조가 개인 의식을 좌지우지한다는 함의를 가질 수 있기에 '인식이 행위에 앞선다'라는 사상을 뒤틀어 비판하고 있는 셈이다. '인식이 실천을 추동한다'라는 생각에 앞서 그 인식이란 게 대단히 자유로운 발상이 아니란 점을 지적함으로써 '인식이 실천에 앞선다'라는 명제가 헛발질하도록 유도하는 것이다.

26　히가시노 게이고는 자신이 거장 마쓰모토 세이초의 팬이라고 밝힌다. 히가시노 게이고, 이혁재 옮김,《그 시절 우리는 바보였습니다》, 재인, 163쪽.

27　나는 '순문학'이란 용어가 우리 사회에서 너무 정치적인 쓰임을 갖기에 혐오하는 편이다.

한편 리얼리티를 강조하다 보면 '소설은 허구fiction'라는 인식이 상대적으로 약화될 수밖에 없다. 반대로 허구성(꾸며낸 이야기, 거짓 나부랭이)을 그 극한으로까지 강조하지 않으면 작가를 초월적 지위에서 끌어내릴 수 없다.

—작가(히가시노 게이고)는 도대체 무슨 생각을 하고 있는 거야.[28]

하우던잇의 세계란 의도하지 않은 방식으로—노하우Knowhow란 말이 모더니즘의 핵심을 적확하게 표현하듯이—세계에 대한 인간의 이해가 형식적으로 (특수한 하나의 방법으로) 구성된 허구임에 봉사한다.

추리소설에 관한 한, 일본인들이 말하는 본격 추리소설[29]의 스토리 전개에서야말로 소설의 허구성이 최대한으로 부각·증폭되어 독자에게 전달된다. '시간 때우기용 읽을거리', '오락의 일종', '담배 같은 기호식품'이라는 하대와 비아냥거림은 역설적으로 '소설의 허구성이 극단적으로 강조되면 소설 문학에 위기가 찾아온다'라는 두려움—모더니즘 소설이란 이 두려움을 밑바탕에 깐 형식실험이 아니겠는가—의 표현으로 이해될 수 있다.

후던잇이라는 물음은 아주 특별한 경우가 아닌 한 그 자체로 시선을 끌기란 쉽지 않기에, '사회파'와 '본격 추리소설'을 가릴 것 없이 소설 속으로 자연스럽게 스며들 수밖에 없다.

나만의 특이한 독서 체험일까? 아니, 그렇지 않을 것이다. 1985년 데뷔작인 《방과 후》에서 범인이 '여고생 집단'으로 드러났을 때, 이것이 현실적으로 극히 이례적인 경우임에도 충격이 크지 않은 까닭은 밀실살인 트릭으로 인해 독자의 관심이 온통 수수께끼 풀이(how)에 집

---

28 《명탐정의 규칙》, 50쪽.
29 일본 추리문학 평론가마다 약간씩 다른 것 같은데, 니카이도 레이토의 정의는 다음과 같다. '본격 추리소설이란 단서와 복선, 증거를 바탕으로 논리적으로 해결되는 수수께끼 풀이와 범인 찾기 추리소설이다.'

중돼 있었기 때문일 것이다.

동기, 범인의 정체, 범행 수법 어느 것 하나 소홀히 해서는 안 되지만, 고전 추리소설을 전범으로 삼는 일본의 본격 추리소설은 동기나 범인의 정체를 흐릿한 배경으로 물러나게 하고 초점을 '범행 수법'에 맞춰 피사체를 확대하는 느낌이다.

《탐정 갈릴레오》를 읽다 보면 기상천외한 수수께끼로 인해 온 신경이 마비될 정도다. 멀쩡히 서 있는 사람의 뒤통수에서 왜 갑자기 불이 났는가, 실종된 가키모토 신이치의 죽은 얼굴을 본뜬 듯한 금속제 데드마스크를 어떻게 저수지에서 건져 올릴 수 있었는가, 욕조에서 심장마비로 사망한 사람의 가슴께에서 세포의 갑작스러운 괴사 현상이 나타나는 것은 왜인가, 비치매트를 타던 여자를 사망케 한 바다의 폭발 원인은 무엇인가, 어린 다다히로가 유체이탈로 빨간색 미니쿠퍼를 본 것(범행의 결정적 증거)을 어떻게 논리적으로 설명할 것인가 등등. 즉 '어떻게?'가 독자의 관심을 끌어들이는 블랙홀 역할을 한다.

통상 이 장르의 맛을 제대로 느낄 수 있는 추리소설에서 하우던잇이 초미의 관심사가 되는 이유는 수수께끼를 만들어내는 작가의 창작 역량이 그 해법을 통해 '작위성'에 대한―과연 납득할 만한 작위성인가― 독자들의 최종 판결이 내려지기 때문이다. 작가의 숨죽인 자부심을 만족시킬 판결은 독자의 '그럴듯한 작위성'에 대한 흡족한 동의일 것이다.

이때 독자의 독서 체험은 가장 강렬하게 소설의 허구성이 인식되는 순간 중 하나일 것이다. 탐구의 방향이 모더니즘 문학의 한 줄기가 그랬던 것처럼 형식 자체의 추구가 아닌 경우에, 소설의 허구성이 본격 추리소설만큼 표 나게 드러나는 장르가 또 있을까.

허구성이 남김없이 폭로되기에 소설의 등장인물이 작가에 의해 운명적으로 배정된 자기 역할에 대해 불만을 토로하고 작가의 능력을 의문에 부칠 수 있다. 창조자로서 작가의 신적 지위가 등장인물에 의해 상대화되는 것이다. 그럼으로써 '작가는 작품에 선행한다'라는 철칙에 균열을 낸다.

이 색다른 주제는 여러 변형된 모습으로 히가시노 게이고의 작품 곳곳에 나타난다. 앞서 지적했던 것처럼《악의》의 상징적 주제는 '계획 후 실행'(동기에 따른 살인)의 전도된 형태인 '실행 후 계획 짜기'(살인후 동기를 만들어내기)이고,《잠자는 숲》에서는 내면(표현)을 배제하고 외면(동작)을 중시하는 가지타의 발레 철학이 남녀의 사랑이라는 인간적 감정을 훼손하는 바람에 살인의 빌미가 된다. 가지타의 사상은 '다양한 인생 경험이 축적되어 성숙한 내면이 자연스럽게 발로되면 발레 동작이 깊은 표현을 획득할 수 있다'라는 생각을 거부한다. 위의 논리적 맥락에서 추상화해보면 '동기 → 살인 행위'나 '창작자 → 작품'의 시간적 흐름을 거부하거나 적어도 불필요하다고 느끼는 것이다.

이 시간적 흐름을 거부하면 '기억의 진정성'에 문제가 발생하기에 '역사 없는 마을'을 배경으로 하면서 '살인사건이 발생했는데 알고 보니 밀실살인이더라'가 아니라, 보레로墓禮路 시市에 '밀실살인이란 개념을 들여왔더니 그 개념을 쏙 빼닮은 살인사건이 발생하더라'라는 전도된 세계관을 선보인 작품이《명탐정의 저주》다.

이렇게까지 전면적인 주제로 드러나진 않지만, '사연 없는 사연'이라는 이름의 백지 편지(《나미야 잡화점의 기적》)나 치매로 인해 그 어떤 진술도 기억에 부합할 수 없는(그래서 아들이 손자의 죄악을 덮는 수단으로 어머니의 치매[30]를 악용하는) 환자의 상태(《붉은 손가락》)도 기억의 문제와 연관되어 있다.

이에 그치지 않는다. '있었던 경험을 망각하고 없던 경험을 이미지로 기억해야 하는' 황당한 처지에 빠지는 것이 고쓰카의 입장(《게임의 이름은 유괴》)이고, 육체와 영혼의 분리를 통해 과거의 기억이 지금의 내 행동에 영향을 미치는 상황의 혼란스러움(놀랍게도 공부를 통해 습득한 지식은 기억[31]된다)을 표현한 작품이《비밀》이다.

---

30 치매가 교묘한 반전 역할을 하기도 한다.
31 반면 코르사코프 증후군으로 인해 기억력이 극단적으로 저하되는 증상이 나타난다. 히가시노 게이고, 이선희 옮김,《비밀》, 창해, 432쪽.

급기야 '덴카이치 탐정이시죠?'라는 미도리의 물음에 덴카이치는 '기억에 있는 이름이다. 어디서 들었지? 분명이 들은 적이 있는데[32]…'라는 반응을 내놓고 있다.

본격 추리소설을 쓰는 히가시노의 머릿속을 역사의 부재, 과거의 망각, 기억의 상실, 인과율의 전도라는 주제가 휩쓸고 다니는 이유는 대체 무엇일까?

자서전격인《그 시절 우리는 바보였습니다》에 작은 힌트라도 숨겨두었으면 좋았으련만, 오사카 지역의 불량기 있는 친구들 속에서의 학창 생활, 고질라, 울트라맨, 이소룡과 성룡, 비틀스 얘기로 흥분하다가 순식간에 300쪽이 훌쩍 지나가버린다. 하긴, 그게 어디 히가시노 게이고 탓일까.

3

이 글은 제목에서 말했듯이 시론試論이다. 사전적 의미로, 시험 삼아 해보는 의론議論이기에 길을 잃고 지엽말단을 따라가보는 것을 주저하지 않았다. 복잡하게 전개되고 말았으니 핵심을 정리해보자.

(1) 가가 교이치로의 얼굴 표정에 드러난 냉철함과 따뜻함은 마루야마 마사오가 말한 '논리 vs 정실' 사이의 왕복운동의 내면화된 흔적으로 볼 수 있다. 수사에 있어서 가가 형사는 정밀한 논리를 앞세우면서도 동기를 끝까지 추적하는 인간애를 저버리지 않는다.

(2) 대체적으로 유가와 마나부(탐정 갈릴레오)는 수수께끼에 해법

---

32 《명탐정의 저주》, 19~20쪽.

을 제시하는 논리에 충실한 인간이다. 아이를 싫어하는 이유가 비논리적 행동을 하기 때문이란다. 이시가미에 대한 특별한 연민(천재가 천재를 알아보는)을 제외한다면 가가 형사처럼 애써 살인의 동기를 파악하고 이해하려는 인간적 접근은 피하는 편이다. 그는 오히려《성녀의 구제》에서 아야네에게 사랑을 느낀 구사나기 형사가 수사를 망칠까 우려한다.

(3) 물론 가가도 공익(수사)과 사익(인간관계)이 정면충돌할 때 형사의 신분이기에 부득불 공익을 앞세운다.《잠자는 숲》에서 연모하는 발레리나 미오를 체포한 뒤에야 지켜주겠다고 맹세한다. 그런데도 시리즈 내내 이 문제가 정리되지 못하고 가가의 심장에 체류하듯 머물러 있는 느낌이다.

(4) 논리적 비약일 수 있는 대담한 주장으로, 유가와 마나부란 인물의 특성을 극한으로 밀어붙이면 덴카이치 다이고로의 얼굴이 모습을 드러낸다. 둘은 본격 추리소설에 특화된 탐정들인 셈이다. '왜?'와 '누구?' 그리고 '어떻게?'에 대한 탐구 중 무엇보다 '어떻게?'에 탐욕스럽게 집중한다. 등장인물들을 짧은 요약—애거사 크리스티 식의 예를 든다면 콧수염을 길러 멋을 내고 파이프 담배를 피우는 예비역 대령—으로 묘사하는 데 그치면 누가 범인으로 드러나든 그 살해 동기 또한 간단한 정보 수준으로 축소하는 경향을 띨 수밖에 없다. 인물이 평면적이니 동기를 파헤칠 까닭도 없게 되는 것이다. 인물의 리얼리티를 강조하는 사회파가 불만일 수밖에 없는 이유다. 그러나 바로 그렇기에 'how'에 대한 집중도를 높여갈 수 있다.

(5) 'how'에 대한 집중도를 높여간다는 것은 모호한 표현이긴 하다. 그러나 동일한 레일 위에서 가가 형사로부터 덴카이치에 이르는 길을 상상할 순 없다. 경시청이나 경찰서에 소속돼 있다는 소설 속 현실의 리얼리티가 인물이 한없이 가벼워지는 것을 막아주는 측면이 있지만 더 중요하게는 가가가 '어머니의 가출이 아버지가 경찰관인 탓'이

라는 원망을 안고 살아가는 인물로 설정돼 있다는 점 때문이다.《기도의 막이 내릴 때》에서, 애틋한 삶의 숨은 동기들이 수사와 어떻게 인연이 닿아 있는지를 보여준다.

(6) 그럼에도, 달리던 레일의 끝 지점에 이르면 유가와는 다름 아닌 덴카이치의 모습으로 변해버린다는 문학적 수사가 과연 설득력을 가질까? 두 사람 다 천재 탐정이라는 것 외에 이렇다 할 공통점이 없질 않은가. 유가와는 물리학 교수라는 현실 기반을 가진 인물인 반면, 덴카이치는 자신이 사는 곳이 상상의 공간임을 아는 존재다. '왓슨-홈스'의 찰떡궁합처럼 한 조를 이루는 두 팀—'구사나기-유가와'와 '오가와라-덴카이치'[33]—이지만, 역할은 사뭇 다르다. 구사나기 형사는 수수께끼나 다름없는 사건 때문에 골머리가 아플 때 조언을 얻기 위해(결국은 유가와가 천재성을 발휘해 사건을 다 해결하는 것으로 끝나지만) 유가와를 찾지만, 덴카이치는 어디선가 불쑥 소환되어 나타나 오가와라의 해결 능력을 가로채어 스스로 사건을 해결하는 통쾌함을 발휘함에도 불구하고 자신이 소설 속 인물이라는 것을 상기시키는 성가신 존재일 뿐이다.

—독자 여러분에게 묻겠다. 절대로 진실에 다가서지 않으려면 어떻게 해야 할까. 그렇다. 소설이 시작되는 즉시 진범과 진실을 알아내야 한다. 그럼으로써 진범과 진실을 교묘히 피해가야 한다. 한마디로 나는 항상 주인공인 덴카이치 탐정보다 한발 앞서 진실을 밝혀내야 한다. 그리고 나서 사건 해결로 이어질지도 모를 추리와 행동을 자제하면서 수사를 진행해야 한다.[34]

오가와라 반조에게 이 성가심이란 이중의 의미를 갖는데, 외모

---

33   《명탐정의 규칙》과 달리《명탐정의 저주》에서는 오가와라 반조가 등장하지 않는다.
34   《명탐정의 규칙》, 10쪽.

부터 '쩐따' 같은 초보 탐정에게 아무것도 모르는 척 연기해야 하는 자신의 처지에 대한 자괴감 때문이기도 하지만, 그런 무대 위 역할을 작가(히가시노 게이고)가 자신에게 부여했기에 장기판의 졸처럼 움직여야 하는 운명에 대한 투덜거림이기도 하다.

오가와라 반조에게는 '현실감각'과 '가상감각'이 교묘하게 겹쳐져 있다. 자신이 주인공 역할을 맡고 있으므로 오가와라보다는 덜하지만, 덴카이치도 자신이 소설 속 존재라는 점을 자각하는 한 가상감각을 갖고 있는 셈이다.

유가와 덴카이치가 동일한 레일 위에 있다고 했을 때 우리는 '현실/가상'이 어떻게 동일한 레일 위인가를 설명하지 않으면 안 된다.

(7) 이 설명의 근거를 언어의 구성적 성격에 의해 리얼리즘[35]이 약화되고 모더니즘이 지배력을 행사하며 등장하던 시기와 겹쳐 읽어야 한다. 거칠게 이해해보면, 리얼리즘이 무엇(what)―견고한 수학적 지식이든 프롤레타리아 계급의 진실한 경험이든―을 추구하는 것과 달리 모더니즘은 무엇을 언제나 '해석된 무엇'으로 파악하여 해석의 방법론을 추구한다. '무엇'은 그 자체로 존재하는 것이 아니다. 해석된 방식을 통해서만 그 모습을 드러낼 뿐이다.

(고전) 추리소설은 종합의 방법을 성취하지 못한 채 애매한 형태로 양자('무엇'과 '어떻게') 모두를 받아들이려는 제스처를 취한다. 무엇이라는 날것의 세계를, 작가의 '창작 의지와 계획'의 내용이자 궁극적 실체로 위장하여 숨겨두고 등장인물인 탐정을 활용하여 독자와 대등한 조건에서 수수께끼를―하우던잇이란 모더니즘 방법론의 변형태가 아닌가?―풀어내도록 한다. 당연한 얘기지만, 이때 탐정과 독자 누구에게든 'how'에 대한 우선권이나 독점권은 허용되지 않는다. 뿐만 아니라 소설의 세계에서는 결론을 내리기 위해 하나의 풀이(정답)만을 상정

---

35   리얼리즘은 언어를 음식을 담는 투명한 그릇 같은 것으로 보아왔다.

하기 마련이지만, 풀이가 여럿일 수 있다는 가능성을 차단하진 않는다.

페어플레이fair play 정신이란, 작가의 존재를 잠시 잊은 채, 탐정과 독자 모두 수집할 수 있는 정보의 목록에서 소외되는 일이 없도록 평등성을 보장하겠다는 것이다. 탐정과 작가 사이에는 사실 수직적 위계 관계가 성립하지만, 그것이 드러나지 않도록 솜씨를 부리면서, 탐정과 독자의 대등한 경쟁 관계를 전면에 부각해 독자를 현혹한다. 추리소설에 대한 포괄적 이해에서 보자면, 독자가 이 현혹에 온전히 농락당할 상황에 이르면, 탐정과 작가의 연결고리가 애초부터 없었던 것처럼 느껴져, 추리소설의 역사와 내재적 규약에 통달하고 그 전통을 지켜가려는 애독자와 달리 그에 제한되기를 거부하는 발칙한 독자는, 탐정이 끝내 수수께끼의 해법을 못 찾을지도 모른다는 불길한 상상[36]을 하게 된다.

그리고 이 회의에 앞서, 모더니스트가 선두에 서서 감당해왔던 인식의 상대성과 허무 감각[37]에 노출된다. 이 감각은 현실과 가상의 경계가 무너짐으로써, 다른 말로 현실이 갖고 있던 무게감이 사라짐으로써 생겨나는 것인데 그 귀결은 자못 심각해서 이제 현실은 가상의 한 종류로 이해되는 심각한 처지에 놓인다.

사정이 이러할진대, 작가와 독자는 말할 것도 없고 소설의 등장인물마저 '모든 것은 구성되었다. 언어의 구성적 성격이 그것을 가능케 한다'라는 생각에 오염되지 못할 것도 없다.

오가와라와 덴카이치의 있을 법하지 않은 대화와 행동은 이런 맥락에서 이해되어야 마땅하다. 자신의 발밑에 깔린 레일 위의 유가와 마나부의 시야에 결코 모습을 드러낼 일이 없을 것 같았던 덴카이치가 시야의 범위 안으로 들어오는 이유는 이 경계의 견고한 둑이 사라졌기 때문일 것이다.

다른 한편, 가가 형사는 상징적 의미에서 '유가와 → 덴카이치'

---

36 물론 이것은 추리소설을 읽는 통상의 관습과 문화의 상징적 계약에 대한 회의로부터 생겨나는 예외적 독자의 입장이기는 하다.

37 언제나 '해석된 무엇'이 아니면 그 실체는 텅 빈 공백이 아닌가 하는 느낌.

의 반대 방향[38]으로 이동하면서 '가정의 붕괴'라는 삶의 조건에, 명민한 수사관이라는 사회적 정체성에 존재의 뿌리를 내린다.

4

—무엇이 국가를 위한 일인가?

이것에 대해 천황제에서는 천황폐하와 천황폐하의 정부에 대해서 충성의 의무를 지니고 있는 관리(공무원)가 결정한다. 1945년 패전 이후, 천황제가 점령국 미국에 의해 폐지된 후 성립된 국민국가Nation State는 자신의 정체성을 관리의 그 충성스러운 결정을 사상抽象시킨 순수하게 형식적인 법 기구 위에 둔다.

—국가 질서가 자신의 형식성을 의식하지 않는 곳에서는 합법성 역시 결여되지 않을 수 없다.[39]

마루야마 마사오에 따르면, 이 형식성이란 역사적으로 홉스가 말하는 '주권자의 명령'이라는 형식성으로부터 발원하여 국민 각자의 토론과 논의를 거친(국회의원을 통한 간접 행위로 드러난다 하더라도) '국민 주권의 명령'으로서의 형식성으로 거듭 발전한다. 극단적으로 말하면 명령의 내용이 따로 있는 게 아니라 명령 자체가 내용인 것이다. 또 국가의 의지란 그 형식성을 채운 결단으로서, 절충과 타협으로 이루어진 국민 각자의 종합된 권리의 발현일 것이다. 그리고 그럴 때에만 법 준수 의식(자신이 참여해 제정한 법이므로 반드시 준수해야 한다는 의식), 즉 합법

---

38   유가와 마나부가 아이들을 사랑하게 되면, 삶은 논리적으로만 굴러가는 게 아니라는 지혜(가슴이 따뜻해지는 지식)를 깨닫게 될까?

39   마루야마 마사오, 김석근 옮김,《현대 정치의 사상과 행동》, 한길사, 56쪽.

성 의식이 생겨난다는 것이다.

탐정에게 제공된 정보와 똑같은 정보가 독자에게도 제공되어야 한다는 평등의 원리는, 주권재민主權在民의 민주사회에서 국민 각자는 동일한 정치적 권리를 갖는다는 평등성의 문화적 내면화로 읽어낼 수 있다. 더불어 국민의 명령을 기다리는 공백(無)으로서의 국가 정체성은 탐정을 조종하는 작가의 보이지 않는 끈이 완전히 끊어질 때(작가가 부여한 내용을 사상하는), 느끼게 되는 공백에 대한 감각(과거의 기억이 아삼아삼한 탐정 덴카이치)이다.

종전 후 10년에서 15년 사이에, 일본에서 압도적으로 인기를 누렸던 추리소설은 요코미조 세이시를 중심 작가로 한 본격 추리소설이다. 마쓰모토 세이초로 대표되는 사회파는 1950년대 후반에서 1960년대에 이르러서야 모습을 드러내는 것이다.

이 현상을 어떻게 이해해야 할까? 전후에 왜 본격이 먼저 나타나고 한참 지난 후에야 사회파가 등장했을까?

아이러니다. 전후, 생활고로 인해 사는 게 만만치 않았으므로 서민들은 크고 작은 범죄에 가담하지 않고서는 생존을 장담할 수 없었다. 한 예로 미국 군수품을 빼돌린 암거래가 없었다면 굶어 죽어나간 서민이 한둘이 아니었을 거라고 한다. 그런데 이 시대는 누구랄 것 없이 범죄가 생활상의 필요를 넘어 삶을 영위해나가는 자각과 결단의 수단이 됨으로써 사상(실존주의)에 근접했던 것이다.

―어떤 시대이건 범죄는 그 시대의 사상적 전형으로서 존재한다. 그러나 종전 직후 일본의 경우에는, 다른 어느 시대보다도 범죄가 시대사상의 전형이 되어 있었던 시대[40]다.

범죄를 사상으로 받아들인다는 것은 자신을 둘러싼 모든 가치

40   구노 오사무·쓰루미 슌스케, 심원섭 옮김, 《일본 근대 사상사》, 문학과지성사, 163쪽.

가 무의미함을 몸소 자각한 이후다. 따라서 이 부조리한 세계에서 믿을 것은 자신의 열정과 행위뿐이다. 그것이 무모한 범죄로 귀결된다고 해도 상관없다. 어쨌든 스스로 선택한 것이므로 책임을 회피할 생각은 없다. 이때 개인적[41]으로는 범죄가 자기 확인(의미 부여)의 도구로 기능한다. 사회적으로는 범죄 속에서 자신을 발견한 실존주의가 급변한 정치 체제인 민주주의 실험의 필수불가결한 기반[42]이 된다.

개인의 선택, 행위와 그 결과에 대한 책임… 다 민주주의의 핵심 가치들 아닌가.

범죄의 동기(가난, 생존)가 삶에 깊숙이 스며든 상황에서 새삼 사회적 맥락에서 동기의 진상을 파헤쳐보는 '사회파'가 먹혀들 까닭이 없다. 무엇보다 개인이 사회적 맥락을 잃은 까닭이다. 뒤집어 생각하면 책에서조차 진지한 범죄 사건을 마주하기 싫은 심리가 작동했는지도 모른다.

훗날 '사회파'의 철학에서 보면 '본격 추리소설' 따위란 범죄를 희화화한 오락일 것이다. 그런데 엄중한 삶을 오락으로 해석해버린 '병신스러움'이라는 힐난은 대중의 무의식 속에서 본격 추리소설이 민주주의의 역량을 강화하고 있었다는 특징을 보지 못한 것이다.

오래전 '추리소설은 민주주의가 발달한 나라에서 꽃을 피운다'라는 어느 일본 추리평론가의 추상적인 글을 읽은 적이 있는데, 이 평자는 미국, 영국, 일본을 발전된 민주주의 국가로 묶어 소위 일본의 '국뽕'을 드러내는 것에 심취한 나머지 핵심을 지적하지는 못했지만, 결국 그의 주장은 본격 추리소설을 통과한 일본의 대중문화 속에서 얼마간 진실을 드러내고 있었던 것이다.

---

41 실존주의는 개인주의다.
42 《일본 근대 사상사》, 168쪽.

5

끝으로 예리한 눈빛과 따뜻한 미소를 겸비한 가가 형사의 개인적 특성과 인간적 고민으로 돌아가보자.

(1) 신체적 특성: a. 180센티미터의 큰 키에 넓은 어깨, 그 때문인지 얼굴이 외국인처럼 작아 보인다. b. 턱이 뾰족하고 윤곽이 짙은 얼굴 c. 나지막하지만 우렁우렁한 목소리. d. 오랜 검도 수련(검도 실력자)과 평소 꾸준한 단련을 통해 체력이 강하다.

(2) 성격적 특성: a. 대범하다. b. 냉철하다. c. 붙임성이 있다. d. 츤데레의 모습, 따뜻한 인간적 배려를 소홀히 하지 않지만 때로는 까칠함을 보일 때도 있다. 동시에 엉뚱한 데가 있다. e. 수사를 할 때 힘든 일을 마다하지 않고 발품을 파는 끈기가 있다. f. 수다로 귀를 따갑게 할 뿐인 소문 따위에는 관심이 없다. g. 살풍경한 원룸을 빈틈없이 정리해 깔끔함을 유지한다. h. 승부에 집착하는 편이다. i. 확고한 내면의 세계를 갖고 있다. j. 친목회나 모임을 싫어한다. k. 둔한 움직임과 느린 반응 탓에 엘리베이터를 싫어한다. l. 운전 습관이 신중하고 신사적이다.

(3) 버릇 및 취향: a. 서민 취향이라 고급 레스토랑보다는 대중식당을 선호한다. b. 생각할 때 팔짱을 끼는 버릇이 있다. c. 클래식 음악에 약하다. d. 현금을 바지 주머니에 넣고 다닌다. e. 요리(먹는 것)에 진심[43]이다. f. 블랙커피를 즐겨 마신다. g. 담배를 피우지 않는다. h. 피의자가 질문이 끝난 줄 알고 방심하는 순간 '한 가지만 더!'라고 말하며 질문하는 습관이 있다. 덧붙여 수사 과정에서 상대의 허점을 노리기 위해 가끔 거짓말을 한다.

---

43   히가시노 게이고는 아마추어 자격으로 요리 프로에 출연한 바 있다.

이런 다양한 모습 중에 단연 눈길을 끄는 것은 확고한 내면의 세계가 있다는 점이다. 나는 이 내면의 세계가 밖으로 드러나 얼굴 표정에 머문 것을 마루야마 마사오가 말하는 '논리 vs 정실적 인간관계' 사이의 왕복운동이 포착되는(예리한 관찰과 따뜻한 배려) 중요한 지점이라고 말했다.

가가 형사의 마지막 작품인《기도의 막이 내릴 때》에서―나중에 오해가 상당 부분 해소되긴 하지만―가가의 삶은 어린 시절 까닭을 알 수 없었던 어머니의 가출이 경찰관이었던 아버지의 탓이란 피해의식에 사로잡힌 나머지 의지와 행동에 심각한 제약을 받는다. 타인의 눈에는 이러지도 저러지도 못하는 뭔가 어정쩡한 모습을 드러내는 것이다.

대학교 졸업반 시절, 사토코에게 프러포즈를 하는 장면을 떠올려보라.

―너를 좋아한다. 결혼해줬으면 좋겠다고 생각하고 있어.[44]

좋아한다는 고백은 분명하지만 사내의 기백으로 결혼에 맹렬하게 매달릴 기색은 없다. 사랑이 의지의 감성적 차원이 아니라 생각, 즉 이성의 차원에 머물고 있는 것이다. 그리고 이 사랑 고백은 최종 결정이 내려진 것으로 보이지만 마음 깊은 곳에서는 정리되지 않는 직업 선택의 문제와 연관됨으로써 복잡한 양상을 띤다.

―교사 아니면 경찰이 되고 싶지만 경관은 가족을 불행하게 하니까 안 할 거야.[45]

형사가 되기 전, 교사를 택한 이유는 사토코와의 결혼을 염두에

---

44   《졸업》, 7쪽.
45   《졸업》, 161쪽.

두고 있었기 때문이다. 그 이면에서는 경찰이 되고 나서 사토코와 결혼하면 결혼생활을 망칠 것이란 생각이 가가의 내면에서 작동하고 있었던 셈이다.

그런데 가가의 성품을 잘 아는 사토코는 가가의 내면에 감춰진 뜨거운 에너지로 인해 샐러리맨보다 더 강한 조직성이 요구되는 교사 생활이 쉽지 않을 거라고 예감한다. 이별에 대한 암시인 것이다.

가가는 사토코에게 프러포즈를 했지만 그녀가 누구와 결혼하든 그것은 사토코의 자유라고 못 박는다. 이에 사토코는 이 신경 쓰이는 문제를, 가가를 자신 못지않게 잘 아는 미나미사와 선생님을 찾아가 조언을 듣고자 하는데, 그 선생에 따르면 가가가 그런 결정을 내린 이유는 엉뚱한 고집이 있어서도 아니고 수줍어서도 아닌, 가가의 진심이라는 것이다.

가가의 애매모호한 사랑 고백은, 교사와 경찰관 사이에서 망설이다가 교사를 선택하고 2년 뒤 다시 경찰로 변신하는 인생행로와 무관하지 않다.

사토코와의 사소한 말다툼은 그녀가 살인 동기에 무심한 것에 대해 살짝 삐쳤기에 벌어진 촌극이지만, 《졸업》을 읽는 것만으로는 가가가 왜 그토록 동기에 집착하는지 제대로 알 수 없다. '살인 동기'를 파헤치고자 하는 집요함은 그 동기를 알 수 없었던 '엄마의 가출'이 그의 가슴을 계속 짓눌러왔기 때문이다. 가출 동기가 밝혀져 이해되지 않는 한 어머니를 외면할 수도 추억할 수도 없다.

사건 전후 관계의 설명만으로 수사를 마무리할 수 없고, 사건이 일어난 배경과 범죄의 동기가 명백히 드러나야만 사건을 종결할 수 있다는 게 가가 형사의 일관된 입장이자 철학이다.

《졸업》에서 대학교 4학년이던 20대 초반의 가가 교이치로는 《잠자는 숲》에서는 서른 살 전후의 경시청 수사 1과 형사로 나온다. 이때는 이미 교사직을 그만둔 지 오래다. 그만둔 이유는 학생들을 위해 했던 진심 어린 행동이 그들에게 전혀 도움이 되지 않았기 때문이다. 그로 인해 자신은 교사로서 실격이라고 결론을 내린 것이다.

말로만 프러포즈를 했던 사토코와의 관계와 달리 발레리나 아사오카 미오와의 관계는 상당히 진전되어 포옹도 하고 입맞춤도 하지만, 살인 동기와 관련해서는 옛사랑을 잊은 지 10년 세월인데도 거의 판박이 대화를 나눈다.

　—아무래도 동기를 꼭 밝혀야 하는 건가요?
　—아, 그건 그렇죠.

　연유야 어찌 됐든 가가가 사랑하는 여자 미오는 살인자다. 궁지에 몰린 친구를 돕기 위한 정당방위에 가까운 행위였지만, 금속제 꽃병을 불법 침입한 남자의 뒤통수를 향해 내리친 사람은 그녀였다.
　사랑하는 여자(정실적 인간관계)를 앞에 두고 수사(공권력의 논리)는 어떻게 진행될 것인가?
　마루야마 마사오의 어법을 빌려 표현하면 끝 간 데를 모르고 하강하던, 논리적이고 합리적이라 비인간적이라는 혐의를 받았던 그 힘은 무라(村)와 향당사회 앞에서 반발에 부딪친다.
　저변의 인간관계 중 하나인 사랑은 수사에 반발할까? 사랑받았던 여자 미오는 가가에게 논리의 창끝을 치워달라고 부탁할까? 무릎을 꿇고 애끓는 사랑에 호소해서 한 번만 사지에서 벗어나게 해달라고 애원할까?
　소설을 읽는 동안 직감적으로 이 문제가 가가 형사에게 심각하게 떠오르는 순간이 있을 것으로 기대했는데, 히가시노 게이고는 뜻밖의 손쉬운 해결책을 선택한다. 미오가 울어서 빨개진 눈으로 자신을 체포해달라고 선수를 친 것이다.
　가가의 고민이 덜어지는 순간이다. 가가 형사는 그 어떤 감정의 동요도 없이 그녀의 손을 잡으며 말한다.

　—당신을 체포합니다.[46]

연인 사이의 포옹과 입맞춤은 그 뒤의 일이다. 그렇기에 '내가 당신을 지켜줄 겁니다'라는 가가의 뒤늦은 맹세는 그 진정성에도 불구하고 어딘지 공허한 울림을 준다. 그 맹세가 구체성을 잃고 증발해 추상화되기 때문이다.

《둘 중 누군가 그녀를 죽였다》에서 논리(수사)와 감정(분노 및 복수)의 충돌 문제는 여동생 소노코가 살해된 현장을 가장 먼저 발견한 오빠 이즈미 야스마사가 왜 곧바로 경찰에 신고하지 않고 현장을 얼마간 조작하고 나서 했는가에 집중된다. 네리마 경찰서의 순사부장이 된 가가 형사가 등장하지만, 그는 한발 뒷전으로 물러난 존재일 뿐이다.

부모님이 모두 돌아가셨기에 오빠로서 여동생을 제대로 챙기지 못했다는 후회와 뉘우침이 경찰 수사를 배제하고 스스로 범인을 잡아내려는 추동력이 되었기 때문일까? 난 말할 테니까 넌 요령껏 알아들으라고 이따위 것을 이유로 내놓고 있는 것이지만 납득할 수 없는 변명에 불과하다.

—타살이라는 것을 깨닫는 순간, 야스마사는 자신의 손으로 범인을 밝혀내기로 결심한다. 세상에는 내 손으로 해야 할 일과 그렇지 않은 일이 있다. 이건 결코 남의 손에 맡길 일이 아니라고 그는 생각한다. 그에게는 누이의 행복이야말로 인생 최대의 바람이었던 것이다.[47]

뒤집어 생각해보라. 부모를 대신해 보호해주고 싶었던 여동생인데, 시신 앞에서 광란의 몸부림은커녕 감정적으로조차 무너져 내리지 않는 상황[48]을 어떻게 이해해야 할까?

게다가 소설 초반에 이미 범인이 둘 중 하나(소노코의 애인이었던

---

46   히가시노 게이고, 양윤옥 옮김, 《잠자는 숲》, 현대문학, 343쪽.
47   히가시노 게이고, 양윤옥 옮김, 《둘 중 누군가 그녀를 죽였다》, 현대문학, 91쪽.
48   《둘 중 누군가 그녀를 죽였다》, "소노코가 죽은 이후로 그는 한 번도 눈물을 흘리지 않았
      다.", 125쪽.

준이치와 자신을 배신하고 애인을 빼앗아간 친구 가요코)임이 거의 드러났음에도 교통경찰관 신분의 야스마사는 결코 분노의 액션을 취하지 않는다. 한데, 이미 자기 방식의 수사를 시작했으니 좀 더 지켜볼 일이라는 짐작으로 기다리는 독자가 맞닥뜨리는 것은 다음과 같은 상황일 뿐이다.

　　—좋은 거 한 가지 알려주지. 나는 99퍼센트, 네가 소노코를 죽였다고 생각해. 하지만 나머지 1퍼센트가 부족하기 때문에 아직은 점잖게 얘기하고 있는 거야.[49]

　　일본인과 한국인의 정서 반응에 대한 문화적 감수성의 차이일까? 얼마간 그런 점이 있음을 부인할 순 없겠지만, 무엇보다 나는 이런 믿기 어려운 이야기를 계속하는 것은 야스마사의 심리 속에서 논리(이성)가 정실(감성)을 꼼짝 못하게 억누른 상태이기 때문이라고 본다.
　　가가 형사는 묘하게도 야스마사의 살인 현장 조작을 눈치챘음에도 다른 수사관과 더불어 그에 대한 신뢰[50]를 보낸다.

　　—그도 말했듯이 정말로 야스마사의 복수를 저지할 마음이라면 현 시점에서도 얼마든지 손을 쓸 방법이 있을 것이다. 그것을 하지 않는 건 분명 야스마사의 이성을 믿고 있기 때문이다.[51]

　　하지만 '억압된 것은 반드시 되돌아온다'라고 했던가? 소설 후반부에서 야스마사의 어이없는 고백은 이제껏 자신이 해왔던 행동의 냉정함을 전면 부정함으로써 마지막 1퍼센트의 논리적 연결고리를 찾고 있던 추리를 비웃는 것처럼 보이기까지 한다.

49　《둘 중 누군가 그녀를 죽였다》, 249쪽.
50　물론 가가는 골머리를 앓는 현관 체인 문제를 해결하지 못했기에 섣불리 움직이지 못한다.
51　《둘 중 누군가 그녀를 죽였다》, 265쪽.

—나는 경찰관으로서 진상을 밝히려는 게 아니야. 소노코의 오빠로서 범인을 밝혀내려는 것뿐이야. 그러니 자백 같은 건 필요 없어. 증거도 증언도 필요 없지. 필요한 건 확신뿐이지.[52]

이럴 거면 감정을 억누르고 복수를 뒤로 미룬 까닭이 대체 무엇일까? 대체 야스마사가 말하는 확신이란 무엇인가?

사건의 진상에 대해 스스로 갖고 있던 의문이 풀리는 것이 확신에 이르는 선결 조건일 테지만, 자기만의 추리를 통한 내면적 확신이 증거나 증언을 전제하지 않고 어떻게 생겨날 수 있단 말인가?

자신이 직접 보고 들은 것은 아니더라도 증거와 증언은 (간접적) 관찰에 속하기에 이를 기반으로 추리하여 논리적 결론에 이르기 위해서는 전제도, 추론의 가운데 고리도, 논리에 따른 총체적 귀결도, 어느 것 하나 빠짐없이 필요하다.

이것이 부정되는 것이라면 우리는 야스마사에게서 《용의자 X의 헌신》의 범죄자 이시가미의 그림자를 떠올릴 수밖에 없다. 그에게 필요한 것은 관념과 관념의 시뮬레이션일 뿐이다. 야스마사의 확신도 그저 그러한 것인가?

가가 형사 시리즈가 작품 수를 늘려가는 와중에도 '논리(이성) vs 정실의 인간관계(감성)' 사이의 왕복운동(오락가락)은 휴식을 모르는 것 같다.

이 대립은 《악의》에서 호칭 문제로도 나타나는데, 옛 중학교 동료 교사였던 노노구치 오사무를 '선생님'이라고 부르던 가가는 그의 범죄를 확신하게 되자 '당신'이라고 바꿔 부르기 시작한다. '공/사'의 구분이 명확해지는 지점이다. 사촌동생이자 형사인 마쓰미야가 가가를 부르는 호칭은 좀 더 미묘하다. '형(정실 관계) → 가가 경부보님(공식 호칭) → 가가 선배(공과 사의 타협).'

---

52 《둘 중 누군가 그녀를 죽였다》, 289쪽.

《붉은 손가락》에서도 동기의 천착이라는 가가 교이치로만의 형사의 본분이 강조된다.

—형사라는 건 사건의 진상만 해명한다고 해서 다 끝나는 게 아냐. 언제 해명할 것인가, 어떻게 해명할 것인가, 그것도 아주 중요해.[53]

그리고 이 본분은 사촌동생 형사 마쓰미야가 보기엔 '사건보다 더 중요한 이야기'로서 '아버지 다카마사와 아들 가가 형사'의 불편한 부자 관계로 이어지고 있다. 임종을 앞둔 아버지의 병실을 찾지 않은 아들 가가의 태도를 어떻게 납득할 것인가 하는 문제로.

공무 수행과 사적인 일(아버지 3주기 기일 참석)의 충돌은 종합에 이르지 못하고 어정쩡한 상태로 남는다. 《붉은 손가락》에서 아버지를 돌봤던 간호사 도키코와의 인연이 이어져 그녀가 기일 행사를 주관하게 되는데, 무슨 연유에서인지 가가 형사의 태도는 여전히 미온적이다.

—말씀하신 일정으로 진행해주세요. 도키코 씨에게 모두 맡기죠, 다만… 그날 제가 꼭 참석한다고 보장[54]할 수는 없습니다.[55]

그런 의미에서 자신의 사적인 내면 공간을 외부로 투사하여 수사와 결합한 작품이 《신참자》가 아닐까 한다. 나는 처음 이 소설이 연작소설(같은 주인공의 배경과 사건이 다른 단편소설 여러 편을 하나로 묶은 소설)인 줄 알았다. 소제목만 보면 영락없이 연작소설이다. 센베이 가게 딸,

53   히가시노 게이고, 양윤옥 옮김, 《붉은 손가락》, 현대문학, 230쪽.

54   후루하타 야스오 감독의 〈철도원〉(1999)의 주인공 유토는 딸아이가 죽는 순간에도, 아내가 큰 병에 걸려 병원으로 떠나는 순간에도, 호로마이 역을 지켜야 하는 공무 탓에, 함께하지 못한다. 공무가 사생활을 바닥까지 죽여 없애는 것이다. 이처럼 극적으로 집중·부각되어 있지는 않더라도 히가시노 게이고도 자기 방식으로 이 문제를 건드리고 있는 것이다.

55   히가시노 게이고, 김난주 옮김, 《기린의 날개》, 재인, 16쪽.

요릿집 수련생, 사기그릇 가게 며느리, 케이크 가게 점원, 청소 회사 사장….

그러나 그게 아니었다. 니혼바시 고덴마초에서 살해된 미쓰이 미네코의 죽음을 탐문하는 과정에서 만난 사람들의 신분으로 소제목을 꾸렸을 뿐이다. 가가 형사는 탐문수사 중 스쳐가는 그들의 인생을 좀 지나치다 싶을 정도로 들여다보고 있는 것이다. 덩달아 독자도 수사의 끈을 놓고 가가의 안목에 동참하게 된다.

《신참자》는 히가시노 게이고가 가가 형사를 위해 특별 무대를 마련해준 것이 아닌가, 하는 생각이 들 정도로 이례적인 작품이다. 가가 형사의 끈질긴 수사 방식, 이를테면 범죄자나 주변 인물들의 '삶의 진실'을 어느 정도 포착하지 않고는 만족할 줄 모르는 그의 성격을 배려한 것처럼 느껴진다. 단, 그렇다고 '사회파 추리소설'이 되지는 말 것!

《기도의 막이 내릴 때》에서 마침내 가가 형사는 가출 후 16년이 지난 시점에 생을 마감한 어머니와 화해한다. 서른여섯 살에 가출해 쉰두 살에 죽음을 맞이하기까지 어머니가 어떤 삶을 살아왔고, 자신에게 어떤 감정을 품고 있었는지가 지인의 증언을 통해 또 유언격인 편지를 통해 가가에게 알려진다.

가가 형사가 소설 속 인물임을 알면서도 나는 독서 후 남겨진 인상의 끈질긴 여진 속에서 이런 상상을 하지 않을 수 없었다. 어머니의 진심을 알게 된 이후에도 가가 형사의 수사 방식에는 변함이 없을까? 동기에 대한 천착이 없이는 여전히 만족하지 못할까? 도키코와의 사랑 앞에서는 좀 더 과감성을 내보이며 결혼에 골인하려나? 그것을 히가시노 게이고가 아니라 가가 형사에게 묻고 싶은 것이다.

6

마루야마 마사오는 중학교 시절 잡지 《신청년》(1921년에 창간된 추리소설 전문 잡지)을 비롯한 추리소설 탐독에 빠져 특히나 반 다인S. S.

Van Dine의 원서[56]를 즐겨 읽었다고 한다.[57]

제 버릇 개 못 준다고, 훌륭한 사상가가 추리소설과 엮이는 것을 보면 남들보다 삶의 비밀을 하나쯤 더 등 뒤에 감춘 듯한 인상을 받아 흥분한 나머지 쓸데없는 질문을 던지게 된다. 본격 추리소설의 전범이랄 수 있는 반 다인을 읽은 경험이 마루야마가 자신의 사상을 구축하는 데 작은 섬돌이라도 되었을까?

바보 같은 질문이다. 억지로 몰아붙여 추리소설을 좋아하는 사람들이 듣기 좋은 말을 하나 얻어내려는 것일 뿐, 그 이상도 그 이하도 아니다.

마루야마는 '현대'가 니힐리즘의 고뇌를 깊이 안고 있다고 진단한다. 그 까닭은 현대가 '형식 일반'에 반역하여 매개 없이 자신을 직접 표출[58]하려고 하는 시대이기 때문이라는 것이다.

예전[59]엔 형식이 다양한 '틀'로 존재했는데, 문학에서의 정돈된 언어 사용과 문체, 학문이나 예능의 기초 훈련, 올바르게 전승된 교의 같은 것이 그런 틀이었다는 것이다. 응용해 이해하면, 차근차근 계단을 밟아 올라가 경험에 형식을 부여해가는 시간이든 역사적으로 누적된 경험 위에서 합의되고 선별된 지식이든, 현대인은 더 이상 매개성을 위해 수련하고 그것을 수용하려는 태도를 보이지 않는다는 것이다. 자유의식의 극한적인 발로일까, 현대인은 형식이나 틀에서 왠지 폭력의 낌새(교훈이나 스승에게서 느껴지는 꼰대 인상)를 느끼는 것 같다.

흥미로운 것은 마루야마가 검도 시합에서 보이는 신체 동작의 틀 또한 이에 포함된다고 본 점이다.

《졸업》에서, 일본 선수권에서 우승한 경력이 있는 가가는 현경 교통과 소속 아키가와 요시타카 검도 4단으로부터 한 수 지도를 받는

---

56 중학교 때 반 다인 원서라니?! 천재이긴 한 모양이다.

57 가루베 다다시, 박홍규 옮김, 《마루야마 마사오-리버럴리스트의 초상》, 논형, 43쪽.

58 《마루야마 마사오-리버럴리스트의 초상》, 176쪽.

59 도쿠가와 시대.

데, 그가 전수한 것은 검도의 극의極意, 즉 '힘 빼기(脫力)'였다. 전력투구로 상대를 몰아붙이지만 말고, 힘을 빼서 비축할 때와 힘을 모았다가 쏟아부을 때의 타이밍을 알아야 한다는 것이다. 힘 빼기란 근육의 긴장이 풀어져 망연히 넋을 놓고 있는 상태가 아니라 다음 순간을 위해 집중하는 준비 상태로 그 순간이야말로 검도의 극의가 드러난다는 것이다.

가가는 그 후로 계속되는 검도 수련을 통해서 극의의 내면화에 얼마나 진척을 보였을까? 한데, 가가 형사의 수사 철학은, 몇 번씩이나 사건과 관계없는 질문—가지타의 발레 철학이 무엇인가 따위—을 해대는 그의 수사 방식은, 검도의 극의를 닮지 않았을까? 《신참자》에서 수사 대상에 곧바로 돌진해 들어가지 않고 니혼바시 고덴마초에서 소시민으로 살아가는 이런저런 인간 군상의 삶의 풍경에 한참이나 시선이 머물렀던 것은 가가 형사가 체득한 나름의 '탈력의 극의'가 아니었을까?

동기를 중시하지만 사회파 수준으로 동기를 깊이 파헤치지는 않는 가가 형사 시리즈를 고려할 때, '본격 추리소설 → 사회파 추리소설 → 신본격 추리소설'의 역사적 내홍(혹은 발전)을 겪은 일본 추리소설의 도도한 역사적 흐름 속에서 히가시노 게이고는 어떤 평가를 받을까, 궁금해진다. 잘은 몰라도 베스트셀러 소설가로서의 위상이 워낙 높다보니 역설적으로 추리소설 역사 속에서의 그의 위치에 관심이 없어지는 것도 사실인 모양이다.

내가 이것을 궁금해하는 이유는 마루야마 마사오가 말하는 위에서부터 아래로 하강하는 합리성과 저변으로부터 위로 상승하는 정실 관계의 두 힘이 가가의 분열된 얼굴 표정에 나타났던 것과 마찬가지로, 그 두 힘이 일본 추리소설의 역사에서도 '본격파'와 '사회파'의 대립·길항으로 나타난 것은 아닌가 하는 의구심 때문이다. 물론 이것은 지나친 단순화—사회파에도 본격의 요소가 있고 본격파에도 사회의 구조적 왜곡을 파헤치는 동기의 요소가 강조될 수 있을 것이다—일 테지만, 한 측면을 부각한 추상화된 요약본의 형태라면 그런 느낌을 갖지 못할 것도 없을 것이다.

일본 《미스터리 매거진》 2006년 3월호[60]에서 《용의자 X의 헌신》이 본격 추리소설인지에 대한 논쟁이 있었다.

'본격 추리소설'을 단서와 복선, 증거를 가지고 논리적으로 수수께끼를 풀어냄으로써 범인을 찾는 추리소설로 정의하는 니카이도 레이토는 《용의자 X의 헌신》을 본격이 아니라 '광의의 미스터리'로 본다. 또한 본격 추리소설을 형성하는 요소로서 본격에 대한 사랑과 열의 같은 집필 동기가 중요한데, 히가시노에게는 그 점이 부족하다는 것이다. 반면 가사이 기요시는 니카이도 레이토에 반대해서 난이도가 낮은 초보자용 수준의 본격이긴 하지만, 그렇다고 본격이 아니라고 잘라 말할 수는 없다고 반론을 펼친다.

추리소설에 관한 한 정말 대단한 일본이다. 디테일한 차이를 지적하며 펼치는 논쟁을 들여다보고 있자면 같은 분야에 종사하는 사람으로서 한없이 부러운 생각이 들 뿐이다.

그러나 우리 작가의 추리소설 생산량이 상대적으로 크게 부족한 현실에서 일본 추리소설의 세세한 논쟁을 들여다보는 쾌감에 젖는 것은 호사가의 한가한 취미가 될 공산이 크다. 그럼에도 본격파와 사회파의 갈등 및 길항은 일본의 정치·사회·문화를 가늠할 지표가 될 수 있다는 점에서 주목할 필요가 있다.

'본격'이라는 표현을 처음 쓴 사람은 1923년, 잡지 현상응모에 〈진주 탑의 비밀〉이 당선되어 문단에 데뷔한 고가 사부로로 알려져 있다. 탐정소설이 수수께끼 풀이의 재미를 추구한다는 의미로 '본격'이란 단어를 썼다고 한다.

그런데 전전戰前에는 본격이 독자들에게 그다지 인기가 없었던 모양이다. 에도가와 란포조차 〈인간 의자〉 같은 변격에 매달리고 있었다. 그전에도 본격 추리소설이 아주 없었던 것은 아니지만, 앞서 얘기

---

60 일본어를 읽지 못하는 나를 위해 박광규 평론가가 번역해주었다. 그에게 깊은 감사의 마음을 전한다.

했던 것처럼 전후에야 요코미조 세이시가 본격의 이름(《혼진 살인사건》, 1946)으로 화려하게 등장하게 된다. 이어 1960년대에 반격에 나선 사회파 마쓰모토 세이초, 1987년 아야츠지 유키토는《십각관의 살인》에서 신본격의 이름으로 사회파에 재반격을 가한다.

　　—나에게 있어 추리소설이란 단지 지성적인 놀이의 하나일 뿐이야. 소설이라는 형식을 사용하는 독자 대 명탐정, 독자 대 작가의 자극적인 논리 게임, 그 이상도 그 이하도 아냐. 그러므로 한때 일본을 풍미했던 '사회파'식의 리얼리즘은 고리타분해.

　　본격이 모더니즘을 대변한다면, 리얼리즘과 모더니즘의 이론 투쟁[61]이 추리소설 내에서 '사회파'와 '본격파'로 편을 갈라 싸움을 못할 것도 없다. 일본 추리소설의 역사는 바로 그 사상적 대립의 역사를 내면화한 장르소설의 역사일 수 있다.
　　마루야마 마사오가 파악한 사상사의 힘을 빌려 가가 형사의 얼굴 표정에서 이 대립의 역사를 읽어낸 것이 나의 순진한 착각이 아니길 바라며 글을 마칠까 한다.
　　사족으로 덧붙일 말이 있다. 나는 히가시노 게이고의 작품을 충분히 읽지 못했다. 대표작으로 알려진 작품들을 추려 서른 권에 못 미치는 작품을 집중적으로 읽었을 뿐이다. 그마저 가가 형사 시리즈를 앞세우다 보니 읽었지만 다루지 못한 작품도 적지 않았다. 어쨌든 국내에 출간된 그의 작품 수에 비해 턱없이 부족한 양이다. 이 자체로 작품론보다는 작가론을 지향하는 입장에서는 작가에게 크게 미안할 뿐만 아니라 작업 자체에 흠결이 있을 수밖에 없는 일이다. 이런 사정에서 무

61　　우리의 경우, 양자의 문학관을 대표한《창작과 비평》과《문학과 지성》의 이론 투쟁에 해당할 것이다. 그렇기에 모더니즘을 지향하던 '문학과지성사'에서 이브 뢰테르의《추리소설》을 발간한 것은 우연한 일로 볼 수 없다. 모더니즘과 추리소설 사이에는 뗄 수 없는 친연성(親緣性)이 있다.

책임하게 도망치려고 '시론'이라는 이름을 달았다. 다만, 집요한 성격의
누군가가 히가시노 게이고의 전작을 다 읽고 나서 비평문을 제대로 써
주길 기대하면서….

인물 창조의 산고 II

-웃음의 심장 Heart of Humor

공원국

《춘추전국이야기》(전 11권)를 비롯해,《유라시아 신화 기행》,《여행하는 인문학자》,《가문비 탁자》(소설) 등을 쓰고,《중국의 서진》,《말, 바퀴, 언어》,《조로아스터교의 역사》,《하버드- C. H.베크 세계사 1350~1750》(공역),《리그베다》(전 3권, 근간) 등을 옮겼다. 역사인류학의 시각으로 대안적 세계사를 제시하겠다는 포부를 품고, 유라시아 초원 지대에서 현지 조사를 수행하며《세계사의 절반 유목인류사》(전 7권)를 집필하고 있다.

내려가고, 오르고, 흐른다

뗏목은 강을 따라 떠내려간다. 가끔 올라가는 뗏목도 있었지만, 세상의 거의 모든 뗏목은 떠내려간다. 기선의 증기기관이 필요한 까닭은 거슬러 올라가기 위함이다. 19세기 아프리카의 강을 오가던 기선汽 船은 '보물'을 싣고 내려오고자 '쓰레기'를 싣고 강을 거슬러 올라갔다.

잠깐 '따라 흐르는 이야기'와 '거슬러 올라가는 이야기'의 두 주인공의 각색된 독백을 들어보자.[1] 흐르든 오르든 웃기든 암울하든, 세상의 이야기는 살짝 구부리면 모두 미스터리가 된다.

아메리카 소년-삶으로 던져지다

'나'[2]는 남북으로 흐르는 커다란 강이 있는 미합중국의 어느 마을에서, 어른들이 19세기라 부르는 시절의 중반부 어느 시점을 사는 소년이다. 나는 거의 고아처럼 살았다. 어릴 때 잃은 어머니는 거의 기억이 없다. 주정뱅이 아버지와 무척 많이 싸웠다는 것 정도만 알고 있다. 얼마간 어느 과부댁에 양자로 가 있다가, 어떤 악한에게 유괴되었다. 범인은 나의 친아버지.

내가 그를 사랑하지 않듯이 그가 나를 사랑하지 않는 것을 안다.

---

1   두 소설의 내용에 따라 내가 순수한 독백으로 각색한 것이다. 익살스러운 것을 좀 더 무거운 것으로, 음울한 것을 좀 더 익살스러운 것으로.

2   금방 눈치채겠지만, 내가 누군지 먼저 알려 하지 말고 읽으시라.

친구와 함께 강도 소굴에서 찾아내서 결국 내 소유가 된 6천 달러가 화근이었다. 6천 달러! 나는 그 돈에서 나오는 하루 이자 1달러를 쓰기도 벅차다. 과부댁 주위를 어슬렁거리는 아버지의 그림자를 보고 나는 얼른 후견인 판사에게 달려가 애걸했다. "판사님이 전부 가지세요. 나는 한 푼도 필요 없어요." 하지만 어른들의 세계에서 돈은 남에게 맘대로 줄 수조차 없나 보다. 여전히 돈은 내 목에 올가미처럼 걸려 있다.

아버지는 노리는 먹이를 놓치는 법이 없다. 특히 그 먹이가 돈에 관련된 것이라면. 이곳은 아메리카, 달러의 달러에 의한 달러를 위한 합중국이다. "나는 돈이 없어요"라고 수없이 말했지만 그에게는 들리지 않았다. 후견인에게 받은 2, 3달러로 겨우 그의 쇠가죽 채찍질을 면하곤 했지만, 그것으론 성이 차지 않은 그는 기어이 나를 납치해 숲속 자신의 오두막에 던져 넣었다. 6천 달러가 자기 손으로 들어올 때까지 나를 내놓지 않을 것이다.

그의 매질은 열 몇 살 소년이 몸으로 견뎌낼 정도의 것이 아니다. 반¾ 고아로 자란 탓에 몸이 고무처럼 질겨 쇠가죽 채찍은 견딜 만했지만, 호두나무 막대기 찜질에는 배겨날 도리가 없다. 아물지 않은 상처 위로 매가 떨어지고 상처는 켜켜이 쌓여간다. 아픔조차 그런대로 견딜 만하다. 그러나 그는 자주 집을 나간다. '주인 없는' 가축을 훔치거나, 실제로 주인 없는 물고기와 야생동물을 잡거나, 잡은 것을 술로 바꾸기 위해. 한번 집을 나가면 사흘씩 안 돌아오곤 한다. 오두막에 갇혀 며칠 지내다 보면 그런 생각이 든다. '그가 죽어버리면 어떡하지? 꼼짝없이 나도 여기서 죽겠구나.' 밖에서 잠긴 창 하나 없는 통나무 오두막. 두꺼운 통나무를 손톱으로 긁어내고 밖으로 나가기 전에 굶어 죽겠지. 그는 비록 주정뱅이지만 인질을 허술하게 다루는 법은 없어서 나갈 때면 집 안에 변변한 도구 하나 두는 법이 없다.

그의 정신세계에는 모종의 신념이 있다. 자신의 권리에 대한 강한 소신이. 6천 달러나 나가는 아들, 엄연히 자신이 낳은 아들에 대한 소유권이 없다고 고래고래 고함을 지르곤 한다. 그리고 그는 검둥이들이 대낮에 활보하는 것을 저주한다. 물론 나는 검둥이들보다 그가 무섭다. 그의 신념은 무어라도 좋지만, 술에 취해 나를 정말 죽일까 두렵다. 한번은 술을 잔뜩 먹고 나를 죽음의 천사라고 부르며 칼을 들고 달려들었다. 살려달라고 애원해도 소용이 없었다. 잡히면 죽는 수밖에. 나는 잡히지 않으려고 좁은 오두막을 이리저리 도망 다녔다. 다행히 술이 완전히 올라 그가 쓰러지자, 나는 그의 총을 집어와 그를 향해 겨누고 밤을 새웠다. 친아버지를 겨눴다, 잡혀 죽지 않으려고.

영국 청년-도시를 경멸한다

'나'는 서른을 갓 넘긴 영국인 뱃사람이다. 거의 전 세계가 유럽의 식민지 혹은 반半 식민지인 19세기 후반을 살고 있다. 미지의 땅 아프리카의 내륙 수로를 오가는 선장이 되는 것이 내 꿈이다. 천성이 뱃사람인 나는 유럽의 도시가 언제나 낯설다. 창백한 백색 백치들이 돌아다니는, 고향이되 고향이 될 수 없는 이 도시. 나는 유럽 도시민의 허세와 허약과 위선을 안다. 속이 텅 비어 좀비처럼 돈이나 하늘에서 떨어진 교리를 모시며 사는 자들. 능률을 구원자로 보고 숫자에 파묻힌 자들이 허약한 육신을 현대의 이기利器로 가리고 거리를 걸어간다. 어디로 가는지도 모르는 채.

유럽에서 행세하는 남자들의 신은 돈이다. 그들이 돈을 찾아 아프리카로 떠나면 여자들은 떠난 남자들이 '수백만 원주민을 그들의 역겨운 풍습으로부터 구원할 것이다'라며 맞장구를 친다. 자신이 아는 남자가 위대한 이념을 실현하기 위해 미개인들의 땅으로 떠났다는 것이다. 내가 회사는 이윤을 위해 굴러간다고 말해봤자 소용없다. '일꾼이 그 삯을 얻는 것이 마땅하니라'로 답하는, 오직 무지로 인해 선하고 명랑한 여자들. 너무 아둔해서 낙원 밖을 나오지 않는 여자들과, 너무 지독해서 그녀들에게 지옥을 보여주기 싫어하는 남자들의 세계가 바로 이 유럽이다.

나는 미지의 대륙으로 가고 싶다. 뱃사람답게 배를 타고. 언젠가 우리는 시간의 옷을 벗은 진실을 대하고 받아들여야 한다. 사내의 마음은 무엇이든 해낼 수 있다. 도시의 얼간이들은 입을 떡 벌리고 벌벌 떨게 내버려두자. 사내라면 눈도 깜빡이지 않고 참혹한 진실을 응시할 수 있어야 한다. 그러자면 그는 최소한 내가 본 아프리카 해안의 검둥이들만큼 사내다워야 한다. 거대한 자연에 의해 인간의 보잘것없는 옷이 벌거벗겨진 날, 그는 자신의 진실한 무언가로 그 진실을 마주해야 한다He must meet that truth with his own true stuff….

당신들이 어떻게 알 수 있겠는가? 단단한 보도를 딛고 서서 이웃들에 둘러싸여 살면서, 일이 있으면 경찰서로 곧장 달려가는 당신들이. 경찰과 이웃이 없어지면 당신들은 자신의 타고난 힘에 기대 자신의 충실함을 지킬 능력이 있는가? 내가 보기에 물론 당신들은 나쁜 짓을 하기에는 너무 어리석거나, 자신이 어둠의 세력들에게 공격당한다는 것 자체를 알아채지 못할 정도로 멍청하겠지. 나는 안다. 바보는 절대 악마와 자신의 영혼을 거래한 적이 없다는 걸. 바보가 너무나 바보스럽든지 악마가 너무 악하든지the fool is too much of a fool, or the devil too much of a devil, 둘 중 하나겠지.

그러므로 나는 그들의 옷을 벗고 벌거벗은 채 아프리카의 부름을 찾아 떠난다.

아메리카 소년-따라 흐르다

하지만 나도 또래 중 한가락 하는 사내다. 아버지가 가르친 대로 배고프면 적당히 훔치고 거리의 불문율을 따라 위험이 닥치면 거짓말도 곧잘 한다. 오두막에 갇혀 언제 찾아올지 모르는 죽음을 기다릴 수는 없다. 집 안을 수도 없이 돌아 기어이 낡은 톱 하나를 발견했다. 그리고 아버지가 집을 나선 날을 골라 천천히 몸 하나 빠져나갈 구멍을 만들었다. 마침 며칠 전 떠내려온 배 하나를 발견해서 강가에 숨겨두었다. 무작정 달아나면 그가 당장 나를 따라잡을 것이다. 내게 6천 달러가 있는 것을 아는 한 그는 지옥까지 나를 쫓아올 것이다. 완벽한 시나리오가 필요하다.

아버지가 또 집을 나섰다. 이제 탈출의 시간. 먼저 아버지의 도끼에다 돼지 피를 잔뜩 묻히고 보이게 버려둔다. 돼지 피와 사람 피를 구분해내기 어려워야 할 텐데. 그리고 밀가루 부대를 강으로 질질 끌고 가서 물속에 처넣었다. 이 밀가루 부대가 바로 나야. 도끼에 맞아 질질 끌려간 가엾은 소년. 역시 돼지 피를 끌려간 자국에 묻혀둬야지. 좋아. 이제 사람들은 영락없이 어떤 강도가 나를 죽이고 물에 처넣은 줄 알겠지. 아버지는 당장 6천 달러를 찾기 위해 후견인에게 갈 테고. 사람들이 아버지를 의심하겠지만, 그건 내 상관할 바가 아니다. 나는 내 죽음이 인정되기를 바랄 뿐. 그렇게 나는 탈출했다.

여러분은 내가 과부댁으로 돌아가리라 생각하겠지. 하지만 나는 그곳이 싫다. 꽉 조이는 옷을 입고 집 안에서 시답잖은 예절을 따르는 것은 아버지에게 매를 맞는 것만큼이나 괴로웠으니까. 과부댁 여동생의 《성서》 속의 사람들 이야기는 진저리가 나지. 매일 빈둥대고 놀기만 한다는 그놈의 천당도 가고 싶지 않다고. 사람들은 왜 죽은 자들의 이야기에 휘둘리며 사는 꼭두각시가 되지 못해 안달일까. 도무지 자기 머리로 하는 생각이라곤 없어. 물신物神이 든 아버지는 내 몸을 훔쳐 돈을 차지하려 하지만, 생각이라고는 없는 과부댁 사람들은 내 머리를 훔치려 한다고. 나는 이 거대한 강을 따라 내려가다 좋은 곳을 찾으면 아버지에게 훔친 총으로 사냥이나 하며 살까 해. 숲속을 돌아다니고 강가에서 낚시하며 사는 것이 학교에 가는 것보다는 몇 배 낫거든.

일이 되려는지 안 되려는지, 잠시 가까운 하류의 섬에서 몸을 숨기고 있을 때 과부댁의 검둥이 짐을 만났어. 잘 아는 검둥이지. 과부댁의 여동생이 짐을 다른 고장으로 팔아버리겠다고 하는 통에 도망 나온 거지. 그가 도망친 날이 마침 내가 사라진 날이라 사람들은 그를 나를 죽인 강도로 오해하고 쫓고 있다나. 덕분에 내 아버지는 얼마간 혐의를 벗었겠지. 나는 사람들이 깔보는 '노예폐지론자'가 될 생각은 없지만, 누구를 돈을 받고 넘길 정도의 위인은 아니야. 짐을 어른들이 노예로

부르는 것은 알지만 그가 나쁜 사람은 아니니까. 다행히 그는 뗏목을 가지고 있고 나는 사냥용 총을 가지고 있어. 아버지와 과부댁의 손에서 벗어나고자 하는 소년과 자유의 땅을 찾아 도망치는 검둥이의 협업 여행은 시작되었지.

몰에 오르면 무서운 이전투구의 세계가 있고, 강에는 무법자들이 버글거렸지. 심지어 어떤 증기선은 우리 뗏목을 들이받고 물에 빠진 우리를 구조하지도 않고 사라져버렸어. 현상금 사냥꾼에게 짐이 발견되면 그의 여생은 비참함 그 자체가 되겠지. 그래도 강이 짐과 나의 집이다. 이 바다 같은 강에는 거대한 물고기들이 살아. 한번은 6피트 2인치짜리 메기를 잡았거든. 뗏목처럼 살기 좋은 집은 세상에 없을 거야. 다른 곳은 숨이 막혀 죽을 것 같지만, 뗏목 위에 있으면 모든 게 자유롭고 마음 편하기 그지없거든. 사방으로 별이 반짝이는 하늘이 펼쳐져 있을 때, 짐과 나는 드러누워 누가 별을 만들었을까, 어쩌면 저절로 생긴 걸까 이야기를 나누곤 했지. 나는 저렇게 많은 별은 저절로 생겼을 거라고 했지. 누가 만들려면 시간이 너무 많이 걸릴 테니까. 짐은 달이 별을 낳았을 거라고 했는데 일리가 있어. 개구리가 알을 낳는 것을 보면.

수없이 많은 일이 벌어졌지만 왕이니 공작이니 하는 사기꾼들이 짐을 팔아버린 일이 최악이었어. 놈들이 짐을 어찌할까 봐 두려워 온갖 수발을 다 들어주고 악행을 도왔는데 결국 고작 40달러에 짐을 되팔아버린 거야. 나를 걱정해주고 울어주던, 피부가 검고 마음이 눈처럼 흰 사람. 그의 꿈은 그저 따로따로 팔려간 아내와 딸을 되찾아 자유의 땅에서 함께 사는 것이 전부였는데. 나는 지옥에 떨어지더라도 그를 되찾아 자유를 주겠다고 마음먹었지. 내가 누군가? 나는 짐을 찾아내 기어이 자유를 주었지. 자세한 내용은 책을 읽어봐.

내 아버지가 어떻게 되었냐고? 나중에 짐이 말하더군.

"강을 따라 떠내려온 통나무집 기억하고 있제? … 내가 안으로 들어가서 덮여 있는 걸 들춰보고는 너를 그 안으로 들어오지 못하게 안 하덩가? … 왜냐면 죽은 시체는 바로 네 아빠였으니까 말이제."(김욱동 옮김, 민음사, 595쪽)

이제 기억나는군. 짐과 합류한 섬에 억수 같은 비가 내려 저지대가 다 물에 잠기던 그때가. 온갖 것들이 다 떠내려오는 중에 이층 오두막 한 채가 떠내려오더군. 그 오두막 안에서 총 맞아 죽은 이를 보았지. 그가 내 아버지라는군. 연민을 느끼냐고? 글쎄. 책에는 쓰여 있지 않더군.

영국 청년-거슬러 오르다

나는 운이 좋았지. 곧장 선장이 되었으니까. 선박회사의 어떤 유럽인 선장이 닭 몇 마리를 두고 원주민 추장을 마구 두들겨 패다가 추장의 아들에게 찔려 죽었다는 거야. 나는 그를 대신하게 되었지. 그렇게 꿈에 그리던 콩고로 가게 된 거지.

콩고로 가면서, 그리고 강을 거슬러 올라가면서 나는 많은 것을 보았어. 정복자가 되려면 포악한 힘만 있으면 돼. 별것도 아닌 힘이지. 상대가 약하기 때문에 얻은 우연일 뿐이니까. 정복이란 것이 사실은 강도처럼 뜯어내는 일이지. 다만 살인과 약탈의 규모가 도둑이나 강도 떼 짓거리의 수천 배에 이른다는 차이뿐이니까. 욕망의 유혹에 빠진 유럽인들은 약간 코가 낮은 사람들을 대상으로 이런 강도짓을 감행하지. 이 행동을 대속代贖(구원)해주는 것은 이념밖에 없어 What redeems it is the idea only! 그 행위의 뒤에 있는 이념. 감상적인 가식이 아니라 이념이야. 그리고 그 이념에 대한 공평무사한 믿음. 우리가 구축할 수 있고, 또 그 앞에 엎드려 절하고, 희생을(/희생제를) 바칠 수 있는 것…."[3]

콩고 해안에서 노 젓는 검은 몸뚱이들을 보았어. 땀을 줄줄 흘리면서 그들은 소리치고 노래를 불렀어. 기이한 마스크를 쓴 듯한 얼굴을 하고. 그러나 그들은 뼈와 근육과 야성적인 활력과 강력한 운동 에너지를 가지고 있었지. 그 에너지는 그들의 해안을 따라 치는 파도처럼 자연스럽고 진실했어. 그들이 거기 있는 데는 따로 구실이 필요 없었어 They wanted no excuse for being there. 그들을 보는 것은 대단히 편했어. 그때 잠시 나는 여전히 솔직한 사실의 세계a world of straightforward facts에

속한다는 느낌을 받을 수 있었지. 물론 그 느낌은 오래가지 않았지. 프랑스 군함이 사람도 없는 듯한 숲을 향해 포격을 가해대고 있었으니까. 우리 배 갑판에서 어떤 사람이 내게 진지하게 말하더군. '숲속에 원주민들의 숙영지가 있어.' 그는 그들을 적enemy이라고 불렀어.

중간 주재소로 가는 길에 보았지. 목에 쇠고리를 찬 검둥이 여섯이 사슬로 연결되어 흙 바구니를 나르는 광경을. 백인들은 그들을 범법자criminal라고 불러. 그 법이란 건 바다에서 날아온 대포알처럼 영문도 모르는 그들에게 떨어졌을 테지. 그리고 기선의 출발지인 중간 주재소에서 나는 보았어. 넋이 나가 썩은 울타리에 갇힌 신앙 없는 순례자들 faithless pilgrimsbewitched inside a rotten fence이 이리저리 방황하며 "상아"를 되뇌는 광경을. 당신이 그들을 보았다면 상아에다 기도라도 올리는 줄 알았을 거야. 내 평생 그렇게 비현실적인 장면을 본 적이 없어. 시체에서 확 풍겨오는 냄새처럼 천치 같은 탐욕의 오물이 그것에서 밀려 나왔거든. 그러나 밖에선, 이 공지를 둘러싼 조용한 야생의 밀림이 마치 악이나 진실처럼 거대하고 난공불락인 무언가가 되어 이 기묘한 침공이 지나가기를 참을성 있게 기다리고 있었지.

나는 기선을 몰고 가서 내륙 말단 주재소에 물품을 공급하고 소

---

3   내가 비틀어 차용한 이 부분의 영어 원문은 "⋯something you can set up, and bow down before, and offer a sacrifice to⋯"이다. 이 구절이 거의 확실한 반어(反語)라는 것을 오해하는 독자는 물론 심지어 역자들이 많다는 것에 충격을 받았다. 오해는 위대한 텍스트의 운명이지만, 적어도 19세기의 텍스트를 읽을 때 독자나 역자는 "sacrifice"를 제물(祭物)로 읽어서는 안 된다. 단어 선택에 극히 민감한 저자는 '제물'로 "oblations/offerings" 따위를 썼을 것이다. 여기서 "sacrifice"는 사전적으로 희생제로, 혹은 의역하여 희생물로 읽어야 한다. 이 문장이 '이념 따위로는 행위를 대속할 수 없다'는 의미로, 즉 반어적으로 쓰인다는 것은 텍스트 전체를 통해 거듭 확인된다. 주인공이 이제 노동력을 상실하고 서서히 죽어가는 어린 흑인 노동자가 유럽산 소모사(梳毛絲)를 목에 두르고 있는 것을 보고 스스로 묻는다. "왜, 왜 그것을 두르고 있지? 그것은 배지, 장식품, 부적, 신의 노여움을 달래기 위한 것인가? 그것과 관련된 어떤 이념이 있을까?"(Was there any idea at all connected with it?) 또 커츠를 숭배하는 백치 같은 젊은 러시아인은 약을 먹지 못하고 죽어가는 커츠를 두고 이렇게 말한다. "그분은 부끄럽게도 버려졌어요. 이런 분이, 그런 (대단한) 이념을 가진 분이."(A man like this, with such ideas.) 그 이념의 희생물이 무엇인지는 독자가 다시 판단하시라.

장을 데려오라는 임무를 맡았어. 그 외딴 주재소의 우두머리가 무지막지한 양의 상아를 보내오는 커츠라는 자였어. 그는 돌아오라는 명을 어기고 밀림에 틀어박혀버렸다지. 그자가 어떤 인간인지 모르지만, 가는 길에서 만난 어떤 추종자 얼간이가 말하더군. "그는 연민과 과학과 진보pity and science and progress의 사절입니다." 나는 그런 백치들이 어떻게 살든 사실 관심이 없어. 커츠라는 자에 대해서도 처음에는 그다지 관심은 없었어. 나는 그저 보고 싶었던 거지. 일종의 도덕적 이념을 갖추고 등장한 사내가 결국 꼭대기에 오르는지, 그리고 그자가 거기서 자기 일을 어떻게 해내고 있는지를.

드디어 강을 따라 올라가면서 나는 보았지, 정복당하지 않은 대지를. 길들여진 세계에 익숙한 우리가 보기에 그 땅은 땅 같지 않았어. 그러나 거기 사람들은 꼭 우리 같았어. 그냥 사람 같았다고. 야성과 정열을 간직한 우리들의 먼 친척. 먹을 것이라고는 하나 없이 놋쇠조각을 급여로 받고 일하는 검은 선원들은 놀랍게도 굶주림에 잡아먹히지 않더군. 어떻게 그런 격렬한 고통을 견디는지 알 수 없지.

주재소에 도착하니 커츠는 총을 가진 왕이 되어 있더군. 나는 그의 궁전 기둥에 꿰인 '반란자들'의 머리와 산더미같이 쌓인 상아를 보았지. 물론 그의 이념이 궁금했고. 그런데 그는 그저 목소리에 불과했다고He was very little more than a voice. 나는 들었지, 무지막지한 달변의 이 목소리 저 목소리를. 어리석고, 잔인하고, 부덕하고, 야만스럽거나, 혹은 그저 천박한 목소리, 어떤 의미도 없는 목소리를. 내가 도착했을 때 그는 이미 죽어가고 있었어. '내 약혼녀, 내 상아, 내 주재소, 내 강, 내….' 모조리 자기 거였어. 하지만 정작 자신이 무엇의 소유물인지, 얼마나 많은 어둠의 힘들이 그를 자기 것이라 주장하는지 그는 알았어야 했어. 신이 아니면서 원주민들에게 신처럼 군림할 수 있었던 건 화약 때문이었지. 그는 원주민 일부를 무장시켜 상아를 탈취하는 군대를 만들었던 거야. 그들의 식인의식으로 자신을 숭배하는 의식을 조작해내고서 정말 신처럼, 천둥 번개처럼 그들 위에 군림했던 거지. 그자가 남긴 수기에 이렇게 쓰여 있더군. "모든 야만인들을 말살하라Exterminate all the brutes!" 그런데 그는 쟈기가 말살하려는 자들의 왕이 되어 있더군. 미친 침략을 받은 야생이 그를 발견하고 속삭였을 거야. 복수를 한 거지. 그의 중심은 텅 비었기에 hollow at the core 그 속삭임은 요란하게 울렸겠지.

천치 같은 상아 순례자 놈들이 그제야 광분하더군. 이 악마를 묻어버리겠다는 거야. 그때 나는 그의 친구임을 자처했지. 맞아, 그를 변호했어. 그러나 사실 나는 커츠가 아니라 야생이 커츠에게 한 일을 알고 싶었던 거야. 커츠는 이미 산송장이나 마찬가지였거든. 나는 듣고 싶었던 거야. 그의 마지막 고백을. 죽어가며 그는 이렇게 말하더군.

"무서워! 무서워! The horror! The horror!"

인생이란 우스꽝스러운 거지. 부질없는 목적을 위해 무자비한 논리를 기이하게 배열해놓은 것. 우리가 인생으로부터 기대할 수 있는 최선은 자신에 대한 약간의 앎이지. 그런데 그것은 너무 늦게 와서 끝없는 회한이나 남기지. 그러나 그자는 죽음의 문턱에서 고백했다고. 나는 그것을 엄청난 대가를 치른 후에 얻은 일종의 승리라고 생각해. 그것이 내가 그에게 끝까지 충실했던 이유이기도 하지.

나는 돌아와 그토록 위대한 이념을 가진 분의 약혼녀를 만났어. 그의 유품을 건네려고. 그녀는 필사적으로 말하더군. "그분의 마지막 말, 내가 가지고 살아갈 말을 들려주세요. 당신은 내가 그분을 사랑했다는 것을 모르시나요? 나는 그를 사랑했습니다."

나는 온 정신을 가다듬고 거짓말을 했어. "그가 마지막으로 남긴 것은 당신의 이름이었습니다."

나는 진실을 말하지 못했지. 이념의 진실은 속이 텅 빈 인간의 종말의 순간에 찾아온 무서움이라는 걸.

오르는 이와 흐르는 이

독자들은 알아차렸을 것이다. 아메리카 소년은 마크 트웨인이 쓴《허클베리 핀의 모험》[4]의 익살스러운 주인공 허클베리 핀이다. 이 이야기는 아동문학의 고전으로 불리기에 걸맞게 해학적이다. 그러나 이 '아동문학'마저 약간의 각색을 거치면 사회파 추리소설이 된다. 영국 청년은 조지프 콘래드의《암흑의 핵심Heart of Darkness》[5]의 주인공 찰스 말로다. 이 소설은 〈지옥의 묵시록〉이란 이름으로 개작된 영화만큼 압도적으로 암울한 분위기로 악명 높다. 커츠는 나의 각색본에서 '텅 빈 목소리'로 격하된 인물보다 영화의 말런 브랜도에 훨씬 가까운 거대한 암흑이다. 내가 고의적으로 지극히 발랄한 텍스트를 어둡게, 심각하게 어두운 텍스트를 단순화해서 중화中化한 덕분에 두 텍스트는 한결같이 맹물처럼 밋밋해졌지만, 웃음과 어두움이 실은 진실을 찾아가는 수레의 왼쪽과 오른쪽 바퀴라는 것을 보여준다.

허크와 말로 캐릭터의 유일한 차이는 마성魔性을 외부에 두는가 내부에 두는가이다. 마성을 내재화할 때 심각함이 이야기를 이끌어간다. 말로가 커츠를 그토록 경멸하면서도 마지막까지 변호한 이유는 둘이 제국주의 체제 안에서 공범이기 때문이다. 또한 말로는 커츠의 비행을 인간의 정신에 내재된 결함으로 본다. 말로도 인간이라면 예외가 될 수 없다. 그러므로 그는 힘겹게 기선을 끌고 물을 거슬러 간다. '그의' 혹은 '너의'가 아니라 '나의' 혹은 '우리의' 마성을 직시하고자. 거슬러 오를 때 내뱉는 웃음은 증기 압축기에 난 구멍처럼 동력을 잃게 만든다. 오르는 기선은 엔진이 멎으면 뒤로 밀려난다. 그러므로 숨 막히는 긴장감이 계속된다.

마성을 밖에 두고 흐르는 것이 이야기를 전개하기에 더 쉬운 방법도 아니다. 말로의 표현을 빌리자면 허크의 지나친 천진함과 아버지

---

4 민음사 판본(김욱동 옮김)을 따랐고, 영문과 대조하지 않았다. 이 요약/각색본에 역자가 쓴 것과 유사한 문장이 많을 것이다. 역자에게 심심한 고마움을 표한다.

5 이상옥 옮김, 민음사판《암흑의 핵심》을 한글 텍스트로 삼았다. 그러나 번역본의 문장을 수정하여 옮길 수는 없었는데, 오역 때문이 아니라 역자의 문체가 나의 것과 서로 어울리지 않았기 때문이다. 영문 텍스트는 구텐베르그 E-book 프로젝트 웹(www.gutenberg.org)에서 쉽게 다운받을 수 있다.

의 악취 나는 야비함이 만날 접점은 없기에 영혼을 둔 거래는 성립하지 않는다. 그러나 그것은 작가의 의도적인 '어긋내기' 기법이다. 허크의 모험에서 마성은 사건을 통해 스스로 드러난다. 또 허크는 떠내려가므로 마성은 암초처럼 도처에 기다리다 불쑥불쑥 튀어나온다. 허크가 사건에 직접 참가하지 않으면 마성의 어떤 면목도 드러낼 수 없기에, 그는 예기치 않은 사건으로 더 깊이 끌려 들어가고, 이 순간이동의 부조리를 해소하기 위해 블랙유머는 필수가 된다. 이 기지 넘치는 소년이 시종일관 진지했다면 우리는 함께 악동이 되어 사건으로 들어갈 도리가 없다. 웃음을 통해 그는 우리를 자기편으로 확실하게 끌어들인다. 다행히 뗏목은 동력 없이 흐르므로 주인공은 키를 놓고 웃을 여유가 있다.

추리소설가라면 누구나 인간 속의 어둠을 직면하기 위해 마성 안으로 뛰어들고 싶어 할 것이다. 그러나 마성의 내재화는 방법론상 치명적인 결함이 있다. 들여다보는 렌즈의 크기와 해상도의 한계(작가의 경험과 지성의 협소함은 물론, 당대 심리학 혹은 정신분석학의 수준의 한계)로 인해 분석이 제약되기 때문이다. 또한 외재화의 방식은 문학을 세계 창조의 영역이 아니라 통계학이나 신문 사설의 재배열로 추락시킬 위험이 있다.

이 순간, 19세기 말 두 작가가 마성을 재정의하며 캐릭터를 만들어낸 방식을 주목해야 한다. 하나는 거슬러 올라가 인간 내면의 어둠 안에서 제국주의의 뿌리를 캐는 청년을 만들고, 다른 하나는 흘러 내려가 노예제를 체험하며 자유의 의미를 찾아가는 소년을 창조했다. 내면적이든 사회적이든, 마성을 파헤치며 시대의 공통과제를 외면할 경우, 어떤 이야기는 들을 이 없는 독백이나 개연성 없는 묘사처럼 독자를 전제로 한 소설이 되기에는 공허하다.[6] 두 작가는 시대의 난제를 이야기하면서

---

6   마(魔)란 텅 빈 창자에서 울려 주둥이를 통해 나오는 팔다리 없는 목소리, 어쩌면 이념일 수도 있다. '온통 목소리뿐이었다'라는 말로의 고백과 '태초에 소리가 있었다'라는 요한 복음의 첫 문장이 교묘하게 뒤섞여 계시처럼 되살아난다. 콘래드가 제국주의의 연옥 너머 더 깊은 지옥으로 우리를 던져 넣는 듯한 환상을 겪는다. 무서워라, 무서워라!

도 자연주의적 감성(이것은 역사가를 넘는 창작자의 고유 영역인 듯하다)을 통해 역사를 바로 지금의 이야기로 바꾼다. 미시시피강과 콩고강은 역사 따위는 아랑곳하지 않고 흐른다. 강을 따라 움직이며 강을 직면하는 캐릭터들은 역사가의 서재를 벗어나 잠시 초역사적/초자연적 힘을 얻는다.

　　　앞으로 소위 '본격문학'과 장르문학의 구분은 무의미해지고 추리는 부르주아의 놀음이 아니라 모든 문학의 필수요소가 될 것이다.[7] 그런 자격을 얻자면 추리소설 역시 기존 '본격문학'이 가졌던 소명을 흡수해야 할 것이다. 나는 더 큰 작살을 들고 더 큰 상대를 겨누는 작가의 분신을 보고 싶다. 고래 배 속의 물고기나 악어에게 쫓긴 영양을 해체하는 대신 고래와 악어의 몸통에 작살을 들이대는 이들을 말이다.

7　가즈오 이시구로가 이미 둘 가운데 서서 상호 침투와 경계 없애기의 소임을 훌륭히 해내고 있다. 다음 편은 프랑켄슈타인과 이시구로의 이야기다.

신간 리뷰
《계간 미스터리》편집위원들의 한줄평

《사라진 숲의 아이들》

손보미 지음 | 안온북스

한새마　비뚤어진 질투가 만들어낸 이상한 복수극. 새로운 느낌의 심리 스릴러.

《이야기의 핵심》

리비 호커 지음 | 안은주 옮김 | 한스미디어

한이　작가를 꿈꾸는 누군가에게 첫 번째 작법서를 추천하라면 이 책을 권할 것이다.

《나의 차가운 일상》

와카타케 나나미 지음 | 권영주 옮김 | 내친구의서재

박상민　책을 덮고 나서 물병 안을 꼼꼼히 살폈다.

《교도관의 눈》

요코야마 히데오 지음 | 허하나 옮김 | 폭스코너

한이   경찰 사무직이라고 비웃지 마라. 한직(閑職)에도 미스터리는 있다.
한새마   경찰 조직 곁가지들의 이야기라고 무시할 수 없다. 판에 박힌 경찰 미스터리가 지겨운 사람이라면 추천.

《명탐정 6》

홍정기·김영민·황세연·조동신·정명섭·공민철 지음 | 아프로스미디어

박상민   본격 미스터리 마니아들의 영원한 로망 명탐정, 그들은 멀리 있지 않다!
한이   이젠 우리도 명탐정 한둘은 보유할 때가 되었다.

《세 여자》

드로 미샤니 지음 | 이미선 옮김 | 북레시피

한새마   색다른 이스라엘 스릴러. 잔인한 장면 없이도 이렇게 쫄깃할 수 있다니. 신선한 서스펜스를 경험하게 된다.

《도망친 시체》

정석화 지음 | 문학공감

한수옥   밝히지 못한 진실의 버거움.

《그 겨울, 손탁 호텔에서》

듀나 지음 | 퍼플레인(갈매나무)

김소망   독자에게 적극적으로 추리 참여를 권하는 구전 소설이란 게 있었다면 이런
          책이지 않을까.

《다크》

에마 호턴 지음 | 장선하 옮김 | 청미래

조동신   남극이라는 거대 클로즈드 서클을 무대로 한 밀실살인극.

《구하는 조사관》

송시우 지음 | 시공사

조동신   인권위와 죽은 연쇄살인범의 대결, 그 뒤에는 사이비 종교가 있었다.
한이   빌런이 독해진 만큼 인권증진위원회 4인방도 빌드업이 필요하다. 다음 후
          속작은《나르는 조사관》정도는 되어야 하지 않을까.

《어디에도 없는 아이》

크리스티안 화이트 지음 | 김하현 옮김 | 현암사

한새마   현재와 과거를 교차하며 한 아이가 사라질 수밖에 없었던 가족 공동체의
          붕괴를 조망한다. 색다른 화자의 등장과 예측할 수 없는 범인.

《예언의 섬》

사와무라 이치 지음 | 이선희 옮김 | arte(아르테)

조동신　저주(詛呪)보다 무서운 것은 인습(因襲)이다.

《빌리 서머스 1, 2》

스티븐 킹 지음 | 이은선 옮김 | 황금가지

한이　스티븐 킹(Stephen King)은 제왕(king)처럼 글을 쓴다.

《철수 삼촌》

김남윤 지음 | 팩토리나인

한새마　연쇄살인마와 한집에 살면 가족애 회복에 역효과가 발생한다. 한 편의 웃
픈 블랙코미디.

《완전 무죄》

다이몬 다케아키 지음 | 김은모 옮김 | 검은숲

한새마　안정감 있는 전개와 울림이 있는 결말. 사회파 엔터테인먼트의 재미를 확
실히 느낄 수 있다.

《재수사 1, 2》

장강명 지음 | 은행나무

김소망   내가 하고 싶은 말을 정유정 작가가 추천사로 썼다. "마침내 나는 상상 속의
         소설을 만났다." 일독 권유지수 ★★★★(5점 만점)

이영은   20년 넘게 잡히지 않은 살인자의 입을 통해 작가가 그동안 공부하고 생각한
         것들을 죄다 쏟아내는 소설. 재미있다.

《카미노 아일랜드》

존 그리샴 지음 | 남명성 옮김 | 하빌리스

한이   존 그리샴이 법정 스릴러의 대가이긴 해도, 법정 스릴러만의 대가는 아니다.

《흑뢰성》

요네자와 호노부 지음 | 김선영 옮김 | 리드비

한새마   역사 미스터리, 연작 단편의 모범이 될 수 있는 작품.

한이   역사를 그저 단순한 배경으로만 활용하는 것이 아니라, 역사 자체를 미스
         터리로 만들었다.

《종이학 살인사건》

치넨 미키토 지음 | 권하영 옮김 | 북플라자

한새마   의학 스릴러의 한계를 뛰어넘었다. 놀라운 도입부와 촘촘한 전개, 그리고
         마지막엔 가슴을 울리는 감동이 있다.

《마이 다크 버네사》

케이트 엘리자베스 러셀 지음 | 이진 옮김 | 문학동네

한이 "별거 아니었어"라고 말하는 남자의 가스라이팅과 폭력에서 벗어나고자
하는 여자의 처절한 발버둥.《롤리타》의 대척점에 서 있다.

트릭의 재구성

방화범의 알리바이

황세연

토요일 오후, 서울 마포구 난지도 하늘공원에 불이 났다.

방화였다. 누군가가 하늘공원의 바싹 마른 갈대밭에 휘발유를 뿌리고 불을 질렀다. 불길은 겨울바람인 강한 북서풍을 타고 사람들이 달리는 속도보다도 빠르게 번져나갔다. 마치 네이팜탄이라도 터진 것처럼 하늘 높이 불길이 치솟았다. 하늘공원의 사람 키보다 높은 갈대밭 안에 있다가 미처 대피하지 못한 사람 스물아홉 명이 중화상을 입었고, 다섯 명은 사망했다.

방화범은 하늘공원에 불을 지르기 전후로 CCTV에 찍혔지만, 모자와 마스크를 쓰고 선글라스까지 끼고 있어 얼굴을 전혀 알아볼 수 없었다.

방화범은 방화 직후 전기자전거를 타고 하늘공원을 내려가 강가의 자전거 길을 달려 한강 하류 쪽으로 이동하다가 CCTV가 설치되어 있지 않은 행주산성 인근에서 자전거를 버리고 옷을 갈아입고 사라졌다. 택시를 탔거나 자가용을 이용해 도망간 것 같았다.

조사 끝에 유력한 용의자로 떠오른 사람은 일주일쯤 전에 입국한 한국계 미국인 옐로우세이연이었다. 옐로우세이연의 전화 접속 기록을 추적하니 잠깐이었지만 하늘공원 인근의 기지국에 접속되었던 기록이 있었다.

황은조 형사 팀은 옐로우세이연을 찾아가 하늘공원에 불이 나던 시각 어디서 무엇을 하고 있었는지 캐물었다. 확실한 범죄 증거가 없어 아직은 피의자가 아닌 참고인 조사였다.

"저는 그 시간에 한강 가에 있긴 했지만, 강의 북쪽이 아닌 남쪽에 있었습니다. 거기가 아마 강서한강공원 근처 어디였을 겁니다."

"휴대폰 접속 기록을 살펴보니 하늘공원 인근 기지국에 접속된 기록이 있던데요?"

"그건 형사님들이 저보다 잘 아시겠지만, 한강 가에 있으면 강 건너편 기지국에 접속되는 경우가 더러 있답니다. 전에 한강에서 익사한 대학생 사건 때도 친구의 휴대폰이 한강 건너편 기지국에 접속된 기록이 있어 논란거리였지 않습니까? 아, 맞다! 그때 찍은 사진이 있습니다."

옐로우세이연이 휴대폰을 꺼내 화면에 사진 한 장을 띄워 형사들에게 내밀었다.

"강가의 갈대가 예뻐서 지나가던 사람에게 부탁해 찍은 사진입니다."

형사들이 사진을 꼼꼼히 살폈다.

"팀장님, 뒤에 이거 청둥오리죠?"

"목의 띠를 보니 그런 것 같군. 청둥오리 수컷."

"강 건너편이 보이면 사진 찍은 위치를 알 수 있을 텐데, 날아가는 청둥오리에 가려져서 지형지물이 전혀 안 보이는군요. 날씨가 흐려서 태양의 위치도 모르겠고….."

"저는 비행기 시간이 다 되어 그만 일어나야 합니다."

옐로우세이연이 벽시계를 올려다보며 말했다.

"옐로우세이연 씨! 그대로 앉아 계시죠. 당신의 알리바이는 거짓입니다!"

휴대폰의 사진을 들여다보던 황은조 경감이 옐로우세이연을 노려보며 호통 치듯 말했다.

"예?"

"이 사진은 지나가던 누군가가 찍어준 게 아니라 셀카고, 한강 남쪽인 강서한강공원에서 찍은 게 아니라 하늘공원이 있는 북쪽 강가에서 찍은 겁니다."

"뭐요? 증거 있어요?"

"이 사진이 증거입니다. 사진에 다 나와 있잖아요!"

문제: 황은조 경감은 무엇을 단서로 사진이 셀카라는 것과 사진을 찍은 장소가 한강 북쪽이라는 걸 알았을까?

위의 QR코드를 스캔하시거나 나비클럽 홈페이지(www.nabiclub.net)의
〈계간 미스터리〉 카테고리에서 확인할 수 있습니다.

2022 가을호 독자 리뷰

추리소설은 인기가 많다. 지인들 중에도 본인이 셜록 홈스나 애거사 크리스티의 팬임을 자처하며 어려서부터 추리소설을 즐겨 읽었다고 자신의 독서 취향을 소개하는 경우가 많다. 매달 도서관의 대출 목록만 봐도 히가시노 게이고나 스티븐 킹의 소설을 비롯한 추리, 스릴러 장르의 해외 소설들이 늘 상위권을 차지하고 있는 걸 보면 높은 인기를 실감할 수 있다. 하지만 안타깝게도 한국 추리소설은 외국의 작품과 비교해 인기가 많지 않다. 국내에는 추리작가로서 내로라할 유명세를 지닌 작가도 없고, 한국 추리소설의 대표작이라고 할 만한 작품들도 영화나 드라마의 원작이 아니고서야 대부분 일반 대중은 잘 알지 못한다.

드라마나 영화, 웹툰에서는 추리, 스릴러 장르가 대세인데 유독 한국 추리소설이 대중에게 외면당하는 이유를 '국내 도서만큼은 순문학을 선호하고 대중 소설이나 장르소설을 무시하는 한국 독자층의 특징' 때문이라고만 치부하기엔 지금까지 한국 추리문학이 여러 면에서 아쉬운 부분이 많았고, 압도적인 작가나 작품이 부재했다는 사실을 간과할 수 없을 것이다.

몇 년 전부터 눈여겨보던 추리 미스터리 전문지 《계간 미스터리》가 추리 문학계의 새로운 도약을 꿈꾸며 쇄신하고 있어 추리소설에 애정을 가진 한 명의 독자로서 응원 차 몇 자 적고 싶어졌다. 신입 사서 시절 연속 간행물실에서 근무할 때 《계간 미스터리》를 처음 접했다. 한국에 이런 전문지가 있다는 걸 알고 신기해했던 기억이 있다. 한국 추리문학계도 신인 작가를 발굴하는구나, 추리 작가로 등단할 수 있는 발판이 되어주는 추리문학 전문지가 있다니 나름 놀랍고 기특(?)했다.

이런 잡지가 있다는 걸 모르는 사람들이 많은 게 아쉬워 간행물 서가의 가장 잘 보이는 자리에 책을 배치해두기도 했다. 그런데 시간이 흐를수록 잡지의 퀄리티가 점점 떨어지는 느낌이 들었고 2019년 즈음에는 발행이 중단되어 도서관에서 주문조차 할 수 없게 됐다.

그러다가 2020년 봄여름 합본호부터 완전히 새롭게 달라진 《계간 미스터리》가 발행됐다. 디자인부터 세련되게 리뉴얼되고 편집이나 내용에서도 퀄리티가 훨씬 높아졌다. 구성 면에서도 일취월장했는데 단순히 단편소설을 싣던 작품집 위주에서 벗어나 단편 추리소설, 기획 기사, 인터뷰, 평론, 해외 기사 등 추리문학계의 동향과 이슈를 다룬 다양한 글들도 함께 실어 진정한 계간지로서의 역할을 수행하고 있음을 보여주었다. 나름 고심한 흔적이 역력한 기획 기사나 특집 기사는 그동안 볼 수 없었던 깊이 있는 추리문학 전문지의 몫을 톡톡히 해내고 있다. 작품 수준도 전체적으로 상향되어 꽤 괜찮은 작품과 작가들을 발견하는 재미가 쏠쏠하다. 물론 아직 작가층이 두텁지 않아 몇몇 작가의 작품 위주로 실리는 점이 좀 아쉽긴 하지만.

《계간 미스터리》 가을호의 리뷰를 쓰려다가 너무 길어지고 말았는데, 《계간 미스터리》가 올해 20주년이라고 하니 이런저런 추억에 잠겨 주절거림이 늘어난 듯하다.

20년 동안 한 장르의 전문지를 유지하기가 여간 쉽지 않았을 텐데 우여곡절이 많았어도 살아남아줘 고맙고 대단하고, 과거의 명맥을 이어가면서도 과거를 쇄신하여 다시 도약하고자 애쓰는 노력이 가상하다.

《계간 미스터리》 가을호의 특집은 '다양한 추리소설'이다. '작품이 특집'이라는 말에 걸맞게 국내 작가의 작품이 총 여섯 편 실렸다. 유머 미스터리, 일상 미스터리, SF 미스터리, 본격 미스터리 등 미스터리라는 장르 속에서도 좀 더 다양한 장르의 미스터리를 접할 수 있었다.

개인적으로는 김형규의 SF 미스터리 〈구세군〉이 흥미로웠는데, 근미래를 배경으로 사회적인 문제와 결합한 이야기가 흥미로웠고, 깔끔한 문장과 지적인 서사도 마음에 들었다. 같은 고양이 집사로서 공감했던 장우석의 〈나의 작은 천사〉도 잔잔하게 읽어 내려가다가 만난 반전 때문에 꽤 기억에 남는다.

다양한 단편소설들 외에도 드라마 〈지옥〉, 〈D.P.〉, 〈괴이〉 제작사 클라이맥스 스튜디오의 기획프로듀서 인터뷰가 흥미로웠다. 기획프로듀서에게 중요한 자질을 묻는 질문에, "기획프로듀서의 자질을 키우기 위해선 (…) 유연함이 무척 중요합니다. 타인이 해주는 모진 리뷰도 작가가 상처 받지 않는 선에서 객관적으로 전달해 설득해야 하고, 간절했던 캐스팅 제안을 수십 번 거절당해도 재빨리 다음 단계를 찾아 실행할 줄 알아야 합니다. 그리고 저는 한 번도 '이럴 거면 내가 쓰겠다, 내가 연출하겠다'라는 생각을 해본 적이 없습니다. 기획프로듀서라면 함께 일하는 플레이어들을 믿고 응원하는, 다소 무모한 짝사랑을 할 줄 알아야 하는 것 같습니다"라는 대답이 큰 공감을 불러일으켰다.

누구에게나 직업적인 유연함은 중요하지만 함께 일하는 플레이어들을 향해 다소 무모한 짝사랑이 필요하다니. 한편으로는 좀 부럽기도 하고 짝사랑은커녕 늘 참을 인忍자만이 최선이라고 여기며 사는 나를 반성했다.

《계간 미스터리》가을호를 읽으니 한국 추리문학계의 발전이 더욱 기대되고, 더 폭넓고 다양한 국내 작가가 대거 발굴되어 왕성하게 활동하며 세계로 뻗어나가길 응원하게 된다. 추리 미스터리 소설을 사랑하는 모든 분에게 권하고 싶다.

−책 읽는 사서 '포카리스' 블로그 중에서

인스타그램 @nabiclub을 팔로우하고,
#계간미스터리 해시태그와 함께 《계간 미스터리》 리뷰를 남겨주세요.
선정된 리뷰어에게는 감사의 마음으로 신간 《계간 미스터리》를 보내드립니다.

코로나 종식 이후의 세상
2035년 근미래를 장르적 상상으로 탐구하다

SF×미스터리 대표 작가 9인의 장르 컬래버 프로젝트

2035 SF 미스터리

천선란·한이·김이환·황세연·도진기·전혜진·윤자영·한새마·듀나

계간 미스터리 신인상 공모

전통의 추리문학 전문지 《계간 미스터리》에서
새로운 시대를 함께 열어갈 신인상 작품을 공모합니다.

■ 모집 부문
  단편 추리소설, 중편 추리소설, 추리소설 평론

■ 작품 분량(200자 원고지 기준)
  단편 추리소설: 80매 안팎 / 중편 추리소설: 250~300매 안팎 / 추리소설 평론: 80매 안팎
  ※ 분량 기준을 준수하지 않은 응모작은 심사 대상에서 제외됩니다.
  ※ 평론은 우리나라 추리소설을 텍스트로 삼아야 합니다.

■ 응모 방법
  – 이메일을 통해 수시로 접수합니다. mysteryhouse@hanmail.net
  – 우편 접수는 받지 않습니다.
  – 파일명은 '신인상 공모_제목_작가명'을 순서대로 기입해야 합니다.
  – 이름(필명일 경우 본명도 함께 기입), 주소, 연락 가능한 전화번호, 이메일을 원고 맨 앞장에 별
    도 기입해야 합니다. 부실하게 기입하거나 틀린 정보를 기재했을 경우 당선 취소 등 불이익
    을 받을 수 있습니다.

■ 유의 사항
  – 어떤 매체에도 발표되지 않은 작품이어야 합니다.
  – 당선된 작품이라도 표절 등의 이유로 타인의 지식재산권을 침해한 사실이 밝혀지거나, 동일
    작품이 다른 매체 등에 중복 투고되어 동시 당선된 경우 당선을 취소합니다. 이 경우 원고료
    를 환수 조치합니다.
  – 미성년자의 출품은 가능하나 수상 시 법정대리인의 동의서, 가족관계증명서 등을 제출해야
    합니다.

■ 작품 심사 및 발표
  – 《계간 미스터리》 편집위원들이 매 호 심사합니다.
  – 당선자는 개별 통보하고, 《계간 미스터리》 지면을 통해 발표합니다.

■ 고료 및 저작권
  – 당선된 작품은 《계간 미스터리》에 게재합니다. 작가에게는 상패와 소정의 고료를 드립니다.
  – 원고료에 대한 제세공과금을 공제합니다.
  – 신인상에 당선된 작가는 기성 작가로서 대우하며, 한국추리작가협회 정회원으로서 작품 활동
    을 지원합니다.

■ 문의
  한국추리작가협회 02-3142-3221 / 이메일: mysteryhouse@hanmail.net

추리×괴담 20명 작가의 무서운 컬래버
《괴이한 미스터리》

드라마화
확정!

공포, 미스터리, 스릴러…
최고의 독서 오락을 위해 대한민국 젊은 장르작가들이 뭉쳐 탄생한
소설집 《괴이한 미스터리》

풍문으로만 떠돌던 괴담이 펼쳐지는 월영(月影)시를 배경으로
서로 같으면서도 미묘하게 다른 시공간과 캐릭터, 사건들이
한국추리작가협회×괴이학회 20명 작가들의 스타일대로 다채롭게 구현된다.

드라마화 확정 작품

〈월영시는 당신을 기다립니다〉 엄길윤 / 〈백번째 촛불이 꺼질 때〉 전혜진 / 〈회화목 우는 집〉
배명은 / 〈이매지너리 프렌드〉 반대인 / 〈장롱〉 김유철 / 〈풀 스토틀〉 한이 / 〈복수 가능한 학
교폭력〉 윤자영 / 〈챠밍 미용실〉 사마란 / 〈수상한 알바〉 김선민

나비클럽

저주 편

한눈에 알아봤지,
너도 나처럼 부서진 사람이라는 걸.

정세호 · 배명은 · 홍지운 · 김유철 · 한새마

범죄 편

악에게 최고의 먹잇감은
자신보다 작은 악이다.

엄길윤 · 황세연 · 전건우 · 조동신 · 한이

초자연 편

아무것도 없는 공간에 갇혔다.
이승에서의 그는 행불자다.

허설 · 반대인 · 사마란 · 김선민 · 홍성호

괴담 편

월영시에는 다른 시간대로 가는
엘리베이터가 존재한다.

전혜진 · 김재희 · 윤자영 · 김영민 · 문화류씨

《괴이한 미스터리》 시리즈

각 권 12,000원 | 세트 48,000원

MYSTERY × 그믐

"창간 20주년의 마지막 한 달을 함께 해요"
《계간 미스터리》 함께 읽기

한국 미스터리 문학을 애정하고 응원하는
《계간 미스터리》 독자분들을 위해 준비했습니다.

독서 플랫폼 그믐에서
편집장이자 추리 소설가인 한이 작가와 함께 하는
온라인 독서 모임이 열립니다.

《계간 미스터리》 76호를 중심으로
한국 미스터리 문학에 관해 이야기 나눠요.
우리가 사랑하는 소설들,
우리가 한국 미스터리 문학에 기대하는 것들.

계간 미스터리 × 그믐 독서 모임

모임 기간: 2022년 12월 20일(화)~2023년 1월 12일(목)

활동 내용:
《계간 미스터리》를 함께 읽으며 한이 작가가 올리는 질문들에 대해 자유롭게 이야기 나눕니다.
(모임 기간 도중에도 참여하실 수 있습니다.)

신청 방법: www.gmeum.com에서 신청

그믐 바로가기

www.gmeum.com

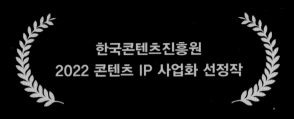
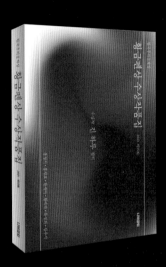

2021 제15회 한국추리문학상 황금펜상 수상작

한이 〈긴 하루〉

가족이라는 이름으로 죄를 공유하며 서로를 구속하는 모자 관계를 다루는 소설의 주제만큼이나 그 형식적 구성, 치밀하게 이어진 이야기 전개가 빼어난 흡인력을 보여주었다. ―심사평 중에서

한국추리문학상
황금펜상 수상작품집 2021 제15회

한이 · 홍정기 · 홍성호 · 한새마 · 황세연 · 류성희 · 장우석

값 15,000원
ISBN 979-11-91029-60-4 03810